從文學與藝術中看語文學習

邱耀平/著

序

　　文學以語言或文字作為媒材，表達出作者所欲表達理性的思維和感性的情意，它滿足人類的精神需要。藝術將自然界的種種和人生的種種經過情感的作用轉化，取得意象來作為表現，它使創作者的想像滿足，也使得許多人透過共同的經驗而有所共同感悟。「意象」在文學中扮演重要的角色，文學中的生理意象、心理意象、社會意象、文化意象和美感、內心情意、社會協調運作的權力關係、乃至世界觀都有相互轉化作用。藝術中的構圖、線條、色彩、節奏形式也營造了創作者所欲表達的意境，可以讓欣賞者有所領悟。文學與藝術二者雖然表達形式不同，但在取「象」和轉「象」為「意」都有相同處。二者在「意象呈現」與「意象表義」的方式，可以援引作為閱讀教學、說話教學、寫作教學的美感提升和改造表現經驗，以期語文教學的基進創新。

　　閱讀詩最大的享受在於擴大心靈的感受，一句詩可以在心中激盪很久，甚至隨著心情、處境的不同而有許多的詮釋。我不會寫詩，但是詩愉悅我的心情，也讓我有逃避的空間。周慶華教授是個詩人，寫了許多詩集，但是千萬不要以為他是個浪漫派的人，他批判的功力和堅忍的毅力可是無比強大。他在教學時常常刺激我們的創造能力，但是在我們無言以對的時候，又寬容我們，放下幾塊浮木，讓快溺斃的我們又有求生的意志，向真知努力划去。他舉出的世界觀——三大文化系統（氣化觀、緣起觀、創造觀）及文學的演進進程（前現代、現代、後現代）不止在學術領域上應用，也讓我在人、事、物的觀察上更為仔細而有更近一層的後設思考。本書要感謝他從題目的擬定、章節的設置、書籍資料的提供及寫作上，不辭辛勞一一指導。也要感謝王萬象教授、蔡佩玲教授提供寶貴的建議及提供許多資料，讓我能有更深一層的思考，讓本書更為完整。

　　這篇論文斷斷續續寫了很久，感謝周慶華教授費心指導；感謝老婆、女兒的支持與鼓勵，讓我有繼續的動力，論文才得以完成。我要大聲說：「謝謝你們！」

目　錄

圖　次

表　次

第一章　緒論

第一節　研究動機與研究目的

一、研究動機

　　在求學期間，我最喜歡的科目是數學，因為數學邏輯清楚，簡單易學。數學語言所闡述的雖然是抽象道理，但闡述所用的語言卻是非常精確，一字有一字的意義，不會有隱含的意義。所敘述的問題明確，解決的方式也使用定義定理的邏輯性。（朱光潛，1987：100-101）解決後的結果也為大眾所認同接受，所發現的真理有如堆積木般的穩固。

　　二十幾年前我從師專畢業，擔負起教育學子的工作，學習態度上就再也不是學生時代那樣：喜歡的科目認真讀，不喜歡的科目或沒有感覺的科目隨意讀讀。身為一個國小教師必須認真的將課程教材予以深入理解，並轉化為學生所能接受的方式教給學生。語文科目的教學尤其困難，個人覺得對於文學形式的理解分析已不容易，文學的內涵要傳授給學子領略感受更覺得困難，因為它不只是一種思想的傳達，更是一種美感的傳達。

　　傳達思想、美感常受到語言的限制（它不是根本沒有語言可以描述，就是找不到適當的語言加以描述）而無法適切的傳達；就算是教學者或作者認為已傳達，學生或讀者也不一定能正確的接收。再者，美感的傳播更是無具體固定的方式，作者從語言中竭盡所能想表達心中的美感，但讀者卻不一定能獲得；還有一種可能的情況，就是讀者從歧義中發現不同的美感，是作者所始料未及的。

　　古人在表達這一部分很早就有了想法，大致上就是「賦」、「比」、「興」。其中「賦」與「比」是最基本的：「賦」就是現在修辭學中的「直述」和「示現」，也就是 Friedrich Hegel 所謂「表現特性」的形象，

它將「所寫事物本身固有的實在狀況表現出來」，在寫甲就寫甲，不牽涉另一事物；「比」就是比喻，包括明喻、隱喻、比擬等，也就是 Friedrich Hegel 所謂的「不表現特性」的形象，它「不在所寫對象本身上留戀，卻轉而描述另一個對象，使我們更明白原所寫對象的意義，得到更具體的印象」，在寫甲時借用乙。（白靈，2006a：13-14）前段已述，要詳實的傳達思想與美感是很難的，所以「賦」比較不合用來表情表意；而「比」在相對上就容易多了，因為可以借用的東西多，變化也多，在刻意製造的歧義下，說不定還有更深更廣的美感。

師者所以傳道、授業、解惑，良師如何替學生釋疑、解惑？是使用直敘的方式嗎？還是轉用其他更有效的方式。在 Geroge Lakoff《我們賴以生存的譬喻》一書中直陳：

> 我們的概念系統大部分由譬喻系統所建構，而這些譬喻系統在我們有意識的知覺層下自動運作……如果沒有譬喻，我們便無法以適當的方式來表述哲學、倫理、政治或宗教觀點……我們對文化的理解大部分是經由譬喻而界定的。（George Lakoff and Mark Johnson，2006：9）

譬喻性語言不僅是文學的修辭手段，也不限於文學範疇，它是一種思維方式，是我們思維、語言、行善、歷史、文化的基礎。譬喻不只是文學上的裝飾品，也是生活中的常用的溝通方式。（George Lakoff and Mark Johnson，2006：9）

由前述可知，譬喻的詩性智慧已成為傳達概念、價值的重要方式；文學功能上所承載的「傳道」，也將藉此譬喻方式而豐富道理，而譬喻所使用的「象」更為譬喻中重要的傳達物或載體。

那意象的意涵是否可以加以探悉？意象是否可以被分成幾種類型而被我們所探討？意象的伸展可以達成哪些目標或其影響的範圍是否可以被了解？探索上述這些問題將有助於文學或哲學意義的傳達。作為一位老師也可先由此澄清自己的疑惑，而使得教學上的努力不致白費心機。

　　傳達人的想法與感情除了文學作品，藝術中的繪畫更是自古以來除文字之外的一大途徑。中國的王維被後人評述他的藝術作品「詩中有畫，畫中有詩」。詩中有意象可傳，而畫中也有作者所傳達的感情。藝術家在生產創作時先有感覺，再將眼所見者與心中所感合而為一，便是「意象」的產生。此「意象」再藉由表現繪畫的構圖、線條、色彩的方式產生作品，鑑賞者觀畫時跟它產生共鳴，去體會作者所欲表達的意念或情感。這種由外感覺進入內感覺，再外化成形式的作品的程序方式，與文學作品的表現有許多雷同處。差別在於文學作品藉由語詞的運用、文章形式的安排去完成，而繪畫作品則是藉由構圖、選擇媒材、安排色彩和線條去完成所想要繪出的形象。但這樣的差別說只是模糊、籠統、粗淺的看法，身為研究者，我更想了解構圖意象與文學表達是否有不同處？線條的選用與文學語法修辭是否有異曲同工之妙？所選用的色彩是否與想表達的情境有關？想要表達的情意是否與文學內外語境有關？

　　這一部分的理解有助於個人對於藝術的鑑賞。鑑賞本身不能僅憑感覺入手，這樣直覺美感雖屬個人感受，但是否也有可以分析的部分？另外，藝術作品可傳達高層次象徵的美感，例如賞蓮花圖而生高潔的意思，這一部分的意就更深層而高遠，而大家的想法是否也有共鳴的作用？

　　此外，兒童作畫固然所使用的技巧不多，但兒童內心的感覺、情感卻甚為豐富。兒童表達情感作畫於紙上所運用的構圖，線條色彩是否真的能將「心中之意」完全表達於紙上？我們看他們所表現的畫，是否真的了解他們所欲表達的意？如果我們能了解這些文學與藝術相關的比較成果，將會更了解意象的伸展情況。這在提升閱讀繪畫的美感層次，或更一層哲學象徵的層次，我們將會更有把握。還有對於引發兒童在寫作及繪畫的表達上也更能提供適切的輔導，而將兒童內心的想望充分傳達出來。

二、研究目的

　　歸結上述，本研究的目的有三：

（一）對於意象有深入的了解

　　意象看起來是一個很普通的詞語，好像大家都知道它的意思，但仔細思考起來卻又不是那麼一回事，似乎可以從許多方面來仔細分析與考察它的正確含意，密西根大學教授 Kenneth Boulding 在 1956 年出版《意象》一書，從人類行為科學基礎去討論意象的問題；它自生物學、心理學、社會學、甚至歷史、經濟與哲學諸不同角度，企圖建立一門「意象」的新科學。（姚一葦，1979：73 引）在中國早期的典籍也出現「意」與「象」的闡釋，歷經千年，文學家與藝術家不斷地從文學創作或藝術繪畫創作的理論中去解釋意象的功能。西方的看法不斷地從主觀意識作用和客觀具體物展現去討論意象的存在與表現，中國也有從象進入意再進入意境的說法。討論雖多，仍無具體的理論說明。可能的原因是意象太過於抽象難以討論，例如這是主觀的意識使然還是客觀具體物的呈現所引起的大眾共同的意識，更甚至是意識本身的作用而已。另一可能的原因是中國本身世界觀──氣化觀的影響，而無法形構出具體理論，只有各家散見，雖也豐富但無法定於一。本研究當然無法去形構出意象的理論，卻希望對意象的義涵有深入的了解。將文學作品中意象的呈現依界定分為生理意象、心理意象、社會意象、文化意象，並分別探討與美、情意、權力關係、世界觀的關係。藝術中的繪畫，是將形象或意象用線條、色彩為媒介，表現出一個美的形式，而表現時所呈現的是平面的空間藝術。繪畫都由構圖、線條、色彩所構成，要在小小的平面上表現出大千世界的優美景象，最要注意的就是意境。（孫旗，1978：57）畫家藉由構圖的設置，線條的粗細、剛柔，色彩的明度、亮度，去表達心中意境的美。本研究希望將圖畫意象從構圖、線條、色彩去作探討並與文學的風格、內外語境作關連研究。另外，構圖、線條、色彩在畫面上所

產生交互作用也是有節奏性，所以另分出節奏意象作探討。文學與藝術的意象研究結果，希望能帶出二者在意象呈現與意象表義方式的異同。

（二）探討「文學」與「藝術」中意象呈現與意象表義方式的異同

　　文學藉由文字表意象，繪畫藉由線條、色彩呈現創作者的意念，二者都有各自的呈現方式及表義方式。二者的創作媒材雖然有別，但本研究希望能探討出二者對意象呈現方式及表義方式的相同處，藉此可以了解文學與藝術意象創作上可以匯通處。另外探討相異處可以了解文學與藝術意象的生成區別與創作上的限制，此結果都可以作為語文教學上的參考。

（三）「意象」相關研究在語文教學上的應用

　　教學上要能達成目標，教學者必須對於所教學的內容有清晰的了解，在傳達概念的時候要能依序漸進，並注意概念可能會混淆處，隨時給予學習者澄清。本研究先有助於文學與藝術意象的了解，並進一步擴大二者的比較，此結果更能區分文學與藝術意象呈現與表意方式差異處。了解此一機制最為重要就是要使用在教學上，希望學生在語文學習上的聽、說、讀、寫有所提升，更進一層次的希望學生在語文創作上有創新的可能。

第二節　研究問題與研究方法

一、研究問題

　　概念是對事物本質屬性的反映，是在感覺基礎上產生對事物概括性的認識。這能反映出事物的表面特徵，透過思維能了解事物的本質，而這思考的基本單位正是概念。概念通常由不同的詞來表示，本研究所設

定的概念就內涵來看是屬於抽象概念。它能對所研究的事物屬性、狀態有所定位。

戴華山在《語意學》一書提及抽象是「從某些具體的事物中，單選出它們所具有的某一性質加以孤立；繼而又把對於這一性質所有的經驗和知識，推廣運用到具有同樣性質的其他事物之上」。（戴華山，1984：144）周慶華提出差異的看法，認為具體事物所以能被完全認知是我們賦予名稱或意義後的結果，或許別人會賦予不同的名稱或意義，而留給彼此「對諍」或「汰換」或「並容」的機會。以至所謂的具體事物，也只是我們思維的東西；它如何「具體存在」，我們並不知情。以致如果要說抽象，也只能說我們在命名或命意的過程，有所「抽選象徵」或「抽繹徵象」。（周慶華，1999a：56）因此，本研究所設定的概念會斟酌融攝上述二說——在相關章節中詳細述說，一方面儘量說明其概念的本質屬性；一方面可以給讀者有「對諍」或「汰換」或「並容」的機會，提出不同的意見。

概念設定完成，接著要將本研究予以鋪展，則有賴於命題的建立。命題的完構除了要包蘊前面提及相關的概念，還要自我侷限範域，避免無止盡的衍繹。命題要能陳述和測定兩種現象間的普遍關係才算數。本研究是嘗試在構設一理論，對於命題形式的選擇，在假言式、選言式、兩難式、定言式命題中，定言式命題式比較方便在語意上讓它「轉向自己」。（周慶華，2004a：46）最後理論鋪展、形塑，就由個人心理來發用。（同上，47）

有了命題後，接下來就是演繹的問題。所謂演繹，是指普遍命題引伸出經驗命題的過程。我們想知道一個解釋是否有效，就看該解釋中經驗的發現是否可以從普遍命題中演繹出來。（周慶華，2004a，11）

本研究試圖朝著理論建構的方向進行，先行釐清概念，再逐一建立命題，最後進行命題的演繹。後者包括可能開展的面向和對研究者、讀者及教學者的回饋。先以表列如下，再詳細說明於後：

表 1-2-1　本研究理論架構

概念設定	1. 文學、藝術、意象、語文教學
	2. 文學意象、藝術意象、意象類型、意象呈現、意象表義
命題建立	3. 意象的界定： 　義涵／類型與功能／伸展情況
	4. 文學中的意象探討： 　美／情意／權力關係／世界觀
	5. 藝術中的意象探討： 　構圖／線條／色彩／節奏
	6. 文學與藝術中意象呈現方式的比較： 　塑像／輾轉示象／多方聯結變象
	7. 文學與藝術中意象表義的方式比較： 　喻義／象徵義／衍義／辯證義
命題演繹	8. 相關比較成果可以藉以提升閱讀教學的美感效應
	9. 相關比較成果可以強化說話教學的創意表現
	10. 相關比較成果可以全面引為改造寫作教學的最新經驗

本研究問題根據上表開展如下：

(一) 意象的義涵？意象可以有哪些類型？各具有什麼功能？意象在文學與藝術中伸展的情況為何？

(二) 將意象分類為生理意象、心理意象、社會意象、文化意象，並探討與其與美感、情意、權力關係、世界觀的關係性如何？

(三) 藝術中的意象藉由構圖、線條、色彩、節奏來表現，其中與文學表現的方式有無相通處？

(四) 文學與藝術意象呈現方式有哪些異同？包括塑象、輾轉示象、多方連結變象方面？

(五) 文學意象與藝術意象表義方式有哪些異同？包括喻義、象徵義、衍義、辯證義方面？

(六) 探究上述問題所得的成果在閱讀、說話、寫作教學上如何應用？

二、研究方法

（一）現象主義方法

　　「意象」在文學評論中大概都是指「作家腦中浮現的形象」、「作品中的形象」以及「融會著作者情意的形象」，且往往是指個別的形象，而非整幅的畫面。文學和藝術一樣，都使用意象來表情達意，其首要標的乃是形成具體可感的形象，讓讀者憑藉此一文字繪的圖畫而產生審美的聯想。（王萬象，2009：391）

　　作家腦中浮現的形象如果被作為研究的對象，在現實上是困難的，如果就文學或藝術作品中形式上所表現的圖像據以分析較有可能，所以在選擇作品研究時較有可能的是採取現象主義的研究方法。現象主義方法不同於現象學方法，現象學方法是解析語文現象或以語文形式存在事物所內蘊的意識作用的方法，它並不純是研究主體的科學，而是研究經驗的科學。而現象主義的現象觀是指「凡是一切出現者，一切顯示於意識者，無論它的方式如何」。（趙雅博，1990：311；周慶華，2004b：95）本研究談論意象的研究，相對的必須有作品中具體的形象可提供探討比較。但其實所有相關意識的掘發，都只是研究者經驗的掘發或研究者經驗的投射。（周慶華，2004b：100）所以在檢討相關研究成果和自我結撰具體研究成果時都必須審慎以對。換句話說，本研究首先要探討相關文獻和帶出自屬特殊見解，只能就我經驗所及的部分予以處理交代，無法再額外多作保證。

（二）美學方法

　　美學的方法是評估語文現象或以語文形式存在的事物所具有的美感成分（價值）的方法。（周慶華，2004b：132）美學研究其實是一種審美活動，是研究一種主體和客體的審美關係，是研究一種審美的經驗。在美學的研究方法上有：1、基本方法，如歸納和演繹、實證和思辨、自下而上的方法和自上而下的方法、科學主義的方法和人本主義的方法

等；2、以學科作為方法，如心理學方法、社會學方法、發生學方法等。（葉朗主編，1993：7-9）本研究「文學與藝術中意象的比較及其在語文教學上的應用」中的「意象」，就是屬於「文學」與「藝術」上的內容或形式上的屬性或現象，但是要探討「意象」的形式、類別、伸展，又需牽涉到「文學」與「藝術」上「本體」的問題，例如前段提及自上而下的研究方法就是先肯定一個先驗形而上的觀念，如 Plato 的理式或 Friedrich Hegel 的絕對理念在進行推演出一套美學的邏輯體系。另一種自下而上的研究方法是強調從具體的經驗出發，從事實的歸納中概括出美學的規律及體系。其實越來越多的研究者已經認識到此二種方法並無法割裂，否則都是片面性的研究所得，審美活動既不是透過概念也不是透過經驗來構設的。（同上，1993：8）

　　周慶華在《文學理論》書中「本體與現象可以有的辯證關係」章節指出把本體視為「物自身」的 Immanuel Kant，認為本體不是繫於人的認識而存在。換句話說，Immanuel Kant 判斷「物自身」可以用不確定方式思想得到，卻無法被「認知」。這其實只是 Immanuel Kant 一人的限定，其他人還是寧願讓本體和現象有潛能／現實一體兩面的關係……把文學的本體當作是我們所形塑的「文學理念」或「文學觀念」；而把文學現象當作是該「文學理念」或「文學觀念」的實踐。這樣本體和現象一類東西，就徹底是我們所操縱（構設）來指稱用，而跟它們什麼客觀存在性毫無關係。（周慶華，2004a：65）本研究也參照此一辯證關係，讓本體和現象給予一個「相互依存」式的限定，我們在把握意象時，意象的本體和現象就能匯通。

　　本研究第三章以美學方法為基礎，對於「意象」儘量作概括的探究：包括意象的義涵、意象的類型與功能、意象的伸展情況等等。此外，第四章第一節談文學中的生理意象與美、第五章第一節談藝術中的構圖意象與文學風格、第六章第一節談文學意象與藝術意象呈現方式中塑象的異同等，也會一併用到美學方法。

（三）心理學方法、社會學方法、文化學方法

在詮釋的過程中牽涉語文和藝術現象內在蘊藏所涉及的心理因素可兼用心理學方法來進行解析。（周慶華，2004b：80-82）作品呈現的意象受到社會環境的制約，而使得作者和讀者有不同的解讀，我們也可以依賴社會學方法，解析出作品內蘊的社會背景，也就是作品中的「意象」如何被社會現實所促成，又如何反映社會現實。（同上，87-89）另外，文化是一個歷史性的生活團體表現它的創造力的歷程和結果的整體。當中包含了終極信仰、觀念系統、規範系統、表現系統、行動系統。（沈清松，1986：24）文化學方法可以用來評述文學與藝術中「意象」所具有的文化特徵（價值）。（周慶華，2004b：120）這在本研究第四、五、六、七章中，所要分別處理的文學中的意象（包括心理意象與情意意象、社會意象與權力關係、文化意象與世界觀等）、藝術中的意象（包括線條意象與文學內語境、色彩意象與文學內外語境、節奏意象與跨域等）、文學意象與藝術意象呈現方式的異同（包括輾轉示象的異同、多方連結變象的異同等）、文學意象與藝術意象表義方式的異同（包括喻義的異同、象徵義的異同、衍義的異同、辯證義的異同等）等，就依性質相近而採用相應的心理學方法或社會學方法或文化學方法。此外，第八章涉及相關比較成果在語文教學上應用的「社會」問題，所以社會學方法也要在這裡派上用場。

第三節　研究範圍及其限制

一、研究的範圍

本研究「文學與藝術中意象的比較及其在語文教學上的應用」，從前述的概念設定中的文學、藝術、意象、意象呈現、意象表義、語文教學等，約略可以看出本研究的範圍。本研究主要在多方比較文學中的「意

象」與藝術中的「意象」，並將相關的成果應用在語文教學上。所以「意象」是本研究的探討核心，它主要是以文學和藝術作為一個考察的範圍。而應用在語文教學上，指的就是在說話、閱讀、寫作層面上應用此一研究發現而有所基進創新。至於「不足」就成了本研究的侷限所在。

（一）文學的範圍

　　周慶華在《文學理論》一書中，重新看待文學的本體和文學的現象的幾個途徑章節中指出：文學的本體只是一個抽象的理念或觀念，它要體現在具體的形式中才能成為一個可辨別的類。他將文學界定為：針對某些對象進行敘事或抒情，而將所要表達的思想情感曲為表達或間接表達。所謂某些對象，是指人事物等；而曲為表達或間接表達，是指以比喻、象徵等手法來造成有如藝術品那樣將素材予以額外加工美化效果；至於思想情感，則指以語言形式存在的知覺與感覺。（周慶華，2004a：95-96）

　　周慶華將文學體式分為敘事性文體和抒情性文體。再將敘事性的文體分為神話、傳說、敘事詩（史詩）、傳記、敘事散文、小說、戲劇。而抒情性文體分為歌謠、抒情詩、抒情散文。其中抒情性的文體在文學的形式上重視意象和韻律，在文學技巧上重視安置意象（比喻和象徵）和經營韻律。詳細的分類，詳見下圖（按：下圖中的「風格」和圖 2-3-3 中的「美」同義，此處所引乃依原著，理當再增列「多向」和「互動」兩種類型）：

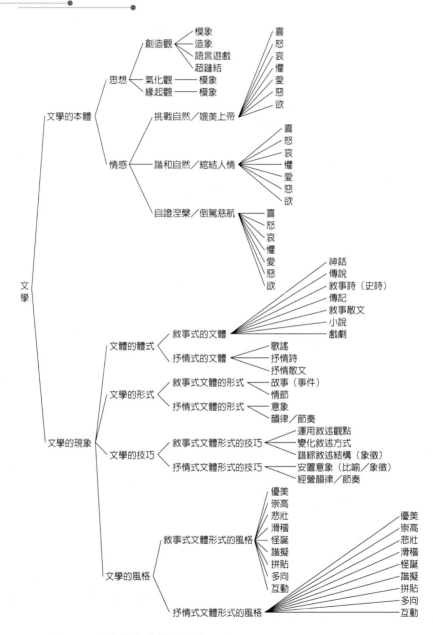

圖 1-3-1　文學的本體和現象（資料來源：周慶華，2004a：102）

　　文學的定義隨著思考點的不同而有不同的想法，它的範圍非常廣泛，本研究的核心在於「意象」，所以考察的範圍著重在抒情性的文體，其形式和技巧對於「意象」的著墨非常的深入，對於「意象」的形成、表意、呈現有相當的發掘成果可以使力。

（二）藝術的範圍

　　目前藝術的分類有文學、繪畫、音樂、舞蹈、雕塑、建築、戲劇、電影等。本研究採取最狹義的解釋，就是純粹的造型美術，與工藝美術無關（也就是不涉及建築、雕刻等）。前述的文學、音樂、舞蹈、戲劇、電影等也不包括在內。尤其文學在本研究中為特別獨立出來探討的一項，將要和美術繪畫作為對照比較。

（三）意象的範圍

　　「意象」在文學和藝術上的表現和評論中都有相當的比重。「象」最早的概念出現在老子的《道德經》：「道之為物，惟惚惟恍，惚兮恍兮，其中有象。」歷經後人的研究慢慢從八卦之象或象形文字之象轉變成意象理論的探討。劉勰的《文心雕龍・神思》和鍾嶸的《詩品》中談論的意象理論，深深地豐富意象說的內容。李元洛在《詩美學》一書中指出我國古典詩歌美學雖然遠較西方為早地提出意象之說，但是由於我國古代詩論家點到即止的印象式、啟發式的批評方式的侷限性，不可能對意象作出細緻的解釋與充分的科學說明。（李元洛，2007：138）在西方早期的心理學家也將「意象」稱為表象或心象，18世紀Immanuel Kant在《判斷力批判》中論述了審美意象這美學概念，「意象」也從哲學和心理學通往美學研究的道路。（同上）「意象」在文學方面，簡單的說就是創作者將內在的思想情感（意）藉由外在人事物（象）來表達，使它成為可被知解和想像的成分。（周慶華，2004b：279）姚一葦認為意象可以說是來自個人過去經驗的累積，此經驗不限於個人親身的經歷，也包含得自傳聞或文字或符號的記載。（姚一葦，1979：57）1956年，美國密西根大學教授Kenneth Boulding出版《意象》一書，它從人類行

為科學基礎來探討意象的問題，將意象分為空間、時間、關係、人事、價值、感情、確定和不確定、真實和不真實、意識三領域、公眾與個人的意象等十類。（同上，57引）

　　由於分類觀察角度的不同，就會有不同的分類方法。吳曉從意象的主客觀成分，分為主觀意象與客觀意象；從意象的表現手法看，可以分為描述性意象、擬情性意象、象徵性意象；從意象在詩中的存在狀況來看，可以分為景內意象和景外意象、顯意象和潛意象；從意象的內容來看，可以分為自然意象、歷史意象、現實意象。（吳曉，1995：42）

　　「意象」是作者內在之意訴之外在之象，比照前面兼帶提及現象學方法，我們探求作品意象時，必須回到「事物的本身」，以直覺的觀念進入現象（作品）探求所顯現的真意。作品本身需要直接被意識，進行本研究構設理論不能空泛的進行，所以在探求時也必須將意象作分類，以方便進行。本研究在文學方面就從意象的內容型態上粗淺分為生理意象、心理意象、社會意象、文化意象，並和美、情意、權力關係、世界觀等作綜合探討。藝術方面則從作品中的構圖、線條、色彩、節奏與文學內外語境作綜合探討，再將文學與藝術從內容上的表意與呈現作比較。

（四）語文教學的範圍

　　「意象」探討的成果，必須試為擬議應用，才能完滿這次的論述。由於在語文教學上的任何科目大都以語文形式呈現，所以本研究所指的語文教學就跟文學的教學有關。文學經由語言媒材的構設，可以「直逼」現實情境以及別為「規模」理想國度；而當中所用來撐起審美樂趣的意象、事件（故事）等，又特別為人所喜愛。（周慶華，2004a：271）它在藝術存有、心理存有、社會存有也上都有所彰顯，我們在教學時雖然是說話、閱讀、寫作三方面混合進行，但是在探討方面也得分開，以便可以知悉在美感效應、創新表現上如何的增進。

二、研究的限制

（一）研究方法的限制

選擇的方法雖然有利於探求新知，但也會因為方法的侷限性而使得研究結果有缺失。一般而言，我們要先自問我們所要觀察的對象呈現什麼狀態？如何才能了解該對象？個人主觀是否能達成該對象的客觀性了解？（周慶華，2004b：278）「意象」是屬於主觀上可認識，還是客觀上應可被了解？或是將它視為主客觀辯證融合下的存有？本研究採取以主體意識和客觀現象的辯證融合為中心去解釋說明，同時運用邏輯演繹和經驗歸納來完成解答，看似協調多種方法去完成，但其實仍然逃離不了研究者的意圖，這研究結果仍需自己再進行後設或者更進一層後後設來反省，以維護辯證後的理論的有效性。

（二）研究範圍的限制

本研究考察的範圍和對象是文學與藝術，為研究的單純，在前面已述及研究的範圍僅包括抒情性的詩歌和散文，藝術類則去除音樂、舞蹈、雕塑、建築、戲劇、電影等，僅留下繪畫。此類別雖然很有代表性，但是仍然不能概括所有的經驗。

例如以藝術的形式中漸層而言，圖畫中的漸層以中國水墨畫的漸濃或漸淡為例都呈現不同的意象美，書法中筆劃濃淡也有漸層美，音樂中的「音」也有漸層的分別，小說故事情節也有漸層至高潮或低潮等變化。就節奏而言，在圖畫中有線的節奏、色的節奏。中國國畫或書法也講求線條的節奏，宛如氣在行走。當然音樂中的節奏更是明顯的表達出情緒，所表現出的意象更是繁複不同。我在蒐集例證予以闡釋發論時，因取證不足便有所缺憾。此缺失，只能待個人持續努力發掘和同好有興趣一起來增補。

第二章　文獻探討

第一節　意象的緣起

在中國的典籍中，「意」和「象」很早就出現，《周易・繫辭》：「天尊地卑，乾坤定矣……在天成象，在地成形，變化見矣。」；又「夫象，聖人有以見天下之賾，而擬諸其形容，象其物宜，是故謂之象。」此則提及聖人為了顯現天下幽微奧妙的事理，所以要模擬它的樣子，再現他與外物相通的適當面貌，因而有了可以依循的「象」。這時候所觀的物是「天下之賾」，聖人為了顯現其形而顯像，因而「擬諸其形容，象其物宜」。象的取得途徑，由內而外，是主觀的投入，是主觀情感的客觀化。又：「古者伏羲氏之王天下，仰則觀象於天，俯則觀法於地，觀鳥獸之文，與地之宜，近取諸身，遠取諸物。」此則是通往外在物象的觀察，製作卦象，來溝通天地神明之德，模擬萬物萬象之情。這時，「象」的取得途徑，由外而內，是客觀物的觀察，用以寄寓主觀的情感。（仇小屏，2006，20）

從中國對意象的看法裡，《周易・繫辭》一再的說：「易者，象也；象也者，像也」、「像也者，像此者也」、「八卦以象告」，都在強調象的重要，雖然這裡所說的「象」是指卦象，但是「卦象」原本就來自「物象」。以《周易・繫辭》的觀點，就是「觀物以取象」。直接以《周易》本身而言，觀的是具體的個別物，取的是抽象的普遍的象。綜觀前面所提及繫辭的兩則說法，「心」與「物」應該交互往返，才可以有「象」的產生，這時候「象」不僅是物象外觀的模擬，更是物象內在特性的發覺（天下之賾），思想教養的理性的體悟（神明之德），情意的感性的震顫（萬物之情）。（蕭蕭，2007：258）

葉朗引錄王羲之〈蘭亭集序〉「仰觀宇宙之大，俯察品類之盛，所以游目騁懷，足以極視聽之娛，信可樂也」來說明「藝術家不能只著眼

於一某一個孤立的對象，不能侷限於某一個固定的角度，而要著眼於宇宙萬物，要仰觀俯察，游目騁懷，只有這樣，才能得到審美的愉悅。」（葉朗，1999：77）他們都在天地之間觀察自然生態、也觀察人文現象、人造景觀與器物，用以取象。「觀物取象」後便是「立象以盡意」，《周易‧繫辭》：「子曰：『書不盡言，言不盡意。然則聖人之意，其不可見乎？』子曰：『聖人立象以盡意，設卦以盡情偽，繫辭焉以盡其言，辯而通之以盡利，鼓之舞以盡其神。』」儒家認為聖人創造物的象和紀錄語言的言詞都是為了表達人的思想。象的概念從具體事物的描述進展到藉物象的創造表達人的想法。（仇小屏，2006：20-21）

從「言不盡意」、「立象以盡意」，可以看出語言文字必有窮盡，無法曲盡其意，所以藝術創作終究要靠著「立象」才真能「盡意」；即使是欣賞的過程，也要能在自己的心中形成「象」，才可以探究真意。（蕭蕭，2007：261）

王弼《周易略例‧明象》也說：「夫象者，出意者也；言者，明象者也。盡意莫若象，盡象莫若言。言生於象，故可尋言以觀象；象生於意，故可尋象以觀意。意以象盡，象以言著。」由此可知，情意可以透過言語形象來表現，並且可以表現的很具體。陳望衡《中國古典美學史》也說明「意」、「象」、「言」的前後關係，尋言是為了觀象，觀象是為了得意。（陳望衡，2001：207）

這具有文化意涵的「意象」論述，在後來也導入了美學的論述，劉勰《文心雕龍‧神思》「是以陶鈞文思貴在虛靜，疏瀹五藏，澡雪精神，積學以儲寶，酌理以富才，研閱以窮照，馴致以繹辭，然後使玄解之宰，尋聲律而定墨；燭照之匠，窺意象而運斤；此蓋馭文之首術，謀篇之大端。」他認為培養文思要從「臨文」與「平時」兩個方向立說，臨文要內心虛靜，不存雜念；平常要從積學、酌理、研閱、馴致等方面下切實工夫，他強調神與物遊的精神，然後得以窺得「意象」。他的「意象」，所指的並非是眼前的真實真物，而是加上內心意象的形景象貌。他在《文心雕龍‧物色》更進一步提出：是以詩人感物，聯類不窮，流連萬象之際，沉吟視聽之區。寫氣圖貌，既隨物以宛轉，屬采附聲，亦與心而徘徊。故灼灼狀桃花之鮮，依依盡楊柳之貌，杲杲為日出之容，漉漉擬雨

雪之狀，喈喈逐黃鳥之聲，喓喓學草蟲之韻。劉勰認為「寫氣圖貌」與「屬采附聲」，既要「隨物以宛轉」，又要「與心而徘徊」，結果便能產生心物交融的結晶品──「意象」。他舉「灼灼」狀桃花之鮮，「依依」盡楊柳之貌，「杲杲」為日出之容，「漉漉」擬雨雪之狀，「喈喈」逐黃鳥之聲，「喓喓」學草蟲之韻，以引起讀者視覺、聽覺、觸覺的想像。（吳啟禎，2008：3-4）

　　從詩學的角度如何將「意」與「象」契合，也說明意象如何生起，盛唐王昌齡在《詩格》中提出「詩有三格：一曰生思。久用精思，未契意象，力疲智竭，放安神思，心偶照鏡，率然而生。二曰感思。尋味前言，吟諷古制，感而生思。三曰取思。蒐求於象，心入於境，神會於物，因心而得」。司空圖《二十四詩品・縝密》「是有真跡，如不可知，意象欲生，造化已奇。水流花開，清露未晞，要路愈遠，幽行為遲。語不欲犯，思不欲癡，猶春于綠，明月雪時。」意象必須詩人主觀情意與客觀的景色物象，要能契合交融，縝密無間。也說明情深意遠的意象要以幽婉綿密的細節描繪而成，是以語言不可過於華麗，這樣會使讀者得言忘象；思路不能過於呆滯，這樣會使讀者得象忘境。司空圖的《詩品》二十四則都是以意象論來表現，為中國詩歌理論批評史有系統的提出意象論。（吳啟禎，2008：5）

　　宋代梅聖俞在《續金針詩格》中說：「詩有內外意，內意欲近其理，外意欲近其象。」明代何景明在〈李空同論詩書〉裡提出：「意象應曰和，意象乖曰離。是故乾坤之卦，體天地之撰，意象盡矣。」明代王廷相在〈與郭价夫學士論詩書〉中認為「夫詩貴意象透瑩，不喜事實黏者，古為水中之月，鏡中之影，可以目睹，難以實求事也……嗟呼，言徵實則寡餘味，情直致而難動物也。故示以意象，使人思而咀之，感而契之，邈哉深矣，此詩之大致也。」也都對詩的意象提出見解。

　　綜合上述，意象是為了顯現天下幽微奧妙的事理，所以要模擬它的樣子，再現它與外物相通的適當面貌，化解了言難盡意的困境。意象再轉變為美學上的論述，滿足創作者與欣賞者美感上的需求，因此在詩歌的創作中意象居於美感的關鍵地位。

　　意象在西方最初也是表象或心象，是一種記憶的表象或由知覺所改造的想象性表象。在早期側重象，是一種認識論的範疇。表象是認識論中由物質到思維的中介環節，在 Friedrich Hegel 的絕對理念體系中，這表象是沒有什麼地位的，他把「表象」貶低為機械的堆積物，與他所強調的絕對理性是相對立的，當然與辯證思維絕緣，Friedrich Hegel 把思維看成是可以脫離「表象」的東西。而在心理學以及文藝心理學的解釋注重表象是由感知到思維的「中間環節」。（夏之放，1993：162-163）

　　如果從西方的美學史來看，審美意象和一般表象是不同的，最早論述審美意的是 18 世紀 Immanuel Kant，他在《判斷力批判》一書中德文 Vorstellung 這個詞往往用作 Idee（意象、觀念）和 Gedanke（思想）的同義詞，含有思維活動的意義。（夏之放，1993：172-173）

　　意象慢慢的也走進文學創作。意象派是 1909 年到 1917 年間一些英美詩人發起並付諸實踐的文學運動，是當時盛行西方世界象徵主義的一支，其宗旨是要求詩人以鮮明、準確、含蓄和高度凝煉的意象生動及形象地展開事物，並將詩人瞬間的思想情感溶化在詩行中。意象主義的哲學基礎是 Henri Bergson 的直覺主義，藝術家的任務就是透過直覺捕捉意象，意象是詩人內心一次精神上的經驗，它具有感性和理性兩方面的內容，也就是 Ezra Pound 所說：意象是理性和感性的複合體。（吳曉，1994：19）不過意象派和象徵主義詩歌有極大本質的差異，意象派不滿象徵主義要通過猜謎的形式去尋找意象背後的隱喻暗示和象徵意義，不滿足於去尋找表象與思想之間的神秘關係，而要讓詩意在表象的描述中，一剎那間地表現出來。主張用鮮明的形象去約束感情，不加說教、抽象抒情、說理。二者雖然都以意象為「客觀對應物」，但是象徵主義把意象當作符號，注重聯想、暗示、隱喻，意象派則將重點放在意象本身，就是具象性上，讓思想和情感融合在意象中，一瞬間不假思索、自然而然體現出來。（百度百科，2010a）

　　意象在西方也是對「象」的尋求，進入「思維」與「象」的接合，在進入美學上的討論，最後發揮影響在詩歌的創作上。創作者都希望將主觀的情思寄託在具體的客觀物上，使得情思能得到鮮明生動的表達。況且意象可以有獨創性，雖然情思類同，創作者可以取用不同的「象」

更增添藝術的美感。除此之外，言難盡意處可以意象代替。運用意象使得主題朦朧，讓言有盡而意無窮，充滿更多想像的空間。意象提供隱喻、象徵的方式，使得許多不能說或不方便說的事，有間接表達的方式，這些都是意象的緣起情況。

第二節　文學與藝術的意象化

文學與藝術的意象化在許多文學或藝術的專書中討論非常的多，本節文學與藝術意象化的探討先分為文學意象化與藝術意象化二部分。文學意象化先探討文學意象化的目的，再探討文學意象呈現的類型，最後探討文學意象表義的方式。而藝術意象化的部分也是照此架構，先探討藝術意象化的目的，再探討藝術意象呈現的類型，再探討藝術意象表義的方式。

一、文學意象化

（一）文學意象化的目的

意象化的目的在於創造出標幟以傳達體驗過的情感。Lef Tolstoy 在《什麼叫做藝術》一書中，從藝術的觀點說明什麼是文學。他認為人們用語言互相傳達自己的思想；而人們用藝術互相表達自己的情感。因此，傳達出人們的思想和經驗的語言是人們結為一體的手段。他進一步分析：藝術起源一個人為了要把自己體驗過的感情傳達給別人，於是在自己心理重新喚起這種感情，並且用某種外在的標幟把它表達出來。由此推論文學是用言語為外在標幟，表達作者的感情，並能感染讀者的一種藝術。（趙滋蕃，1988：7）

心理學把意象稱作心象，甚至把意象稱為心靈的再生作用。因此，意象是心理學與文學共用的詞。可見文學的意象解釋擺脫不了心理學的解釋。所以我們談意象，就是那些再生的人、事、景、物的影像不是出

現在我們的眼前，而是只出現在我們追憶或聯想之中。（趙滋蕃，1988：135）這種經由記憶和聯想，把過去的經驗所獲得的印象內容，自由組合之後，再現在我們的心靈之中，而成為另一種人生圖畫，這種人生圖畫我們稱為心畫。因為觀照的對象並不在眼前，所以意象的構想視野較大而明晰度較小，非常類似寫意畫。因此，在意象構想一方面需要較大的想像力；另一方面更需要美感心靈的綜合作用為之剪裁、鎔鑄。於是用意象置入文學作品會有追憶的焦點，寫下來的作品會因為移情的作用而更為活潑生動。（同上，138）換句話說，意象會引發記憶，它牽引兩方面的活動，一面強迫性的，定要去尋找與那東西相關的材料；一方面則是自由的檢閱一些記憶力所能提供的材料。文學的記號或許有限，但是所引發的內心情感是豐富的。

胡雪岡的《意象範疇的流變》談論詩歌意象，也提及意象是詩歌的基本特徵，有沒有意象是詩與非詩的區別，審美意象是詩歌的本體。意象是透過內心觀照立意盡象的過程形成的。文學意象化的目的使我們激發對客體對象的具體知覺和相映感性經驗。（胡雪岡，2002：136-137）

（二）文學意象呈現的類型

趙滋蕃在《文學原理》第二章〈形象與意象〉從作品和作者內心的連結程度來分類。分為自由意象和連結意象。詩人內在之意訴諸外在之象，讀者再根據這外在之象還原當初詩人內在之意。如果說作品的意象是屬於連結意象，與作者內心的想法相去不遠，尚可以還原；如果作品中的意象是屬於自由意象，在作品中的意象表現很具體正確，但是作者內心之意卻無確定或難以捉摸，所以作品中的象徵意象很難讓大家去知曉什麼意思才是作者的真意。（趙滋蕃，1988：139）

關於意象有人做了很多有關心理實驗的研究，但是跟文學的相關性不大。20 世紀 50 年代以後，研究的重心偏轉到連結意象與自由意象、字面意象和象徵意象。連結意象就是一種意象能在讀者群中引發某種明確意義的。例如由太陽聯想光明，海洋暗示永恆。自由意象其意義或價值可以做出大幅的變更，隨讀者的認識高低或性質不同而出現不同的想

像，例如鮮花可比喻少女，也可以代表青春，也可以直覺成天真等，詩人使用自由意象，讀者只能憑自己努力想像和直覺了。（趙滋蕃，1988：143-144）

作品中的形象顯現的認知活動內跟想像力相通，外跟直覺直觀相通。而形象的直觀，本質上是偏重美感經驗的。所以形象顯現是飄忽不定的，因為他來自直觀，而直觀就得憑自己的想像力，突然在事物中見出形相，這種靈光一現的觀照其實是自我的心靈創造作用，從心靈中創照出事物的影像。從上述歸結，當外物透過我們的感官感覺，而作形象顯現，我們稱為外現形象。當外物透過我們的記憶與聯想，而作影像的重現時，我們叫內心的意象。外現形象由我們的感覺力或感性提供感覺材料，使我們獲得有關觀賞對象的印象。Immanuel Kant 就指出由想像力造成的這種形象顯現就稱為意象了。一旦外現形象引發我們類似的聯想，把我們的感情投射到這形象去，因而產生移情作用，這時內心的具體意象就開始轉化，我們的心靈也就有了構想意象的能力。（趙滋蕃，1988：141-142）

另外，字面意象和象徵意象和文學也有很大的關連。字面意象指不需要變更字義，只透過文字的聯想就能描繪出作者的情緒和感覺。象徵意象又叫轉用意象，當我們用比喻的方式轉用該等意象時，其字面的意義有所改變。象徵、明喻、隱喻都是組成意象的有效成分。文學中形象表現和意象表現，在作品中都算是藝術的主要表現，能使抽象的文字表現具象如畫。（趙滋蕃，1988：145-146）

意象型依想像活動的特性與等級，1924 年 Henry Wills 寫的詩的意象將意象排列成七種裝飾的意象、沉潛的意象、牽強的意象、浮誇的意象、基本的意象、強調的意象、擴張的意象與補足的意象。最後意象的構想也有它集合的中心，也有它集合剪裁的標準。所以主題意象在意象構想之前能夠訂出情緒基調，也比較能讓讀者引起相類似的經驗，這樣的情感也會比較強烈一些。（趙滋蕃，1988：160）

吳曉的《詩歌與人生意象符號與情感空間》以意象研究為基點，樹起理論框架。他從詩是一個意象符號系統這一本體論出發，希冀創造詩學的理論體系與詩歌的創作有關技巧。他認為詩是一個獨立自主的意象

符號系統，意象成分與非意象成分構成了詩，意象大於語言高於語言。詩的創作就是詩人捕捉意象、創作意象，然後加以有序化組合的過程。至於詩的非意象成分是由意象派生出來的，是意象的附屬成分，用來說明闡釋意象意義。事實上一首詩是意象的有機組合。（吳曉，1995：3-4）意象是詩人直接感受的產物，具有個性創造物的特點，詩人能將獨創的意象符號提供給讀者，使讀者產生理解和共鳴。進而被普遍接受與承認（同上，5）。

意象大於語言高於語言，意象有語言無可比擬的功能。意象借用可感性的語詞反映客觀事務的形象，色彩、聲響、氣味、硬度等等可感性語詞成為意象的外殼，讓詩人的創造性得以實現。但是意象終究是在語詞的上層。意象是詩人主觀意識與客觀事物的複合體。（吳曉，1995：9-10）

吳曉指出意象作為符號，在意象符號中，能指和所指的聯繫是由詩人憑靠自己獨特的藝術創造個性所建立的。能指和所指關係的任意性給詩人廣大的創造空間，詩的創新就是意象符號的創新，能指和所指間有新關係的建立就能開創新意象。（吳曉，1995：28）

意象的類型由於角度的不同，就有不同的分類。從意象的主客觀成分來看，可分為主觀的意象和客觀的意象。從意象的表現手法來看，可以分為描述性意象、擬情性意象、象徵意象。從意象在詩中的存在狀態來看，可以分為景內意象和景外意象。從意象的內容來看可以分為自然意象、歷史意象、現實意象。（吳曉，1995：42）

在意象構成方面，意象的外在美感是以視覺為主要感受器的感官領受。而色彩美又是視覺美的主要內容，色彩的搭配與組合，色彩的對比與映襯，是產生視覺的層次美和諧美的主要手段。吳曉該書也提出詩歌中的色彩描繪由明晰單一趨向複雜朦朧的色彩表現，由忠實原光原色趨向於表現印象感覺。色彩由單純視覺感官表現趨向於多種感官的交互表現。由描述事物的外部型態趨向描繪抽象的觀念情緒。並以物象色代替色相色進行表達。（吳曉，1995：58）

夏之放的《文學意象論》特別把審美意象作為文藝學美學研究邏輯的起點，並據此得出文學是以語言符號為媒介的審美意象系統，書中並

對審美意象的各個層面作出詳盡的論述。首先指出文學意象化是以語言為媒介將審美意象符號化，從符號學的角度，語言是一種十分複雜的符號系統。借用 Roman Jakobson 提出的六種功能中的表義性、表象性、表情性，說明語言是傳達人們情感和審美意象的工具。文學創作的過程就是一個符號化的過程。關於文學意象的構成層面不機械式的將文學作品割裂成內容和形式來作研究，他指出文學作品可以由外到裡解析為文學的外形式音義層面，文學的內形式結構層面，文學意象的載體景象層面，文學意象的意蘊意味層面。最後提及意象運轉全靠自由創造的精神，從意象的受孕、發掘、自由生發到形式的擬定，再到讀者閱讀欣賞。風格趣味的形成是自由創造精神的自由體現。（夏之放，1993：191-289）

　　李元洛《詩美學》的第四章〈詩國天空繽紛的禮花〉談論詩歌的意象美，他認為我國古典詩歌較西方雖然更早提出意象說，但是只是一些印象性的批評，並沒有細緻的說明或解釋。意象是詩歌美學的一個基本的範疇。就詩人的創作過程中，意象是詩歌創作構思的核心，一篇完成的作品對於作者來說是創作的終點，對於讀者來說是欣賞的起點。詩中意象美的重要不是訴諸理性而是訴諸感情，詩人的內在之意化作外在之象，讀者也根據詩人所創造的外在之象，去搜尋與領會詩人原來的內在之意。就詩藝術欣賞的規律來說，原作的意象可以稱為原生性意象，讀者這種根據原作意象在自己審美欣賞活動所構成的意象可以稱為再生性意象、再造性意象或繼起性意象。（李元洛，2007：146）

　　意象是詩的元件，單一來看即使意象本身新穎而內涵豐富，如果沒有在統一的主題下和構思下巧妙的組合起來，缺乏內在的有機聯繫是無法構成美的感覺。李元洛引杜甫語「詔謂將軍拂絹素，意匠慘淡經營中」，反映出詩歌藝術的規律，是苦思經營精心安排的結構。李元洛將意象的經營分為幾類：動態性的化美為媚的意象、比喻式的意象、象徵性意象、通感性意象、交替式意象、疊映式意象、並列式意象、語不接而意不接式意象，輻輳式意象。並指出詩歌每一意象的捕捉和鎔鑄都很重要，不僅要單象之美也要綜合美。（李元洛，2007：149-168）

（三）意象的表義方式

　　王夢鷗《文學概論》從修辭學上觀察詩人文學家們對意象的表述，大體分為三個層次：第一層，積極運用記號所能表達的效果而直接把原意象翻譯為外在語言。第二層，則連同原意象所衍生的類似的意象同時譯為外在語言而就以那類似之點來代替原意象。第三層，是為注意那衍生的意象，便把它當作原意象來描寫；倘若使原意象是由客觀的事物促起，但促起之後繼起意象則是純主觀的另一經驗的再現，以純主觀的另一經驗的再現當作主體來描寫。所以到了第三層可說是最為主觀的表述了。另外，王夢鷗提到詩人文學家所表現於語言的意象構造分為三層：一是意象的直譯；二是用譬喻來表述意象；三是進入譬喻的世界只表述那譬喻性的意象。這三層與我國古代區分詩法為賦、比、興三個層次相當。（王夢鷗，1976：122-123）

　　賦、比、興是書寫品的構思形式，也就是詩人用以表述或傳達他的意象的方式。「賦」是一種不用譬喻而直接表達作者意象的方式。「比」是用類似的東西來說明原來的東西，就是用其他事物的類似點來代表原事物的特點，而這特點乃是原作者的意象所在。「興」是原意象引發的繼起的傳達，但所傳達的繼起意象與原意象之間可類似也可不類似，甚至相反的，無不可具以表述。王夢鷗使用三種分類來說明意象的表義方式：一是意象的直接傳達；二是意象的間接傳達；三是意象的繼起傳達。（王夢鷗，1976：127-128）

　　比喻是意象傳達的方式，許多的修辭學家把它區分為許多種，其實用繼起的意象來表述原意象的間接表達法，只有直喻和隱喻，儘管方式多，但是它始終是甲比乙的方式，詩人文學家為某種意象發動述說，不管是直接法或間接法，都可以說是一種隱喻。（王夢鷗，1976：144）繼起的意象也是一種隱喻，神話生成原理是人們誤走入譬喻語所象徵的假象世界，使那主觀的東西被看成客觀的存在，所以繼起意象的表現，也就是由譬喻趨向於神話之路，而進入純然創造的世界。（同上，157）

　　吳曉在意象的特性方面，指出意象具有自足性。也就是說，意象具有獨立的表現性；意象符號本身的形式和和意義間都有一定的對應性，這也構成意象的自足性。另外，意象具有模糊性和不確定性。意象能將抽象的意義和情感具體化，只能以隱喻傳達。所以讀者只能自己想像和感受聯繫自己的體驗去闡釋和理解。意象的模糊性構成意象的多義性、寬泛性的內在依據。最後單個意象有明顯的侷限性和非獨立性，它無法展現情感複雜變化的進程。因此，必須借助意象的組接來展示情感活動的相互作用，以至各個意象的搭配都是為了指向整體的情感。（吳曉，1995：29-34）

　　吳曉還指出意象的生成過程，表象上升為意象的過程如何，詩人為何只採用其中一部分而不採用其他部分，這其中全由詩人服從意念的表達與情緒抒發的需要。這種分解與選擇常常在短時間內完成。（吳曉，1995：39）另外〈意象的內在含量〉章節指出豐厚的意象內涵來自於詩人心理的綜合運用與意象的簡化，意象必須指向人類的深層意識關於生命意識、歷史意識、宇宙意識的思考。（同上，81）

　　文學情感的表達有賴於意象的組接，意象組合的實質，是意象化的有序化並置。詩人為表達情感，按照一定的構思，根據審美形式規律，將一個個意象進行組接和排列。意象組合就是一個造境的活動。意象的組合由淺層到深層從純視覺純外觀狀態的臨摹進入主客關係接近，最後是主客合一，物我同一。（吳曉，1995：175-176）

　　從意象的表述方式來看，有以意象為中心的表述方式，也有以情感流為中心的表述方式。從這二種方式出發，就產生各種意象的組合方法。如意象的疊加、意象群的組合、貫串式組合、枝叉式輻射結構、對比式的組合、複沓式組合、擴張式組合、荒誕組合，文學作品中也常見多種的組合方式，交互運用，已達變化的目的。（吳曉，1995：181-188）

　　胡雪岡的《意象範疇的流變》指出意象的組合和建構，就是主客體的交流、融會的過程。我國古典美學上說情景交融、思與境偕，其實質就是審美情感和審美對象結合而成為審美意象。但是由於審美情感和審美對象結合方式的不同，形成審美意象不同組合方式和建構型態，從總體上可以分為有序性組合和無序性組合。有序性組合是指意象的組合能

依照主體的意對外在的象的能動方式，使它有序化。也就是說，這種有序性組合是沿著情感發展的順序進行有層次的更替和轉換。相對無序性組合是捨棄過程的連續性、因果性，從而組合建構成一種空靈而蘊藉的藝術境界（胡雪岡，2002：138）

　　文學意象呈現的類型大多以作者主客觀的表達方式作為分類，也有從作品中去探索字面意義與象徵意義，或者以意象的多樣組合產生不同的新意去研究。這些都是意象塑造過程的探究，但文學終究是傳遞情感，其功能是傳達深層的意義，或許是表達美的種種類型，或許是表達人們的情思，或許顯現人與人之間的和諧或衝突。不同的文化環境又影響文學的表達，所以意象的探求除了從呈現的方式去作探討外，也可從表義的方式去了解，本研究希望從取義的角度，將文學意象分類成生理意象、心理意象、社會意象與文化意象作進一步探討。

二、藝術意象化

（一）藝術意象化的目的

　　藝術是透過塑造具體生動的感性形象，反映社會生活的審美屬性、表現作者對生活的審美評價的一種社會意識形態。（王世德主編，1987：472）藝術是以現實生活為源泉，是藝術家的主觀對現實生活的形象反映。但是藝術不是簡單、被動的複寫生活現象，它把再現現實審美特性與表現人的審美意識、感情、觀念、理想有機結合起來，因而有極大的創造性。（同上，472）由上述說法，點出了意象在藝術中的必須，也說出意象傳達人的感情、觀念、審美的意識。

　　藝術是如何發生，大體上有兩種說法：一是遊戲說：為藝術而藝術；二是勞動說：為人生而藝術。也有類似的說法：模仿衝動說、遊戲衝動說及自我表現衝動說。模仿衝動說認為人類的模仿本能與生俱來，任何藝術開始創作，都是由模仿本能表現出來的。心理學家將人類精神的無意識或半意識活動都視為衝動。藝術史將人類在衝動模仿下所完成的藝術形式分為二種：一寫實形式的模仿，以表現實在形象為目的；二是幾

何形式的模仿，又稱簡略型式，所模仿的形象不求逼真，只求略似或只可意會。遊戲衝動說以人類本能的衝動為出發點，認為藝術的發生，是一種遊戲的本能、遊戲的衝動，所以藝術是遊戲的發展。自我表現衝動說認為人類都有一種要將自己的感情表現的本能衝動，藝術便是其所產生的結果，又稱為自我展露衝動。有人認為藝術否認藝術的目的和傳達思想有任何的關係，認為藝術的目的完全是自我情感的表現。（孫旗，1987：33-40）從上述的說法，就可以清楚藝術意象化的目的就是將外在事物的形象畫出並傳達給別人。也有完全是自我情感的表現，是一種自我的衝動想告訴別人自己心中的想法。

　　因為人類是意志客觀化的最高等，所以有美的預想，人類因而能認識美。藝術家能創造美的形象，以綜合作用把各種不同的材料組織起來。從美學角度來觀察，畫家的工作就是要透過圖像來傳達各種意義。（陳懷恩，2008：12）藝術創作就是思維作用的結果，也是對事物認知判斷的結果。運用思維在藝術創作時，當作者與事物相遇時產生美感，必須經過思維、想像、聯想，使此美感變成意象，然後要思維如何將意象表現成一定美的形式──具體而微，作為與欣賞者的媒介。（孫旗，1987：135）所以藝術意象化的目的，就是透過對具體物的感知、想像、情感綜合傳達作者的想法。

（二）繪畫意象的呈現的方式

　　以藝術外觀的媒介因素分為時間藝術和空間藝術，造形藝術和音樂性藝術，靜的藝術和動的藝術。繪畫是將形象或意象用線條、色彩為媒介，表現出一個美的形式，而表現時所呈現的是平面的空間藝術。繪畫是平面的空間藝術，畫面也是空間，要在有限的空間表現無限美的意境，便需要一番修養功夫。繪畫的結構是由線條與色彩所構成，那線條、色彩就是繪畫的構成要素，要用線、色在小小的平面空間表現出大千世界的優美景象、最要注意的是意境。要達到筆減形具的境界，更需要熟練的技法。畫家的任務在於運使線條特性的剛柔及色彩的冷熱，描寫出心中的意念。（孫旗，1987：70）

　　一般繪畫表現上，西洋畫多濃重切實，中國畫多清淡傳神。西洋畫注重形、調子、色彩。形就是形象與構圖、調子就是指明暗關係，色彩就是顏色調和、對比的關係。中國所重的是六法，南齊謝赫在《古畫品錄》的序文中說「……六法為何；一氣韻生動是也；二骨法用筆是也；三應物象形是也；四隨類賦彩是也，五經營位置是也；六傳移模寫是也……」所謂「氣韻生動」，是被表現事物的生機與意態（孫旗，1987：72），是比較西方繪畫最為特殊的部分。

　　繪畫是用線條、色彩構成美的形式，來表現作者感情的平面藝術。（孫旗，1987：73）以下就構圖、點線面、色彩、節奏作一些探討。

　　1. 在構圖方面：藝術家為了體現作品的思想內容或美學主張，在畫面裡安排布置表現對象的形、色因素及其關係，使若干個別的形象組織成藝術整體的手法。在中國傳統繪畫中，構圖稱為「章法」、「布局」或「經營位置」。構圖主要的任務是準確表達作品的思想內容。充分體現藝術家的美學思想。構圖的基本原理主要對於變化統一法則的運用。（王世德主編，1987：579）透視法則的藝術運用，在構圖中起著極為重要的作用。透視分為形體透視和空間透視。藝術家為了真實的反應客觀物體，必須按照科學的透視規律和自己的藝術需要，在畫面表現出透視效果。達文西提出定點透視法，而在中國散點透視法則是極具特色的。所以透視既有科學規律，又具有藝術規律。（同上，581）

　　2. 在點、線、面方面：點是繪畫的基本元素，線與面由點發展而來。歐洲新印象主義的一些畫家直接以色點作畫，被稱為「點彩派」。線常表現物體的輪廓，質感、性格等以收相應的藝術效果。西洋畫強調面的造形，中國畫強調以線造形，以線條的運動軌跡表現出形象姿態。面是造成物象立體感的主要因素。在西洋繪畫中古典主義、現實主義繪畫，常用若干細微的塊面的配合、集中來形成整個畫面。Wasily Kandinsky 則發掘更多點和線在理論上的抽象意義，認為點、線、面就好比音樂中不同音高、節奏和旋律的樂音。（王世德主編，1987：582）

　　宋民主編《藝術欣賞教程》在線條的表現手段方面闡述，在繪畫中，線條的作用體現在兩個方面：一是對物象輪廓、形體的描繪；一是線條自身的藝術表現性。中國在不斷藝術的實踐過程中，中國畫的線條發展成為線條中最為獨特的線的藝術。在線條的運動中追求最大限度的表現性，拓展著線條的藝術表現空間。中國繪畫線條既做到狀物，又做到達意，畫家的興致傾注于剛柔健潤澀疾之中，讓觀眾從線的運動中體悟到畫家的情思。（宋民主編，2008：22-24）

3. 在色彩方面：在繪畫中，色彩有物象描繪性色彩、主觀情感性色彩和抽象表現性色彩等多方面的性質。多種色相具有豐富多樣的情感意味和象徵意味。明度、彩度的變化又給人微妙細膩的心理感受。（宋民主編，2008：25）色彩透過藝術家的藝術處理而與其他造形手段結合起來，引起觀賞者的心理和生理感應，觸動其情緒，從而獲得美的感受。凡以色彩為重要表現手段的藝術品，都必須透過色彩配置，形成一定的對比，以引起觀賞者的注意。同時又必須透過作者的藝術處理，使這種對比達到調和。色彩的調和也有一定的規律，例如：減色法、隔斷法、漸變法、滲透法。藝術家在創作中透過這種色彩的冷暖、明暗關係的調整來表達自己的情緒並傳達給觀賞者。優秀的藝術家可以依色彩的科學規律及藝術規律法則中表現出具有個性特點的色彩美。（王世德主編，1987：582）

4. 在節奏方面：節奏在藝術作品中的具體體現是透過音響、線條、色彩、形體等藝術因素有規律的運動變化，引起欣賞者的生理感受，進而引起心理情感的活動。音樂是節奏最鮮明的反應，但人的視覺也有一定的節奏感受能力，在作為視覺藝術的造形藝術中，節奏主要是透過線條的流動、色塊形體、光影明暗等因素的反覆重疊來體現。利用既連續又有規律變化的線條，或交替重疊的相似形塊引導人的視覺運動方向，控制視覺感受的規律變化，就能給人的心理造成一定的節奏感受，並產生一定的情感活動。（王世德主編，1987：51）

（三）繪畫藝術的表義方式

　　Jean Luc Godard 在其著書中說：「肉眼所看到的世界都是要經過意象，而後才能產生相對的位置和價值，所謂自然只是如同一本辭典而已。」畫家就是要從自然辭書中，把要素轉化為視覺語言（Language of vision）適當排列為秩序，因而成為一幅具有現代觀念的抽象畫作。Vincent Willem van Gogh 說：「繪畫，並非把我們肉眼所見的予以正確的再現，而是如何把自己意念中的造形和顏色，按自己的需要予以再生。（劉其偉，2006：205-206）中國藝術的特殊性，就是透過意象表現情感，而且絕不完全表現，只隱藏在意象背後，使欣賞者去領悟感受。藝術最簡單的意義，是借用有形體的東西完全恰當地表現意趣。首先重視直覺經驗總說有再現、表現和象徵等表義方式；也就是所謂的凝神觀照；二是超越式頓悟；三是只准意會、不准認知。（孫旗，1987：95）具體的情況：

1. 再現：所謂再現就是把自然的外貌，在繪畫上重複表現出來，也就是畫面上的東西與客觀自然界的東西越像越好。（孫旗，1987：184）

2. 表現：所謂表現與再現客觀化比較，則是走向主觀化。不是再現當然就是表現，主要是表現人的思想情感的美、意象美和意境美。因為從畫面看不出形象，才顯得人的內在真實。藝術到了表現主義的時代，任何形象都被符號化，它本身不是表現的主體，很像寫文章，文字是被當作媒介與符號，品評文章時，只重視其內容，而不管其所用是何種字體。正如抽象化，不管其線條、色彩，只論其構成的外在美與內在的思想情感美。（孫旗，1987：185）

3. 象徵：所謂象徵其基本意義是以具體形象表現抽象的思想情感。人在日常生活和藝術創造中，借用一些具體可感的形象或符號，傳達表現一種概括的思想情感、意境或抽象的概念、哲理時產生的一種審美屬性，這種屬性的基本特點是，象徵的形象與被象徵的內容之間往往無必然的內在聯繫，而只有表面特徵的某些類似聯繫。但由於人想像力的積極作用，二者產生了一種可為人理解

的表現關係。使一定的內容可以不用與它原有的、相適應的形式，而借用那些在外觀形式上與這些內容只有偶然聯繫的事物來表現，這種表現反過來又能使欣賞者產生積極的想像活動，使它獲得創造性的美感享受。（王世德主編，1987：53）

繪畫藝術是一種平面造形的藝術，它透過二度平面空間塑造可視的藝術形象，它利用點線面色彩等二維平面性質的基本形式因素來完成，具像造形如此，抽象造形也是如此。繪畫是靜態性的，現實中動態的，時間性的因素要如何選擇一個固定的瞬間來進行藝術刻畫非常重要。（宋民主編，2008：17-21）畫者思考要如何再現物體的形象或表現出自己主觀的情感思想，或象徵傳達出抽象思維、意境，都可以藉由意象具體化達到目的。本研究希望能將意象按繪畫呈現基本要素分為構圖意象、線條意象、色彩意象、節奏意象，再進一步探討與文學風格、文學內外語境之間的關係。

文學意象與藝術意象的探討，分別在許多的專書中都有闡述，但是探討二者在意象呈現的方式的異同及表義方式的異同非常少，本研究在第五章，第六章、第七章作出粗淺的看法，希望能有新的發現可供教學應用。

第三節　意象化對語文教學的影響

探討意象對語文教學的影響，我們先從語文教學概念作一番了解，再探討相關書籍對於語文教學所使用的方法有哪些。文學除了敘事、說理外有很重要的一部分是在抒情，也就是抒發情感。意象是文學最基本的表意單位，其目的在於表現作者的情感，所以談及語文教學一定會觸及意象的引發教學或者是閱讀文學作品時對於作者所應用的意象能作深切的體悟，意象對語文教學的影響自然是非常深遠的。我們先探討語文教學的相關概念，再探討一般性的語文教學，再了解意象對語文教學的影響，並從閱讀教學的美感、說話教學的創意、寫作教學的創新與基進三方面作探討：

一、語文教學方法相關概念的界定

（一）什麼是語文

　　在有關語文方面，語文是結合「語」和「文」而來的，「語」是指口說語；「文」是指書面語。從符號學的角度來看，語／文都歸在「語言符號」的範疇；它們被運用指稱時，跟可以用語／文來表述的「一般符號」（另稱類語言符號）構成一個互通的局面。語言符號本身再劃分的口說語和書面語，則有通行的語言（言說）和文章（作品）在指稱（合而簡稱為語文）。關係有兩種方式：其一是文章不被語言所涵蓋，因為文章是一完整的作品，它有特定的表達方式和表達技巧；其二是文章被包含在語言範疇裡，此時文章有高度的修飾性，已經成了所有語言符號的表演呈現的極致，而使得相關的談論都不免要以它為「典範」。（周慶華，2007a：2-3）。圖示如下：

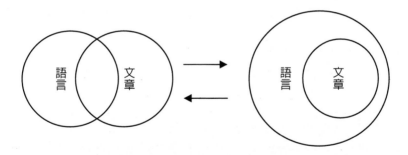

圖 2-3-1　語言與文章關係圖（資料來源：周慶華，2007a：4）

　　語文教學時我們都會劃分為幾個方面：說話、閱讀、寫作。此三方面可以說是一體三面，在教學時都會以文章作為教學材料，寫作也是會以文章作為創作品，因此我們必定要了解文章體式，這才方便論說語文教學。文體依演變方向分為前現代文體、現代文體、後現代文體，每一種文體都因作用偏向分為抒情性文體、敘事性文體、說理性文體。再根據作用偏向將文學作品分類作相關的隸屬。如：

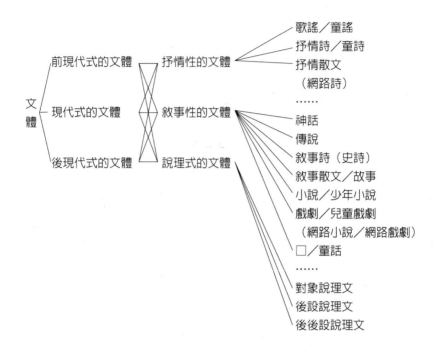

圖 2-3-2　文體架構圖（資料來源：周慶華，2007a：4）

（二）有關語文教學的方式和目的

　　教學是指教師為學生建構經驗，以促進學生知識和行為的改變。R.M.Gagne 將教學定義為安排外在事件以引發和支持學習的內在歷程。學習是指由於經驗，學生在知識方面的改變。教育一詞有很多意義，但是總的說教育就是指改變，如果我們沒有做任何足以使任何人不同或改變的事，那麼我們沒有教育任何人。（Richard E. Mayer，1990：8）

　　教學都不脫離經驗傳授的環節，不管是知識的經驗或規範的經驗或審美的經驗，這種傳授是一種不對等的關係，也就是高階教師對低階學生的言說的啟導，

　　但整個教學活動還是可以有更多元的變化。語文教學方法，是指傳授語文經驗的程序或手段；它在論述的稱名上，屬後設語言。（周慶華，

2007a：5）如果我們要了解有關語文的知識經驗或規範經驗或審美經驗，可以透過各種描述／詮釋／評價的方法來進行；而教學本身所要傳授的語文經驗以及所要選用的方法，也就要在那些描述／詮釋／評價等摶成的情境「暗示」或「引誘」中主動去甄選慎裁，以便達到最高教學效率。

　　語文教學的方法在許多書籍都有論述，相關教學的活動如講述法、討論法、探究法、創造思考法等（周慶華，2007a：44-45），以上所稱的教學法幾乎都在語文教學活動的安排上纏繞。這顯然忽略了更基本或更重要取得語文經驗的各種描述／詮釋／評價的方法。教學活動的安排在語文教學上看不出有什麼可以稱道的成果，如果要有還是得回歸到相關描述／詮釋／評價的方法取用上。（周慶華，2007a：11）

　　探索語文教學的目的有探索語文教學方法本身的目的和探索語文教學方法者的目的。探索語文教學方法本身的目的有符應性的（片面揭發或複誦現有的語文教學的方法）和建設性的（依需模塑或建構別緻的語文教學方法），彼此之間又有一些對諍的關係。探索語文教學方法者的目的，大都有謀取利益、樹立權威、行使教化等互體關係。（周慶華，2007a：17）

二、一般性的語文教學方法

（一）說話教學

　　在說話指導方面，語文科教材教法將說話指導中說話的內容分為語音、語詞、語法、思想情感四部分，培養學生良好的說話習慣，如先想後說，聲音適中，考慮說話場合和說話對象，注意說話應有的禮貌，對自己說話負責，注意說話者的語氣，培養幽默感，培養學生說完整的話。在教學活動的安排上，用漸進法建立說話者的信心，用趣味教學法增強說話的能力，用看圖說話教學法增進組織能力，用生活報告和專題報告學習組織的技能，用討論法增加思辨的能力，用說故事的方法增進說話的表情和語氣，用演說方式訓練抓住主題的能力，用辯論方式訓

練歸納分析能力。在教學時還特別注重語序和語氣。（羅秋昭，2006：88-107）

　　說話教學都是為了幫助學習者習得各種語文經驗，從許多教學書籍看來，都指出一些形式上的要求，如先想後說、聲音適中、考慮說話場合和說話對象，注意說話應有的禮貌……等等。又如能說標準的語音和聲調、說話聲調自然語音和諧、有抑揚頓挫輕重緩急、內容豐富條理井然……等大家在日常生活也能自我調適，實在不必靠正式教學來重複演練。教育部頒訂國民中小學九年一貫課程綱要中的能力指標也是含混籠統，如能正確發音並說標準國語，有禮貌表達意見能合適的表達語言等就是。周慶華認為這是泛說或逸調的集大成了。說話教學是與閱讀教學一起進行的，這樣可以更有效的讓閱讀教學「多方刺激轉豐」的效果，所以可以更改閱讀教學的流程而讓說話教學以額外強化的方式介入。大概是透過演講、辯論、舞臺劇、廣播劇、相聲、雙簧、說故事等活動來安排。說故事和舞臺劇就有一些形式技巧美學可以形塑備案。（周慶華，2007a：65）

（二）閱讀教學

　　語文科的教材教法中的閱讀指導也是教學各類文體的閱讀，如記敘文閱讀法，說明文的閱讀法，詩歌閱讀法，小說閱讀法。其實施的方式不外乎讀物介紹，共同閱讀，讀後講述，討論讀物內容，閱讀評介指導，簡報整理。（羅秋昭，2006：171-183）閱讀教學都是為了幫助學習者習得各種語文經驗，從許多教學書籍看來，也都只是指出一些形式上的要求，其方法性是以閱讀教學為名而結合各種可能的獲取語文經驗的方法和各種可能的教學活動安排的方法所成就的。

　　閱讀教學可以設定在先閱讀後教學的層次，也就是自己先有本事再教人閱讀。最基本的就是從自己本身的經驗出發，設想學習者的狀況，然後按部就班去引導學習者重歷自己的學習過程，也就是經驗的異己再現。此種再現有三種結果：完全再現、局部再現、不見再現。其中不見再現從創發的立場應該鼓勵奇特或基進的閱讀法。此種閱讀方法不預設

閱讀的進程，也不預期閱讀的成效，只要有創見滋生就可以了。（周慶華，2007a：49）

　　閱讀就是理解語文成品本身所具有的內涵形式。這個理解可以多元化，諸如想到作者所想到的、向作者所說的話起反應、向作者所構設的事件發生感情、向作者本人發生感情、假定作者是想什麼、假定作者是要求什麼、其他有關超常基進的反應。（周慶華，2007a：52）所以在閱讀的特性本身有閱讀行為的社會化特徵和閱讀活動的社會化過程，但是這些都不是初次閱讀或閱讀未深的人所能察覺。必須由有經驗的人給予引導而廣開閱讀的眼界，也就能夠減少獨自摸索的時間。因為閱讀教學本身的目的在於引導學習者進入由語文經驗所完結的文化領域並參與文化創造的行列。傳統式教學只是一種由局部到整體或由表層到深層的教學模式，而基進式教學則為一種突破規範且著重在創造成分的發掘的教學模式。（同上，50-52）

　　基於上述，閱讀教學者的能力就必須備有廣博的語文經驗、創新文化的洞見和實踐願力、熟練閱讀教學的技巧（方法）、善於營造良好的學習環境、容許他人對諍自己的權力意志等能耐和涵養。（周慶華，2007a：53）

（三）寫作教學

　　寫作有高標的現實和理想的追求，人類文化創造的結果都是藉由寫作的呈現，教人寫作是為了教人參與文化的創造而免於人生的凡庸化。（周慶華，2007a：92）寫作是表達思想的工具，他必須透過各種感官的綜合活動，反映出現實和情感，整體的過程是一種思維的訓練，寫出一篇好文章，就必須充實生活經驗，訓練對環境的觀察能力；另外為了增加知識、增廣見聞，習會運用語詞，也必須培養閱讀興趣，在寫作呈現時當然要加強自己的想像力，將自己的情感用適當語詞或創新構詞表現出來。（羅秋昭，2006：200-202）

　　寫作從實際的經驗出發，寫作在整體上可以比擬為工廠的系統化生產：由題材的輸入經過寫作的轉換，而有作品的輸出；這些作品還可以

有改造和蛻化的二度轉換，造成綜合藝術品的輸出。其中寫作題材中看來的主要是從閱讀中獲得，閱讀本身能夠持續不斷，大致也得轉為寫作而以學以致用或學有所得的成就感才有所保障。寫作教學有具體的教學方法可談，也有一些該具體教學方法在運用時所得遵守的一些原則。這就有幾種教學方法可沿用：

1. 講述法／成果導向教學法。
2. 自然過程法／低結構性過程導向教學法。
3. 環境法／高結構性過程導向教學法。
4. 個別法／輔助式成果導向教學法。（周慶華，2007a：98）

羅秋昭也提出寫作教學方式有許多可以參考，如問題法、共作法、對話作文、聯想法、仿作法、感官練習法、改寫法、分格訓練法、整理歸納法等。（羅秋昭，2006：207-214）教學者教學時要注意寫作教學是一種權力意志的發用，在過程中要注意自我節制，並儘量使它合理化。（周慶華，2007a：99）

本國語文分段能力的寫作指標列出 27 項這些萬金油式作用和只能自由心證的能力指標，合理性值得懷疑，如有不得已要涵蓋效果評估的項目，也當有「無限延後出現效應」的雅量。（周慶華，2007a：101）

三、意象對語文教學的影響

前面所說都是提到現今學者對於語文教學的看法，所談大部分是一般性形式上的教學方式，教學時其實大家也都是會從這些方式上去選取運用，但是教學後又感到無法深入文學作品內涵的探討，尤其文學作品所抒情的意象要如何探求，恐怕是教學者在未教時也已面臨的難題。以下再分三部分略談學者已觀察到的現象，本研究在第八章會詳為敘述。

（一）說話教學創意表現

閱讀特殊處在於一篇文章你可以一讀再讀，直到完全理解，文章中的意象你也可以一再反覆咀嚼玩味。寫作也是如此，你可以慢慢鋪陳，

慢慢選取意象寫出心中的感情，字字斟酌選用，直到滿意為止。但是說話是人與人之間很直接的互動，不容許你慢慢思量，或覺得不妥處慢慢修正，有時話已說出，才覺得不適當需要修正。從說話表演藝術來看，舞臺上的表演，也是從頭到尾，快速連貫，如果出現瑕疵，則無法彌補。另外，說話者不能奢望聽者慢慢去了解他想說出的意義或者傳達的感情，他需一聽就了解，所以說話必須在語調、聲音、韻律、傳達感情的意象說法下功夫。才能將意義和感情帶入，傳達出去。

　　何三本認為說話準確，是思維明晰的表現，語言連貫性，是思維前後一致的表現，語言多樣性是思維熟於修辭的表現。所以聽說是語文學習能力的綜合部分，二者不可分割。聽是語言的吸收，說是對語言的表達，不論是吸收或是表達，或是從吸收到表達中間的轉換過程，都有邏輯思考在內。所以說話的能力是指一個思緒發展完全的過程。（何三本，1999：66-67）

　　將詩文聲音美化的能力培養可以運用散文朗讀、詩歌朗誦、詩歌吟唱、歌舞劇。朗讀是語文教學中，一個不可或缺的環節，教師朗讀，除了可以給學生示範外，主要的目的還是在於輔助講解課文，用聲音帶出感情，以表現文字無法透徹表達的語氣、態度幫助學生正確掌握文章的思想感情。朗讀不需要眼神、表情、手勢、姿態等配合，只要注意使用聲音，表達出課文的語文運用、修辭技巧、文章結構、寫作方法、體現作者意圖、便算達到朗讀的教學目的了。（同上，144-145）

　　為什麼要朗讀？是為了深入體味文字作品，提高語言表達的能力，提高語言的鑑賞力。朗讀者必須先行體會作品的意義，準確表達文字作品的語詞含意和精神實質。朗讀者把書面無法表達的內在感情變化，先經理解和分析，再利用語調的輕重緩急、抑揚頓挫表達的淋漓盡致。這種聲調語言，從而補充了文字上的不足。朗讀絕對不是唸出聲音的無思維活動，而是動員自己全部精力的再創作。

　　王萬清在國語科教學理論與實際說話教學部分認為說話是傳達思想的過程，從假設情境到真實情境的思想表達，教師可教兒童看圖說話、雙簧、角色扮演、短劇、生活報告、記者訪問、朗誦、演講辯論。（王萬清，1997：111）

　　說話教學如果以短劇演出，詮釋角色時必須把角色的個性，事件發生時真切的對白，在對話時，將意欲和感情傳出。如何正確的傳出，要真切的了解意象所負載的意義是什麼。這有兩方面可以談：一方面是意象的設計直接影響角色的對話；一方面是說話時如何詮釋意象。意象的傳達練習也就影響到說話教學的創新。

　　說故事可以單語（一個人說）也可以多語（多人合說）；可以劇場性，也可以非劇場性。當中劇場性的說故事又可以有讀者劇場、故事劇場和室內劇場等等，這些方式彼此之間有重疊的地方，但也各具特色，不妨讓它們互為類型。（周慶華，2007b：66-67）在說演故事時，意象的探求應該是最需注意的焦點，如此說演故事才能傳達作品感情。

（二）強化閱讀教學的美感

　　意象在聽說讀寫方面的教學及影響要從審美性經驗部分來探討，其實就是一種審美取向的語文教學。要閱讀文學作品的美其實是表露在形式中的某些風格和技巧，這些風格和技巧始終都是關涉文學作品的形式和意義。

　　一個欣賞者從文學作品所經驗到的不單是知道那裡面說的是什麼，如同閱讀一篇報告或時事新聞一樣；而是能從中經驗到一種有異於現實感受的喜愛。（王夢鷗，1976：249-251）閱讀就是要把文中的意象還原，並體驗那美感。提升閱讀的美感可以深入作品美學成分，美學的範疇可以供參考的有：

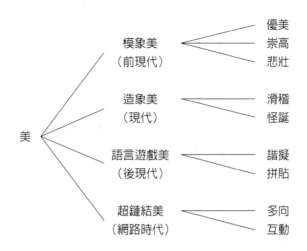

圖 2-3-3　美學分類對象（資料來源：周慶華，2007a：252）

　　從前現代到網路時代，分為優美、崇高、悲壯、滑稽、怪誕、諧擬、拼貼、多向、互動等九大美感類型。在教學閱讀上可以選用一些方法如講述法、探究法、討論法、創造思考法，來引導學生探索文學作品內含的優美、崇高、悲壯、滑稽、怪誕、諧擬、拼貼、多向、互動的美感對象。周慶華提出三大文化系統：創造觀型的文化、氣化觀型的文化、緣起觀型的文化各自所表現的美感類型，也可以使我們在閱讀作品時，提醒我們可以注意的焦點。但是在模象美中優美、崇高、悲壯，其實在三大文化系統中是質性有異，在教學過程中都得小心因應，才不致因錯亂而導致教學方向的失準和教學效果的難以評估。（周慶華，2007a：255）

　　因為極盡變化的美感特徵只會在創造觀型的文化產生，相對的在講求和諧和嚮往脫苦而雙雙「穩著沈潛」的氣化觀型的文化和緣起觀型文化的傳統中，就不可能「無所止歸」。例如創造觀型文化傳統中的人寫愛戀可以到 Andrew Marvell 和 Wystan Hugh Auden 分別所寫〈致羞怯的情人〉和〈我走出的一夕〉這般「痴迷瘋狂」的地步，氣化觀型文化傳統中的人只能做到「強忍思長」的階段，而緣起觀型文化傳統中的人「以色為戒」根本不可能有什麼情愛的表現。創造觀型文化極盡變化和氣化

觀型文化的含蓄婉轉獨特的優美風格，幾乎沒有可以共量的地方。（周慶華，2007a：256）諧擬和拼貼這種以解構為創新的目的，也是創造觀型文化在模象美後繼續挺進創造的造象美後出現的語言遊戲美。網路的興起，多向式的文本更要求一個主動積極的讀者。多向式文本泯滅作者和讀者之間的區別，文本永遠處於建構之中，這是一種人的觀念翻新而借重電腦科技塑造而成，同樣這也是創造觀型文化創新風潮的延續，在美感追求當然是以無限延異情思為終極旨趣。（同上，281-285）以中西文學來說，西方傳統深受創造觀型文化的影響而有詩性思維在揣想人／神的關係，而中國傳統深受氣化觀影響而有情志的思維在試著縮結人情和諧和自然，所以就有「詩性思維 VS.情志思維」的概念。從戲劇來看，西方戲劇比較圍繞事件展開，是以事件為中心為原則，戲劇中一切的要素：人物、結構、語言、行為，都為事件服務，而中國戲劇則多數圍繞人物展開，以人物情感為中心，著意於人物在戲劇中的感情變化，透過寫情展示人物內心和社會背景下的人際關係。（徐志嘯，2000：84-85）中西文學在先天上已經不可共量，而後天是否可以融通也不無疑問。在閱讀時教師得先有識見，在轉創作之時也得一併考慮學生深處文化的影響；如果需要強引別種文化的想法，就得給予特別的指導。閱讀是寫作的基石，作家要援引更多的經驗，就得透過閱讀文學作品。閱讀教學雖然有許多方式可以採用，但重要的是教學者對文學作品能先有一番識見。發現美感在前，學生自然能跟隨在後。

（三）寫作教學的創新與基進

　　寫作就是透過描述、詮釋和評價等手段，或隱或現的跟接受者對話，進而直接或間接參與了「推移變遷」或「改造修飾」語言世界的行列。寫作的目的分為寫作本身的目的和寫作者的目的。目的在形上學的討論，被認為是事物得以存在的真正的因。比較「謀取利益」、「樹立權威」和「行使教化」三項常見寫作者的目的，其中「樹立權威」特具關鍵且帶有終極性，為寫作所不可或缺的條件制約。也只有寫作者能為自己的作品樹立權威，才助於經濟利益的謀取，及教民化眾的行使。然而

一般的寫作者都諱言這種影響人或支配人而使自己成為一方權威者的意圖，剩下只是在行使教化中打轉。（周慶華，2001a：33-36）

促成寫作除了目的因以外還有推動因的存在。促成寫作得以實現的推動者，不外有心理、社會和歷史文化的機制。寫作的心理機制首先是存有感召而產生寫作的初度的消極性動力；其次是相關的動機而產生寫作二度的半積極性動力。所謂相關的動機，主要是指價值動機和寫作動機。如果有人要寫作必定認為寫作的價值高於一切，否則他不必選擇寫作一途。實際寫作所以要進行，寫作者也必然會對各類型作品所涉及的說理、敘事和抒情先有腹案。抒情部分為使情感動人，而盡力於意象的安置和韻律的經營。最後是權力意志所產生寫作最終極的積極性動力。（周慶華，2001a：54-55）

寫作除了心理機制外還有社會機制。心理機制是內在的制約力，社會機制是外在的制約力。社會機制不如心理機制容易被意識到。寫作的社會機制就是社會中的意識型態、價值觀影響了寫作的向度，社會中權力的關係影響寫作的結構，社會中的傳播的機制影響了寫作的持續。（周慶華，2001a：59-63）

周慶華以語言表述的內在樣式或取義向度作為依據，暫時把寫作的類型區分為「抒情性文章的寫作」、「敘事性文章的寫作」、「說理性文章的寫作」。所謂敘事、抒情、說理，就是表述的內在樣式或取義向度；它有別於篇章組織（形式和技巧）那一表層的形式結構，以及對話那一深層的實質結構，可以說是一個中介者。（周慶華，2001a：49）

抒情性的文體約略以詩為大宗，有關抒情性文體中意象的安置和韻律的經營等抒情性的動機就由詩來擔綱。當中意象的安置又最為關鍵，它是表達情感（或孕育思想）的主要媒介。在文學方面作者將內心的感受或經驗藉著語言表達出來，使它成為可被知解和想像的成分。意象的使用對詩人來說是需要特別鍛鍊的。意象是詩人之意，訴之於外在之象，意象在詩人的腦中出現，也許只需一個語句就可以表明，也許需要費許多語句才能說明。相同的意象，每個人的表達方式卻不太一樣。例如同樣是表述時間過得很快的意象，有的人是說「逝者如斯夫，不捨晝夜」；

有的人說「人生天地間，忽如遠行客」；也有人說「朝如青絲暮成雪」。（周慶華，2001a：137）

　　意象的表達技巧從修辭上觀察，有三個層次；第一層是積極運用記號所能達成的效果，而直接把意象翻譯為外在語言；第二層是連同原意象所衍生的類似的意象，同時譯為外在語言，就以那類似之點來代表原意象；第三層是為注意那衍生的意象，如果使原意象是由客觀的事物所促起的，但促起之後繼起的意象，則是純主觀的另一經驗的再現，以純主觀的另一經驗的再現當作主體來描寫。（王夢鷗，1976：122-123）上述第一層叫做意象的直接傳達（賦），第二層叫做意象的間接傳達（比），第三層叫做意象的繼起傳達。這些就可以表明意象表達技巧的差異。（周慶華，2004c：86）此三種表達技巧還是得斟酌運用和變換為用才能提升詩作的審美價值。西方意象派的詩也有幾項標準，如六大信條。（同上，87）意象派的詩所以這樣不耐玩味，未必只是意淺，當中也包含拙於變換表達意象的技巧，不然加入象徵這種能造成多義效果的手法，勢必有所不同。其中反熟悉化和陌生化，正是文學性的所在。因此，意象固然重要，但是對於意象或一般語言材料的安排措置，也就是手法設想和安排，在這種情況之下就不是意象所代表的意義而已，還有形成意象表達本身變成大家所關注和玩賞的對象。（周慶華，2004c：88-89）

　　藝術創作離不開想像。想像有三程序：一是再現；二是分析；三是綜合，想像就是記憶、再現、分析、綜合的結果。有人認為想像完全是虛構的，其實是錯誤的。它雖然不終是真實的遭遇，但也並非完全的無中生有，而是有所根據的。我們運用想像來造成新景象的過程中，必須要自己內在的情感隨新情境而改變，如果漫無目的的運用想像，結果只能是亂想，一定永遠得不到什麼結論。（余我，1993：7-9）

　　寫作時，作者對於自己經驗的內省，並不是再現自己以往的經驗，更重要是在新的心理背景下重新審視和理解這些經驗。所以在構思時，知覺的記憶痕跡在以意象呈現時就不再是原本的紀錄，而是另一種樣貌。（劉雨，1995：253）所以經驗還是經驗，不會自己產生出其他的意義，一定要有豐富的想像活動。在這種想像的過程，許多心理想表達的意味就出現了。意象在寫作的成本中扮演很重要的角色，它指引出作者

內心想表達感情和想法。意象不同的表達的方式，也帶給作品許多不同的新意。我探究完許多意象的呈現方式和表義方式，也會在第七章探討寫作因追求意象而有哪些創新的方式。也就是在教學上我們可有以哪些方法來教學以觸發學生的靈感和想像，並讓他們重尋表達情感的替代物已呈現在作品之中。

　　寫作者透過文化、歷史、語言去觀察感應世界，他對世界的選擇和認知以及他採取的觀點，將決定他觀感運思的程式、決定作品所呈現的美感對象以及相應變化的語言策略。（周慶華，2001a：67）寫作者應具備幾個條件：養成通達或曠觀的識見、充實實踐的能力或經驗、加強營造特殊情境的本領。寫作指導者也得強化自我調適的能力。（同上，111）如此才有基進創新的可能。

　　國語文教學中的說話、閱讀與寫作，是息息相關的。閱讀文本、理解思想可增進讀者的經驗，讀者豐富的經驗與情感藉由說話與寫作的方式表現出來。文本是重要的教學材料，但是文本又是創作者吸收經驗，轉化情感所表現出來的創作物。語文教學者首重的是自己是否對於文本有相當的識見，可以引發學生的見解。說話教學先引導了解意象所指的情感，繼而才能教導說話時如何帶出情感，所以意象的探討與理解可以成敗說話是否能表情達意。寫作教學有敘事、說理及抒情等文體的教學。敘事、說理性的文體雖只是事實、意見的表達，但是難免無法完全說盡事實與道理，近譬取喻是必須的步驟與手段。抒情性的文體，旨在表達情感，意象的安置更為重要，韻律聲音的安排也能引發情緒共鳴，寫作時如何安置意象，排列組合意象，藉以節奏促進和諧的形式，成為教學上的重點，教學者如何提供不同的文章表現供寫作者觸發靈感。選取意象後教導如何創新排列組合，以達新奇效果是教學必要的程序。除此之外，教學者與學習者都受文化環境的影響，表現出不同文化環境中審美差異性，如前現代、現代、後現代與網路時代的進程中，審美類型據以轉變，從模象美、造象美、語言遊戲美到超鏈結美。教學者需深知文本產生的文化背景，及自身所受文化的影響，對意象的感悟與運用有另外的創新，才有更好的教學效果呈現。

第三章　意象的界定

第一節　意象的義涵

　　第二章的文獻探討裡，論及中西方對意象的看法及意象的緣起。本章繼續討論意象的義涵。

　　意象緣起於「鑄鼎象物」，先民的思想要如何才能將意義完全表達，就必須藉由具體的物象作比喻，抽象難以傳達的思想才能表現。《左傳‧宣公三年》記載：定王使王孫滿勞楚子，楚子問鼎大小輕重焉，對曰：「在德不在鼎。昔夏之方有德也，遠方圖物，貢金九枚，鑄鼎象物，百民為之備，使民知神奸。故民入川澤山林，不逢不若，魑魅魍魎，莫能逢之……」。「鑄鼎象物」表達喻象以言德的藝術思維。《周易‧繫辭》引孔子的看法：「書不盡言，言不盡意。」然則聖人之意，其可不見乎？孔子說：「聖人立象以盡意，設卦以盡情偽，繫辭焉以盡其言，便而通之以盡利，鼓之舞之以盡神。」王弼《周易略例‧明象》說：「夫象者，出意者也；言者，明象者也。盡意莫若象，近象莫若言。言生於象，故可尋言以觀象，象生於意，故可尋象以觀意。意以象盡，象以言著。故言者所以明象，得象而忘言；象者所以存意，得意而忘象。」對於意象的意涵已經從單純的物象進入美學的思想，形而上的思想仍須藉由具體象來表現，雖「言不盡意」仍可「立象以盡意」，意與象互相轉化說明觀念，意為象本，象為意用。（孫藝泉，2004：22-23）

　　六朝劉勰《文心雕龍‧神思》說：「是以陶鈞文思，貴在虛靜，疏瀹五臟，澡雪精神；積學以儲寶，酌理以富才，研閱以窮照，馴致以繹辭；然後使玄解之宰，尋聲律而定墨，燭照之匠，窺意象而運斤。此蓋馭文之首術，謀篇之大端。」想像可以穿越時空，不受時空限制，但求虛靜專注，讓自己的想像「擬容取心」，由想像形塑意象，再由意象構成語言文字。唐朝王昌齡《詩格》提到：「久用精思，未契意象」，說

明獲得詩境的由來，從艱苦的構思到靈感的突發，其間過程浸染著詩人的情意和想像。而感思與取思則道出如何借鏡前人作品，並於紛呈的物象中取捨剪裁，從而創造出情景交融的詩境。明人王廷相在〈與郭价夫學士論詩書〉一文中，對於象外之象（虛象）的各種特徵，及其實象的關係有深入的探討。王廷相認為詩的意象不能過於實直，應該講究情思韻致，如此方能含蓄蘊藉，旨趣悠遠，寄託遙深，予人豐富的審美聯想，這樣才耐人尋味。詩的意象具有暗示性和象徵性的，因此王廷相強調意象經營得「擺脫形模，凌虛結構」。詩人示人以意象，讓讀者在感知意象的過程，去體會和領悟詩旨。何景明〈與李空同論詩書〉說：「夫意象應曰合，意象乖曰離。」作者的主觀思想與客觀物象相契合，詩的意象才能渾然一體。清人葉燮《原詩》一書中也論及「觀念意象」的重要，意象需通過生動的形象描述，才能傳達出深邈幽微的情感。葉燮認為理並不是詩的死對頭，也絕非完全不涉理路的，宇宙世界中的觀念、哲學和義理，都可以成為詩歌的內容。詩人透過意象的具體呈現，就可以把讀者引入「溟漠恍惚」的世界，藉由意象的興發聯想，讀者便可以離形去知與超越端倪，臻至思與境偕的勝境。（王萬象，2009：410-414）

　　前人的敘述大概都已說出意象的意涵和在詩文中的作用，近人對於意象的意涵探討則有更詳細的分析說明。趙滋蕃認為所謂意象，即運用心能，組織成的心靈圖畫，簡明之曰心象。雖然他不一定屬於視覺的，凡過去的感覺或已被知解的經驗，在心靈的重現，或詩人的自我表露，都謂之意象。由各別意象組構成的一幅人生圖畫，或燦現的一個封閉的世界，我們就叫它們為意象。（趙滋蕃，1988：363）另外還界定意象是「詩人內在之意訴之於外在之象，讀者再根據這外在之象試圖還原為詩人當初的內在之意。」（同上，139）意象構想全屬內心的活動。它以文字為工具，通過心理的歷程，特別是美感心靈的綜合作用，把經驗過的印象內容，剪裁、組合、融匯而成心靈圖畫，遂成文學的具體表現方式之一。甚至我們可以把意象簡稱為「心畫」。（同上，154）黃永武認為意象是作者的意識與外界的物象交會，經過觀察、審思和美的釀造，成為有意境的景象，然後透過文字利用視覺意象或其他感官意象的傳達，將完美的意境與物象清晰的重現出來，讓讀者如同親見親受一般，這種

寫作的技巧，稱之為意象的浮現。（黃永武，2008：3）李元洛認為意象是詩歌美學的一個基本的範疇。就詩人的創作過程中，意象是詩歌創作構思的核心，一篇完成的作品對於作者來說是創作的終點，對於讀者來說是欣賞的起點。詩中意象美的重要不是訴諸理性而是訴諸感情，詩人的內在之意化作外在之象，讀者也根據詩人所創造的外在之象，去搜尋與領會詩人原來的內在之意。意象是詩的元件，單一來看即使意象本身新穎而內涵豐富，如果沒有在統一的主題下和構思下巧妙的組合起來，缺乏內在的有機聯繫是無法構成美的感覺。美妙詩意象的創作要新穎獨創性，單純而豐富，意在象中，因象悟意。在中國古典的意象論十分強調象內之意與象外之旨。（李元洛，2007：143-149）張錯認為：「凡是文字在閱讀中引起圖畫般的形象思維，都叫做意象。一首詩的構成，可能借文字組合成不同的意象單元。在閱讀中，意象經常互補、重疊、牽引、暗示作者要表達的主題。」（張錯，2005：134）梅祖麟和高友工從語言學的角度試圖為意象下定義，他們認為意象包括語言媒介、客觀指向和主觀意旨三個部分：「意象是藉語言利用一客觀的事物表達主觀的感受。簡單的意象，通常用名詞代表，而語言、指稱與主觀的感受三者之間是單純一對一關係。語言型定意象從而產生一種感受或印象，所以簡單的意象容易釐定其範圍。較複雜的意象多用複雜的語言來塑造，來造成錯綜複雜的指稱與意象的關係。」（王萬象，2009：395 引）蕭蕭對意象的定義為：詩人主觀情意與客觀物象多層次、多象限的交疊相容，其意是有象可徵之意，其象是有意可會之象，具有延展性、流動性、無限性、涵蘊著歷史文化的象徵指標。（蕭蕭，2007：163）吳戰壘認為意象是寄意於象，把感情化為可以感知的形象符號，為感情找到一個客觀的對應物，使情成體，便於觀照玩味。（吳戰壘，1993：52）孫耀煜認為文學意象是客體物象與主體意念的融合而形成一種文學基本元素，他以表象為載體，涵容個體審美特性與作家審美情感與想像的文學模式。（孫耀煜，1996：54）陳銘認為意象通常是指創作主體通過藝術思維所創作的包融主體思緒意蘊的藝術形象。因此意象並不是單純的自然物象，而是詩人腦子中經過加工的自然物象。他既有第一自然物象的個別特徵和屬性，更有創作主體賦予特殊內涵的特徵和屬性。（陳銘，2003：

56）吳曉認為所謂意象，就是以可感性詞語為語言外殼的主客觀複合體。意象是詩人感情外化的一種表現形態，或說意志的外射或對象化。意象的產生是詩人的主觀心態與大自然客體密切契合的結果，是主觀精神逞以具體感性形態，具體感性形態表現主體的思想感情，意象有著感性與理性的雙重內容。（吳曉，1995：10）歐麗娟在《杜詩意象論》說明：意與象的結合關係和心與物、情與景之間的結合關係是一致的，都牽涉到主客觀間融攝的問題。景物以其客觀外貌為人所把捉，進而觸發人的情思，雖然有其客觀樣態，但在詩人情志心意的轉化後，已不純然是客體存在，經由「以情觀」、「以理應」的活動，景物就成為容許我們從中「取心」的意義，而有了擴延的意義。如果再細分這種心物交融的模式，可以得到三種不同的感發方式及表達方式，那就是賦、比、興三義。賦是直接敘寫（即物即心），屬於意象的直接傳達；比是借物為喻（心在物先），屬於意象的間接傳達；興是因物起興（物在心先），屬於意象的繼起傳達。三種結合方式都是有機的，相偕共融的，正如《金針格》所說「物象為骨，意格為髓」的關係一樣；而當意象塑造出來後，就能循著「呈於象，感於目，會於心」的傳釋過程，達到傳遞意指、打動人心的效果。此一過程可試列簡式如下：興於情（意）→呈於象→感於目→會於心。（歐麗娟，1997：19）

　　詩人向明在〈論詩中的意象〉一文中說明：意象是將意念或意圖予以形象化的簡稱，為求一般人的容易了解，可以拆字的方法來說明意象：「意」就是心中的主意、意圖，包括思想、觀念、看法，情緒等內在隱形活動；「象」則是外在的現象，包括世間一切看得到摸得到的事事物物。將隱形的「意」藉外在可感可觸的「象」表達出來，使它落實，這就是「意象」的簡單道理。說得更簡單一點就是用可見的象把不可見的意表達出來，使人容易了解。（向明，2003）朱光潛《詩論》談到：：每首詩都自成一種境界，無論是作者或是讀者，在心領神會一首好詩時，都有一幅畫境或是一幕戲景，很新鮮生動地突現於眼前。（朱光潛，1990：57）王長俊主編的《詩歌意象學》說明：詩歌意象的產生，也就是「象」（表象）接受「情」的滲透的結果，一旦生活表象染情，就成為詩歌意象⋯⋯情和意是很難分開的心理因素，它們常常聯繫在一起。這是因為

人的情感與認識有密切關係，情感是隨著認識的發展與變化而發展與變化。當表象接受「意」的統攝時，說明認識的因素在發揮作用，與此同時，感情因素也跟著被激活起來。科學家對客觀事物的表象鑄意，但不一定染情；詩人不然，一旦鑄意，立即染情，所以說詩歌意象是鑄意染情的表象。（王長俊主編，2000：21-22）

關於意象的說法，各家從不同的角度加以探討，都說明意象是心物交融的結果，作者主觀的意用客觀的象作為載體來傳達。客觀的象也成為作者與讀者溝通的媒介物，作者將心中之情用象來作無限的傳達，讀者也因對象的領悟而有所感，試圖去了解作者所欲表達的情思。

〈江雪〉是柳宗元的一首五言絕句，原詩是「千山鳥飛絕，萬徑人蹤滅。孤舟簑笠翁，獨釣寒江雪。」讀者只要透過詩句聯想，就可以捕捉詩思和意象，如果對於這首詩有更多的心靈契合，或許有更多的想像。唸完這首詩，閉起眼睛作沈思，腦海中會有呈現一幅圖畫。是一幅廣大而寬闊的風景，我們可以見到千山插芴，萬徑縱橫，風雪載途。寒江之中有一葉扁舟，有一位戴著斗笠，披著蓑衣的漁翁，正聚精會神、孤寂的垂釣。文學的形象是在文字中形成的形象，它必須透過文字的聯想才能出現，最後一句「獨釣寒江雪」使得前三句所平鋪的景頓時化為心底之情，終至情景交融。一位在孤舟中獨釣的漁翁，他是廣大場景裡唯一出現的人物，他的垂釣是詩中唯一出現的人的活動。詩的意象出現象徵的意義，它象徵清絕、孤寂、幽峭，以及人類生活中最大的理想──心靈自由。（左海倫，2003：161）千山、鳥絕、行人路斷，多麼酷寒的環境，詩人聚焦在孤舟、漁翁，用獨釣來顯現與惡劣的環境相抗的個性。有人認為形象是文學中具體的描寫，也有人認為形象是文學中的美麗的辭藻，其實文學是用形象映現生活，形象是一幅既逼真又雄渾的人生圖畫，由虛構作用而形成，具有美學意義。（同上，167）我們在閱讀這首詩時，好像我們立即就了解，這樣的描寫好像在我們過去的歲月裡似曾相識，因為我們感受過寒冷，我們見過高山、江河，遇過老人，這樣的形象透過文字符號產生聯想，作者之意就豐富的傳達了。

杜甫的絕句之一「兩個黃鸝鳴翠柳，一行白鷺上青天。窗含西嶺千秋雪，門泊東吳萬里船」，這首詩意象生動，色彩明亮有變化，從窗外

看出去，由近而遠，收入眼底是不化的白雪，及一艘接著一艘的船舶直到千里萬里遠。藉此意象的安排將時間空間的變化完全收納。（王萬象，2009：431）溫庭筠的〈商山早行〉「晨起動征鐸，客行悲故鄉。雞聲茅店月，人跡板橋霜。槲葉落山路，枳花明驛牆。因思杜陵夢，鳧雁滿回塘」，詩人巧妙的使用雞聲、茅店、月、人跡、板橋霜意象並置，呈現唐人晨起動身趕路的辛苦畫面，使得故鄉春景和旅次苦況形成強烈的對比。其中雞聲茅店月，人跡板橋霜更以最富特徵性的景物來塑造意象。（同上，440）

蓉子的〈傘〉「鳥翅初撲／幅幅相連 以蝙蝠弧形的雙翼／連成一個無懈可擊的圓」，這是從一個現實事物，發揮想像與聯想，傘的意象像鳥翅初撲，鳥翅又像蝙蝠弧形的雙翼環繞的一個圓，這是詩人從傘所創造的意象，把傘與鳥的形象結合在一起。至於連成一個無懈可擊的圓，表示的是什麼樣的思想，思索的可能性就很大，可能是團結的象徵，可能也有抵禦外敵的想法。（李翠瑛，2006：42）

英國意象詩人 Thomas Ernest Hulme 的〈城市落日〉「整齣黃昏都是白晝與黑夜浪漫的爭執／雲彩把滿天顏料用力調勻／天空再也抱不住那／落日——掉在大海的波浪上／彈 了兩下」。這首詩將「落日」放在較高的位置，因為它被安排掉在海的波浪上彈跳，整首詩非常有視覺上的趣味。白靈也寫了〈醉〉「落日／熟透的臉頰偎向地平線／殷紅自酒窩中漩開／雲兒於是也害臊起來」，此首詩以美女的姿態模擬夕陽，「落日」位置特低，顯示夕陽西沈，其他詩行則是霞彩飄飛高掛，頗具意象趣味。兩首詩比較起來，前一首又顯得冷凝許多。（蕭蕭，2007：268-270）

意象是一種人們過去的經驗或者是感覺，這種被知覺的心理現象，有時是清楚的圖形，時是模糊難以言喻的圖形，人們找大家可能共通的記號來標誌，但是這種記號又不是單純的一種意義，有時可在每一個人的心中引起各種有關的想法。例如月亮並不是單純只是月亮的樣子，有時也有思念的意思，這種引發其他人的想像是一種聯想的作用。但是我們為了將自己的想法傳達給別人不得不先將自己的意象先說清楚，別人先從廣泛的經驗來接觸，一步一步來探詢原作者可能的想法，或者是自

己作聯想推演更多意象，也就是有更多的想像品，表達不同的意義。王昌齡《詩格》中詩有三格進階就說明意象形成的過程，先從生思開始，再感思，最後取思。蕭蕭將意象定義為：詩人主觀情意與客觀物象多層次，多象限的交疊相容，其意是有象可徵之意，其象是有意可會之象，具有延展性、流動性、無限性、蘊含著歷史文化的象徵指標。（蕭蕭，2007：263）都有相同的見解。

　　世間一切要表現的不外乎是「情」、「理」、「事」、「物」。前二者看不見，我們用情來代表；後二者看得見，我們用景來代表。看不見是虛的，看得見是實的。白靈用表將意象的原理說得很清楚。表如下：

表 3-1-1　意象的原理（資料來源：白靈，2006a：57）

詩創作的內容			
情（感情）	理（思想）	事（人事）	物（物象）
情		景	
意		象	
虛		實	
精神的（心）		物質的（物）	
看不見的		看得見	
抽象的		具象的	
主觀的		客觀的	
宜隱		宜顯	
＊要寓情於景。 ＊虛中帶實。 ＊主觀的以客觀的事物去呈現。		＊要景中含情。 ＊實中帶虛。 ＊客觀的事物需加入主觀的思想、感情	
＊情宜隱。 ＊景宜顯。 ＊最好是情景交融，亦實亦虛，虛實相生。			

　　意象就是情景就是虛實，寫景要加入情，寫情要用景來表現，也就是寫象要加點意，寫意要用象來呈現。作者借景來喻情，讀者觸景生情。（白靈，2006a：57-65）。所以意象的產生是經驗的再生，是一種心理

上的圖畫，也是一種文字畫的圖畫。其表現是瞬間的知覺與情緒複合後的表現，也就是情景交融後的產物。此種情景交融後的產物，使得意與象緊密的結合，能夠滿足審美的需求。這樣美感的引發，使得語言或圖像既有的意義消退，而有強大的情感召喚，破除言難盡意的困境，這是作者與讀者雙方的主動積極參與創造後的結果。更近一層，多樣化的創造或聯想，也使得意象所指情感更具有豐富性，甚至逃離意象原所指涉的部分，而進入意象的琢磨與猜測，作者的想法從意象中隱退卻成了更積極作用，讓存在的「象」，給眾人不斷的討論，而完成了更多意義。

　　了解意象的義涵後，在下一章將繼續說明意象的類型及其在文學及藝術方面表現的功能，對意象會有更清楚的認識。

第二節　意象的類型與功能

　　意象是一種經驗的再生或是一種心理上的圖畫，它不僅表達了作者個人所想傳達的情思，也引起讀者許多經驗和情思。所以意象不是單純的主觀感受，也不是單純的客觀真理。意象的分類有許多種分法，如 Ezra Pound 從主客觀的表達做出分類，將意象分為主觀意象、客觀意象。他在〈關於意象主義〉一文中寫到：

> 意象可以有兩種，意象可以在大腦中生起，那意象就是「主觀」的。或許外界的因素影響大腦；如果如此，他們被吸進大腦融化了，轉化了，又以與他們不同的一個意象出現。其次意象可以是客觀的。攫住外部場景或行為的情感，事實上把意象帶進了頭腦；而那個漩渦（中心）又去掉枝葉，只剩那些本質的、或主要的、或戲劇性的特點，於是意象彷彿外部的原物似地出現了。（吳曉，1995：42 引）

　　前述在大腦中升起的意象就是主觀的意象；而那像外部的原物般出現的意象就是客觀的意象。主觀的意象是頭腦中已有的，它所以被喚起，是由於外界的刺激，然後運用聯想或想像的方法產生；而客觀的意象，

則主要是對客觀表象的有心注意引起情感化反應，從而上升為意象。（吳曉，1995：43）試以例子作說明：白靈所寫的〈風箏〉：「扶搖直上，小小的希望能懸得多高呢／長長一生莫非這樣一場遊戲吧／細細一線，卻想與整座天空拔河／上去再上去，都快看不見了／沿著河堤，我們開始拉著天空奔跑。」（白靈，2000：44）作者認為人的一生好像一場遊戲，風箏在天上飛，風箏是否要與天空爭？主觀的意象已經存在，經過外在事物的刺激聯想，風箏成為主要意象。商禽的〈五官素描〉以最平常的五官做為書寫對象，利用最平常的五官作為書寫的對象。摘錄其中之一的〈嘴〉：「說什麼好呢／唯　吃是第一要義／歌　偶而也唱過／也曾吻過／不少的　啊──酒瓶。」（曾進豐編，2008：85）作者寫嘴，以嘴的功用作為主要的意象，在指出功用外，也提示出作者的情感。最後一句以吻酒瓶就有情緒上的表達。（李翠瑛，2006：149-152）

　　主觀的意象或客觀的意象其實很難清楚的劃分，Ezra Pound 也替意象下過定義：瞬間呈現理性與感性的複合物，意象的產生是主觀或是客觀，是產生先後的問題，其實很難去了解作者原初產生意象的時機。

　　意象也有從作者寫出的內容去分類，例如：自然意象、歷史意象、現實意象。先從自然的意象說起，自然界中花草樹木山水等都能給人無限的感受，而大自然的線條、色彩、節奏也都能給人的感官無限美的感受。自然界給人感情寄託，作者創思情感時也會從自然界中去觀照。例如白靈寫〈白鷺〉「整座視野／高高聳立著／山的大黑板／細細細的白色線／由最右邊逐漸向左劃／一路上噴湧噴湧噴湧／噴湧著綠色的汁液／整座山幾幾乎攔腰／截斷，好利的／一／隻／白／鷺。」（白靈，2006b：34）這首詩很有趣味性，就自然的畫面作了動態描述的表達。何光明〈唯一的樹〉：「像一株孤獨的靈魂／站在沈思的土地上／像一個巨大的問號／成長著懷疑的精神／即使枯枝落盡黃葉／還是永遠舉手發問／問風／問雲／問天／問人。」（白靈，2006b：129 引）這首詩將樹當作舉手發問的符號，對世界不斷的發出質疑，把人進步成長的精神與樹結合，借大自然之物來表達。（同上，134）

　　歷史意象的物質是那些歷史的遺存物，包括人類的生活、物質生產、精神生活及其許多文化活動。以洛夫的作品《時間之傷》中的〈邊界望

鄉〉為例：望遠鏡擴大數十倍的鄉愁／亂如風中的亂髮／當距離調整到令人心跳的程度／一座遠山迎面飛來／把我撞成了／嚴重的內傷／病了病了／病得像山坡上那叢凋殘的杜鵑／只剩下唯一的一朵／蹲在那塊「禁止越界」的告示牌後面／喀血。而這時／一隻白鷺從水田中驚起／飛越深圳／又猛然折了回來。（洛夫，1981：28）望遠鏡、白鷺是香港邊界常見的景象。洛夫借肉眼所看，帶動心靈的創痛。「當距離調整到令人心跳的程度」，描寫調整望遠鏡時心情的緊張。「禁止越界」的告示牌，白鷺驚越過邊界又折回來，顯示兩個世界截然分野，任何人都不能逾越雷池一步。凋萎的花容，是望鄉者「內傷」的寫照，一個以飛越邊界暗示內心強烈的慾念，但又必須克制這強烈的慾望。於是「飛越深圳又猛然折了回來」。這裡所描寫的白鷺就不是純粹的自然景物，而代表著歷史悲劇下，人們思鄉望鄉的情感。（簡政珍，2004：101-102）現實意象的表現是現實生活中人類的行為及其作品。陳育虹的詩作〈很難在臺北〉，用的幾乎是我們日常所見的意象：很難婉拒街坊／喊殺叫賣或垃圾車免費演唱／很難閃躲煎魚及第四臺腥氣／很難安撫霓虹燈下受驚的鳥／很難不嘗鐵窗滋味／不碰壁　很難清理或／拯救一箱子舊事如一窩螞蟻。內文所說都是我們熟悉的意象，語言一語雙關，表象家家裝鐵窗，因而我們也嘗到鐵窗的滋味，這是都市文明極大的反諷。（簡政珍，2004：133）

　　將意象分類為自然意象、歷史意象、現實意象，其實是從探求人的情感表現的對象去作分類，所使用的意象也有從取義的方向去作探討。本研究也是從取義的觀點出發，情感的抒發也表現意義，如美的感受、權力表現、世界觀的看法等，所以本研究將意象表現依其取義方向分為生理意象、心理意象、社會意象、文化意象。說明如下：

　　生理意象，是具體的對象觀察所表現。不管是人的生理或者是動物或者是自然界的萬物都是觀察的對象，人類從認識自然中升高審美意識，把自然人化，自然萬物都有情意，自然意象自然成了人類感情的代表。在運用上有動物方面，如鳥、獸、蟲、魚等，植物方面有花、草等。礦物方面，有玉、石、金等。風景方面如山岳、河、海等。天象方面有日、月、星辰、風、霜、雨、雪等。人類思想日進，寓意甚多，各有遷

思。例如：蘇舜欽〈淮中晚泊犢頭〉「春陰垂野草青青，時有幽花一樹明。晚泊孤舟古祠下，滿川風雨看潮生。」配合時間推移，描繪不同的視點，全詩寫景。（仇小屏，2006：53）

心理意象，是內心的運思所表現。個人對事物的思考有其獨特性，或喜悅、或哀傷、或生氣、或快樂。例如王維〈九月九日憶山東兄弟〉「獨在異鄉為異客，每逢佳節倍思親。遙知兄弟登高處，遍插茱萸少一人。」整體的意象就是個人情感的抒發，表達思念親人。（仇小屏，2006：36）又李益〈宮怨〉「似將海水添宮漏，共滴長門一夜長。」指出宮人難耐長夜寂寥的心情。（同上，192）

社會意象，是社會人際、權力所表現。人生活在現實社會中，人際關係複雜，權力縱橫，現實呈現多變的狀態。詩反應人生，社會意象必定鮮活而且表現現實或超越現實。例如：蔣捷〈虞美人〉「少年聽雨歌樓上，紅燭昏羅帳。壯年聽雨客舟中，江闊雲低，斷雁叫西風。而今聽雨僧廬下，鬢已星星也。悲歡離合總無情，一任階前點滴到天明。」寫出人生三階段，由少年而壯年而暮年，發出人生無限的感嘆。

文化意象，是生活方式所表現。人類的起居、建築、服飾、工具、禮儀、藝術創作……等文化活動經一段時間沈澱、積累、創造，必定有可觀的意象表現在文學或其他藝術品上。例如徐幹〈室思詩〉「自君之出矣，明鏡暗不治。」「明鏡」在古代常作男女定情之物，「明鏡」不治暗示婦女受到冷落。鏡的意象就是一種文化的積澱。

生理意象所表現對照美感，可以分為優美、崇高、悲壯、滑稽、怪誕、諧擬、拼貼、多向、互動等美感類型。心理意象所表現可以探求情意的抒發程度，如喜、怒、哀、樂、苦、悲等。社會意象所表現可以探求社會人際、權力運作，如性別、階級、族群、政黨、國家合作協調或支配駕馭和社會意識的發展。文化意象總其成，由世界觀所影響，例如創造觀型文化、氣化觀型文化、緣起觀型文化。我們在本身所處文化中，不容易自覺，所以要後設觀想以探其意。

Jean Luc Godard 在其著述中說：「肉眼所看到的世界都是要經過意象，而後才能產生相對的位置和價值，所謂自然只是如同一本辭典而已。」畫家就是要從自然辭書中，把要素轉化為視覺語言（Language of vision）

適當排列為秩序，因而成為一幅具有現代觀念的抽象畫作。Vincent Willem van Gogh 說：「繪畫，並非把我們肉眼所見的予以正確的再現，而是如何把自己意念中的造形和顏色，按自己的需要予以再生。」（劉其偉，2006：205）

　　繪畫藝術是一種平面造形的藝術，它透過二度平面空間塑造可視的藝術形象，它利用點、線、面、色彩等二維平面性質的基本形式因素來完成，具像造形如此，抽象造形也是如此。繪畫是靜態性的，現實中動態的，時間性的因素要如何選擇一個固定的瞬間來進行藝術刻畫，非常重要。（宋民主編，2008：17-21）畫者思考要如何再現物體的形象或表現出自己主觀的情感思想，或象徵傳達出抽象思維、意境，都可以藉由意象具體化達到目的。本研究將藝術意象依繪畫形式要素——構圖、線條、色彩、節奏分類，將繪畫作品意象呈現分為構圖意象、線條意象、色彩意象、節奏意象。其一構圖意象：中國構圖意象重視自然和諧，傾向於虛實相生，甚至詩與畫相通，詩畫合一。西方構圖意象重視寫實，均以透視法來處理空間的表現，20 世紀以後視點較自由，有立體主義的畫者移動的繼時性空間表現法，繼而未來主義的對象物移動的繼時性空間表現法；還有重疊透明法及複合透視法。對於形體描述的完整性也有變化，從完整的描繪變化成將對象物或再現物解體之後的重新組合，講求自己獨特的意念。（陳秋瑾，1995：117-118）總的來說，中西方都重視賓主、疏密、均衡、簡潔、對比、和諧。西方更重比例透視，中國則特重虛處、布白，運用移動視點。（袁金塔，1987：152-153）其二線條意象：線條也是畫家想法的表現，表現物象的界線，就是輪廓的描繪。線條有時是細膩的，有時是明亮的，有時是黝暗的，這都是畫家個人情緒的表現。這不僅紀錄形體本身，也紀錄形體的動態。另有一些是機械式的，表現上整齊而美麗，有一種秩序美，近代立體畫派的幾何抽象作品就是。西洋學者 Charles Blanc 認為線條不但是語言，而且具有多方語言，用以適應一切目的，適應一切種類表現，所以可以說線條是表現最豐富的語言，任何事物的本質特徵都可以用線條表示。例如：直線具簡單、明晰直截、決斷、峻峭、嚴肅、勢力等情感；曲線具柔順、溫和、圓滑、流動等情感；另外重線、輕線、水平線、垂直線表現各有不同。

（孫旗，1987：103-104）東方書法式的毛筆線，粗、細、方、圓、疾、澀，筆趣甚多，都有不同的意象表現。其三是色彩意象，色彩運用有時是物象的真實顏色，有時是畫家個人主觀的偏好或想表達特殊的情思。色彩的應用和變化可依其排列、調和、配合、對比來表現明暗、冷暖、動靜、剛柔等微妙的感情。在色彩中，凡是使人感到興奮色彩稱為積極色彩，因為它給人溫暖的感覺，也稱為暖色；而使人感到沈靜的色彩稱為消極性的色彩，並且給人寒冷的感覺稱為寒色。如果是溫柔、和平感的色彩稱為中性色彩。（同上，110）色彩帶給人許多不同的感覺，表現成意象豐富多變。

　　意象的類型分類按取義的方式，有以上的分類，其功能在於表達美感、心理情緒、社會關係的運作及文化的影響，形式上以語言、文字或圖畫的構圖、線條及色彩等符號媒介作出表現而衍生出許多不同的風格。

第三節　意象的伸展情況

　　意象存在作者與讀者心中，是一種情意與象的結合。意象的表現藉由藝術或文學的形式來表現；藉由文學所表現和繪畫藝術所表現的情意，就衍生出許多不同的風格，這也是意象藉由文學形式和繪畫形式伸展的結果。

一、意象藉由文字表現出文學不同的風格

　　周慶華將文學界定為：針對某些對象進行敘述或抒情，而將所要表達的思想情感曲為表達或間接表達。所謂某些對象是指人事物等；而曲為表達或間接表達，是指以比喻、象徵等手法來造成有如藝術品那樣將素材予以額外加工美化的效果。（周慶華，2004a：96）至於思想情感，則指以語言形式存在知覺和感覺。在這界定中，「針對某些對象進行敘述或抒情」和「將所要表達的思想情感曲為表達或間接表達」在語意上

是相互蘊含的，這是為了更能達意才將它們分別列說。這樣的界定將語言還原為各學科所共享，而文學則有多重的存有性，就是思想情感為源頭是心理存有，所敘事或抒情的對象是社會存有，而以比喻、象徵等手法來表現該思想情感是藝術存有。其中藝術存有就是文學的專長，也就是運用意象來比喻、象徵思想情感，而文體形式是讓人經驗的最後面相。文體形式展現的風格，如優美、崇高、悲壯、滑稽、怪誕、諧擬、拼貼，也在意象的安置中而各有所表現。（周慶華，2004a：96-100）所以意象藉由文字表現出文學不同的風格。

　　以格林童話中的〈白雪公主〉（趙敏修改寫，1992：408-419）為例。文中所蘊含「自卑者都有危險傾向」的寓意及另一個寓意「善良勝過邪惡」並不是審美的範圍，我們當注意的是「魔鏡」、「毒蘋果」、「七矮人」、「鐵鞋」等生動的意象的塑造和王后毒害白雪公主、七矮人解救白雪公主、王子獲得美人歸、王后遭到報應等曲折情節的經營，文本所見的審美感興則介於悲壯和怪誕之間的風格。（周慶華，2004a：215）

　　意象的安置於情感上，表現在深情與奇情兩方面，必要時以「反義語／矛盾語」和「形式變化」來強化藝術的張力。Václav Havel 的〈訃文〉「我們完全冷淡地宣布／我們大家都恨的父親　丈夫　弟弟　祖父　叔叔／因為一輩子太腐化／死了／他一輩子很自私　很愛自己／所有的親戚朋友都恨他／因為他一輩子都恐嚇它們／欺負它們　偷他們東西／／請你們不要來／參加他的安葬儀式／請大家跟我們一樣儘快忘掉他」。（Václav Havel，2002：95）作者故意戲謔死者而勸人不要來參加他的葬禮，是想借玩笑話淡化大家可能的悲傷情緒以及更鼓勵他人一定得來看看以免後悔。（周慶華，2007a：121）這樣的表達不只是敘述，更將文學作品提升到審美的境界，展現的風格是悲壯又滑稽。

二、意象藉由構圖表現出繪畫不同的風格

　　人在表達情感時，有時運用語言，有時運用文字，有時運用視覺藝術來傳達情意。文字的傳達或許精確，但是藝術的傳達也許更富有趣味

性。繪畫中的構圖、線條、顏色等都有特殊的意味。其中構圖是繪畫中重要的造型手段，藝術家為了體現作品的思想內容或美學主張，在畫裡面安排布置表現對象的形、色因素及其關係，使若干個別的形象組織成藝術整體的手法。在中國的繪畫中，構圖稱為「章法」、「布局」、「經營位置」。所以構圖的主要任務在於準確表達作品的思想內容，充分體現藝術家的美學觀點。（王世德主編，1987：580）構圖的法則主要是變化統一法則的運用，如均衡、對稱、重複、對比、反稱、奇突、運動等，也有將兩類以不同的比重結合在一起運用，互相協調補充運用，表現出各種千變萬化的藝術美感。

埃及中王朝的壁畫，想表現的是永恆，希望具有永久而非短暫的意義，它們表現典型或具明顯特徵或情況，如牧耕、季節的變化或宗教活動，這些情景年復一年，世世代代都重複著。這些定型的描繪不具個性，基於這種原因，人物也不可能是任何特定的人，場景也並非某些特定「真實地」發生的事件。這種繪畫的觀念要求某些既定的構圖技巧，因此它被認為是建立在表意圖像之上的「圖式」藝術。例如人物像被限制在垂直平面之中，這些完全扁平的圖像由於缺乏深度而顯得是貼在牆面上的，埃及的畫家滿足對特徵的簡單表現，而從不考慮所謂的「寫實性」。因此，頭和兩腿用側面來畫，因為用側面比用正面更能讓人看得懂。所有的人物都是採用這樣的方式，只是尺寸大小有所不同，較高大的人像代表有較大的社會地位。整個埃及人的構圖系統包含帶狀裝飾的形式，採用連續性的繪畫展開主題，這種形式可以包含連貫的想法。（David Sanmiguel Cuevas Antonio Munoz Tenllada，2002：15）這樣構圖的意象有著敘述某主題的意義，例如社會權力意象的表達、展現生活狀態的文化意象。

人物構圖的發展，可以在古風時期的雕塑看出來，少男立象（Kouros）具有古風時期的特徵，正面的姿勢，一隻腳在另一隻腳前的勻稱的人體，人物顯得放鬆，身體的重量落在另一隻腳上，臀部抬起且身體稍稍彎曲，目的就在於創造「有血有肉」的人像。（David Sanmiguel Cuevas Antonio Munoz Tenllada，2002：20）這樣雕塑意象的表現出寫實優美的風格特徵。

中世紀的構圖藝術顯然缺少深度，形體的安排顯然被壓扁了。景物的安排是裝飾性的，不是寫實的描繪，主要是用於教堂的裝飾。邊飾與裝飾的主題，被認為與人物或物體的表現同等重要。就風格來說，重視對稱美與構圖的秩序。到了歌德時期又回到細節，人物的姿勢、陽光、物體的性質，構圖的特點是大量的金飾、繁褥的裝飾，以及對禮服的構思已到入迷的地步。文藝復興時期的構圖建立在透視法的基礎上，畫家根據單一視點虛構出深度，並把視點投向全景，人物的大小視所設的空間距離而定，不像中世紀是以人物的社會或宗教地位來決定大小。Leonardo di ser Piero da Vinci 對於構圖的貢獻極大，他仔細琢磨光在所有情況下的效果，重視處理物體的明暗度，他的直線透視是他嶄新的表現，他稱為空氣透視。（David Sanmiguel Cuevas Antonio Munoz Tenllada，2002：34）到了印象派的革新，畫家所畫的是自己對大自然觀察的敏銳度，所以沒有一定的規律或普遍的規則，奇特的是他們總是抓不到輪廓，他們為有形的輪廓恢復到原狀而奮鬥，但是這輪廓由於光和大氣的變化總是不一樣。Claude Monet 從風景的直接觀察轉向對壯觀的光和色的變化作研究。這時畫的意象是畫家內心的觀察，而不僅是自然的寫實。可是到了後期印象派的構圖幾乎又不用明暗法，而只是用平鋪的形式，更關心的是表面的設計而不是深度的問題。Henri Matisse 認為繪畫就是用裝飾的方法安排色彩的形式，任何來自自然或想像的啟示都足以構成一幅畫。其中秩序、色彩的和諧及線條最為重要。立體派認為繪畫主題只是一個起點，要上升並豐富形式上的創造，他們將物象進行深奧的變形，用新穎、獨特的方法安排它們，將它們轉變成色塊、線條或區塊的群組。立體主義的構圖兼容自由與自制的運用：自由是指可以自由選擇形體，自制是指這些繪畫要素都根據平衡和協調的原則。抽象藝術時期，許多畫家從主題與技法中解放出來，Wasily Kandinsky 認為抽象是為了在無形的形式中賦予作品內容實質意義，而刪除實物表象的一種意願。所以以純粹的形式和色彩為主體，是抽象藝術的本質。演變到最後，當今藝術構圖藝術可能是最精確的寫實主義，也可能是最富想像力的抽象主義，畫家展現意象演變出來的風格沒有所謂的優劣，而是一種在文化影響下的風格轉變，從模象美演進到造象美。（同上，48-52）

　　在中國的繪畫構圖有散點透視的運用，這種方法稱為移動視點，是透過連續疊加山水層次組成，意象表現有巧妙之處。中國繪畫最高的成就當然是「山水畫」，如果將中國的山水畫當作是風景畫是不正確的，中國的山水畫充滿了肅穆與孤獨之情，它充滿了精神與宗教的理想性。在繪畫的世界中，你必須先看到才能以技術或工具把你所看到的表現在畫面上，中國人的視覺是相當特殊的，中國繪畫充滿了「靜止感」的效果，所謂的「止」並非「停止」；反之是以「止」喻「不止」，表達的是人與自然的關係，而不是任何因人而有的形式畫面。傳達出來的是一種「神韻」。其實西方繪畫也出現過這樣的思考，Henri Matisse 說：「繪畫不是再造自然，而是人在創造。」總和來說，選擇對象，藉以展現，其實是在傳達意象的情感。（史作檉，2008：82）

三、意象藉由文學的語境傳達出意義

　　文學是抒情或敘事，有一定的意義需要表達，意象肩負傳達情感的作用，所以情感也是意義的所在。如果這樣假定，那麼意義和意象之間有許多互為表達的機制，本研究採用取義的方式處理意象的分類也是在此。文學的意義和形式屬於文學的現象，都是可以直接經驗的；而文學意義所蘊含的思想情感，也就是意象所肩負要傳達的。思想情感層面，屬於文學的本體。意象傳達的喻義或象徵義，也就在不同表達而有不同的風格。

　　文學意象藉由文字、語言傳達，而語言和文字是跟著它所使用情境而有所變化的。這個使用語言的現實環境，稱為「語境」。這個環境的範圍大小，有許多不同的觀點。大致上可以分為三種：其一語境指的是上下文的關連，就是某一語言片段和它前言後語、上文下文之間的關係為語境。他們互為聯繫、互相影響，才各自彰顯出意義。這種上下文的範圍的語境，一般稱為「語言的語境」或「狹義的語境」。其二語境指的使用語言的外部環境。就是語境就是時間、地點、場合、對象等客觀因素和使用語言者的身分、思想、性格、職業、修養、處境、心情等主觀因素所構成的使用語言的環境。這種觀點主要著眼於語言的外部因

素，不包括上下文語境，一般稱為「言語的語境」。其三綜合的說法，語境是指語言環境和語言外部環境的總和。就是語境包括作品的上下文、說話的前言後語以及說話和寫作的社會環境、文化環境、自然環境、語體環境等。（周慶華，2009：98-99）所以我們在觀察許多作品時，會發現意象存在於作品內容之中，也會發現意象存在於作品的社會環境、心理環境、文化環境之中。舉例來說，詩人可以把「王昭君」的意象寫成敘事的長詩，讓意象保留在敘事本身的文本之中，也可以寫成一首抒情的絕句就完成意象，然後藉由讀者閱讀時環境對言語所引發的知覺進行意象的發掘，這也是原生意象、再生意象、繼起意象的作用。意象升起，藉著語言內語境和外語境的影響而得到伸展。

四、意象藉由節奏、韻律而伸展

　　語言是一種象徵的記號，記號和他所象徵的對象之間多半靠著習成的契約。我們要獲得意義，要靠辨別音素、音節和綜合它們意義的能力。一系列音節構成的秩序，在我們口耳之間只是一些腔調。這種腔調，在大體上是依循社會習慣，但是一部分仍容許個人習慣的存在；例如某人發聲器官的構造特殊或當時由生理或心理所交織而成的異態，如同過分的緊張或遲緩、興奮或消沈，以及有意的裝腔作勢。文學語言的潛在的情緒，完全托於聲音，一個單詞的聲音構造，不但是象徵著某一觀念且也隨伴著某種情感。換句話說，構詞上的聲音形式同時就在象徵或隱喻著某種感情。所以語言聲音的作用除了作為知解的記號之外，有時對於情緒的激發，尤具有獨特的效果，因此有人對於語言的聲音效果把它區別作「表演性」與「型態」的兩面。型態只是音節構成的秩序形式，而表演性則在依此形式說成聲音的操作。後者固然可以加入說者個人的條件，但是前者本來的聲音型態不能沒有關係。後者像一個短語「豈有此理」，可表演很輕鬆—愉快的情緒；也可表演成很嚴重的—不愉快的情緒。所以文學傳達靠著意義與聲音，意義方面包括可知解可想像的以及伴隨的感情，但實際的感情多寄托在聲音的型態上。（王夢鷗，1976：66-67）

　　所以靠著變化韻律的方式，運用情發於聲的道理，可以更了解意象所要表達的意義。如果只是一字一義的詩，詩就只能「看」而不能「聽」了。例如：「草色行人遠」，「更憶羅裙碧草長」，這五個、七個緊密連接的音節不容易構成清楚的聽覺印象，更難喚起想像作用；如果把前一句換成「平蕪盡處是春山，行人更在春山外。」把後一句說成「憶得綠羅裙，處處憐芳草。」至少較原來聲調容易了解，也容易發生想像。（王夢鷗，1976：101）所以節奏、韻律的表現是可以讓意象作多向伸展。前人所能使用的字彙較少，所以才必須使用很少的音節去表達較多的意思，現代的人可以使用許多的音節去表達美感，那麼韻律的變化就顯得重要了。

　　詩也算是一種歌唱，用音樂來強化語言的作用。作為文學作品的詩當然是沒有曲譜的，它的音樂性就藏在語言本身裡面，詩人的專長就是把語言的音樂性加以發揚利用，把文字的效果和音樂的效果相加相乘，所以作詩也叫做吟詩。李白的〈蜀道難〉，句法大起大落，一句之中有有多次的頓挫，在音節上表示了山勢的險惡，而且詩開頭的句子較短，越寫越長，再以短句相間也足以表示山路越走越崎嶇。李清照「誰伴明窗獨坐？我共影兒兩個」，全音節不失輕快，好像在孤獨中上能保持瀟灑。（王鼎鈞，2003：110-115）

　　音律的作用可以把想寫的意象與許多塵俗的聯想隔開，意象就能獨立自足的存在著，我們的注意力被美妙的意象和和諧的聲音吸引去了，這就製造距離感，許多平凡粗陋的東西也就提高了一個審美的層次。《西廂記》裡「軟玉溫香抱滿懷，春至人間花弄色，露滴牡丹開」，這本是描寫男女私事，頗近淫穢，讀者在欣賞美妙的文字及和諧的音律時，往往就會忘記它為淫穢之事。（朱光潛，2003：137-138）

　　意象在文字義、圖像、聲音間不停的流轉，作者心裡的情感托放在字音裡，藉文字外顯。讀者雖見其字，心理的情感卻跟著節奏、韻律浮出景象圖畫。意象藉由三者，盡情表現不同面貌。讀者感官的接收，其實是相通且相互呼應、互相象徵的。

五、意象藉由不同的媒材而伸展

　　意象的伸展傳達是「實質」與「形式」的問題。要將思想情感藉由文字語言或圖畫來表現。其中思想情感是實質也可以說是內容。文字語言或圖畫是一種形式，所以整個過程是「表現」的探討。美學家 Benedetto Croce 認為就藝術本身的完成，傳達並非絕對必要，必要的是在心裡直覺到一個情感飽和的意象。情感與意象卒然相遇而忻合無間，這種遇合就是直覺，就是表現，就是藝術。（朱光潛，2003：92）所以直覺觀無法清晰的說明意象如何伸展，因為它否認傳達有「藝術性」。形式派的美學或許可以補足一些看法。形式派的美學家將藝術分為「表意的」和「形式的」兩個成分：表意的成分是訴諸理解的，可引起聯想的，有意義可求的。如圖畫中的人物和故事、詩中的意義；形式的成分是直接訴諸感官的，不加思索一目了然的，如圖畫的分配以及詩中的聲音節奏。（同上，92）說清楚一些，藝術的實質是指思想和情感，是屬於表意的成分。形式是形色、聲音等媒介去配合。意象的表現就是依靠形式去展現實質，意象藉由不同的媒材去伸展並傳達出不同風格的美感。

第四章　文學中的意象

第一節　生理意象與美

　　文學在傳達經驗過的情感，會透過使用意象的方式。這樣可以喚起對物象的具體知覺，然後激發起相對應的感性經驗。如此可以表達出一種美，或是表達出一種情思，或是表達出人的生活態度。意象透過語言文字作出表達，需將文字鎔鑄、簡鍊才能傳達出深邃幽微的情感。在許多作品中，就算是使用相同的象，也有許多不同效果蘊含其中。一般我們對於景物的感受會透過視覺作觀察，進而在心中產生聯想。在文學作品中產生的「象」，是已經由觀察後揉合想表達的美或情感再現的「象」。劉勰《文心雕龍・物色》：「是以詩人感物，聯類不窮。流連萬象之際，沈吟視聽之區。寫氣圖貌，既隨物以婉轉；屬采附聲，亦與心而徘徊。故灼灼狀桃花之鮮，依依盡楊柳之貌，杲杲為出日之容，瀌瀌擬雨雪之狀，喈喈逐黃鳥之聲，喓喓學草蟲之韻。皎日嘒星，一言窮理；參差沃若，兩字窮形。並以少總多，情貌無遺矣。」。詩人寫景狀物，都是因景色而生出情感，因情感作用而寫出文學，劉勰舉《詩經》為例說明，如〈周南・桃夭〉之「灼灼」形容桃花的鮮豔；〈小雅・采薇〉之「依依」形容楊柳的柔態；〈衛風・伯兮〉用「杲杲」形容日出的光明。所以以詩來說，每首詩都是自成境界，在心神領會一首詩之時，都會有一幅畫或一幕戲景，很生動的突現眼前，這不僅是見到自然，更是移情的作用。（吳啟禎，2008：68-69）朱光潛詮釋意象在心中的作用：比如欣賞自然風景，就一方面說心情隨風景千變萬化。睹魚躍鳶飛而欣然自得，聞胡笳暮角則黯然神傷。（同上，70）

　　使用同一種「象」卻有許多種不同的意境表達，以「花」為例，葉嘉瑩《迦陵談詩》中說：「人自花所得意象最鮮明，所以由花所觸發的聯想也最豐富。此外……所予人的生命感最深切也最完整的緣故……它

一方面近到足以喚起人親切的共感，一方面又遠到足以使人保留一種美化和幻想的餘裕。」（葉嘉瑩，1970：291-292）王維〈辛夷塢〉：「木末芙蓉花，山中發紅萼。澗戶寂無人，紛紛開且落。」詩中描寫辛夷花自開自落的情景，讀了之後有一種空曠、幽靜的氛圍，有一種優美的感覺。（吳啟禎，2008：390）

曹雪芹《紅樓夢》賦予「落花意象」的內涵非常豐富。曹雪芹借用對落花的描寫創設出了優美的紅樓境界，「湘雲醉酒」提示許多美感：

> 正說著，只見一個小丫頭笑嘻嘻的走來，說：「姑娘們快瞧雲姑娘去，吃醉了圖涼快，在山子後頭一塊青板石凳上睡著了。」眾人聽說，都笑道：「快別吵嚷。」說著，都走來看時，果見湘雲臥於山石僻處一個石凳子上，業已香夢沉酣。四面芍藥花飛了一身，滿頭臉衣襟皆是紅香散亂。手中的扇子在地下，也半被落花埋了，一群蜂蝶鬧穰穰的圍著他。又用鮫帕包了一包芍藥花瓣枕著。眾人看了，又是愛，又是笑，忙上來推喚挽扶。湘雲口內猶作睡語說酒令，唧唧嘟嘟說：「泉香而酒洌，玉盞盛來琥珀光，直飲到梅梢月上，醉扶歸，卻為宜會親友。」（曹雪芹原著、馮其庸等校注，2003：964）

這段描寫，芍藥花飛落若雪，湘雲醉臥憨態，無不躍然紙上，其外在的愉悅與內在的悲憫相合無間，又得情感之真。（王懷義，2010）

本研究基於此，在探討意象時，不以自然物作探討，而是以整篇或整段或整句取意的方式來分別；而在作取意時，也需從文學作品整個表達的意境來分析。有關意境，王國維在〈元劇之文章〉中說：「何以謂之有意境？曰：寫情則沁人心脾，寫景則在人耳目，述事則如其口出也。古詩詞之佳者，無不如是。元曲亦然。」（百度百科，2010b）本節生理意象是具體對象觀察所表現的。不管是人的生理或者是動物或者是自然界的萬物都是觀察的對象，人類從認識自然中升高審美意識，把自然人化，自然萬物都有情意，自然意象自然成了人類感情的代表。在運用上有動物方面，如鳥、獸、蟲、魚等，植物方面有花、草等。礦物方面，有玉、石、金等。風景方面如山岳、河、海等。天象方面有日、月、星

辰、風、霜、雨、雪等。（見第三章第二節）既為意象，則有作家主觀情意與客觀物象相互交融的作用，此作用有美的意識生成。在詩詞中有關生理意象的例子很多，例如王維〈使至塞上〉「大漠孤煙直，長河落日圓」，杜甫〈後出塞〉之二「落日照大旗，馬鳴風蕭蕭」，無名氏〈憶秦娥〉「西風殘照，漢家陵闕」，秦觀〈滿庭芳〉「斜陽外，寒鴉點點，流水繞孤村」，李白的〈望廬山瀑布〉之一「西登香爐峰，南見瀑布水。／掛流三百丈，噴壑數十里。／欻如飛電來，隱若白虹起。／初驚河漢落，半灑雲天裡。／仰觀勢轉雄，壯哉造化功。／海風吹不斷，江月照還空。／空中亂潈射，左右洗青壁。／飛珠散輕霞，流沫沸穹石。／而我樂名山，對之心益閒。／無論漱瓊液，還得洗塵顏。／且諧宿所好，永願辭人間」，李白〈望廬山瀑布〉之二「日照香爐生紫煙，遙看瀑布掛前川。／飛流直下三千尺，疑是銀河落九天」。這些詩經過反覆體驗，都能生起美的感受。除此之外，抒情寫景的散文也很有意境，文中描寫觀察所得的景物也很有意境之美，如蘇軾的前〈赤壁賦〉「月出於東山之上，徘徊於斗牛之間。白露橫江，水光接天。縱一葦之所如，凌萬頃之茫然。浩浩乎如馮虛御風，而不知其所止；飄飄乎如遺世獨立，羽化而登仙。」

　　前述王維〈使至塞上〉「大漠孤煙直，長河落日圓」表現出荒野的開闊，「大漠」是橫的廣袤，「孤煙」是垂直其上，漠之大、煙之孤，不僅是大小、縱橫之比，還有字義上的力量予以加強。現代詩也有這樣的美感，季野的〈羈泊篇〉前半段：「好白／好白的／　天／　空／／好白／好白的／　大／地。就顏色論，天空和大地都是同一色調──白色，甚至接下來說的詩句也是說「好白／好白的／風／吹著」，天地同色的設計，而且都是白色，使得空間感加大，呈現視覺的美感。意象不只是物象，它是一種藝術表現，它有圖像的意向，也有形象的意識。「枯藤老樹昏鴉，小橋流水人家。古道西風瘦馬。」這些密集的意象，都是名物，是來自視覺直接感知到的外部對象。但內心想像的並不是外部世界中客觀存在的名物而已，如天使，仙女，在意念中是可視的，與視覺經驗相關，都可以構成意象。但意象也不一定是可見之象，也可以是可察之態。如：「昔我往矣，楊柳依依。今我來思，雨雪霏霏。」又如：

「江南三月，暮春草長，雜花生樹，群鶯亂飛。」「楊柳依依」、「雨雪霏霏」，「雜花生樹，群鶯亂飛」，都不是名物，而是名物的狀態，也都能夠構成意象。（同上，2010b）

意象表現經過人的思維，再聯想，就有美的感受。美是什麼？美學一詞來源於希臘語 aesthesis。最初的意義是「對感觀的感受」。由德國哲學家 A.G.Baumgarten 首次使用的。他的 *Aesthetica* 一書的出版標誌了美學作為一門獨立學科的產生。人們總是先有了某種生活、某種現象，爾後才開始思考、探討，並在思考、探討的基礎上建立相應的學科。A.G.Baumgarten 關於美學的主要觀點集中在兩個方面：一是他把美學規定為研究人感性認識的學科。A.G.Baumgarten 認為人的心理活動分知、情、意三方面。研究知或人的理性認識有邏輯學，研究人的意志有倫理學，而研究人的情感就相當於人感性認識則應有 Aesthetic。Aesthetic 一詞來自希臘文，意思是「感性學」，後來翻譯成漢語就成了「美學」。二是 A.G.Baumgarten 認為：「美學物件就是感性認識的完善」。美學的基本問題就是一個哲學思辨性質的問題。任何理論的形成及其性質取決於它的提問以及提問方式。美學產生於 Plato 之問：「美是什麼？」，這裏所問的美，不是具體的美的事物，而是使一切美的事物之所以美的根本原因。（百度百科，2010c）

姚一葦認為按「美」一詞，在用法上有狹義和廣義二義。狹義的美有為一般常識的用法，而廣義的美是指藝術上或美學上的用法，他借用 Bernard Bosamquet 的用語來說明。狹義的美為「一見之下美的愉悅或對普通感性的愉悅」；而廣義的美來自「受過訓練，尤其是天賦更多美之洞察力者」，相當於美的卓越，所以前者範圍狹窄，凡含有嚴肅、恐懼、怪誕與滑稽者，均不在其內；後者意義寬廣，不包含狹義的美，復包含一切藝術上各不同性質的美。（姚一葦，1985：6）

姚一葦設定兩種基準，美的基準和非美的基準。所謂美的基準是一般人，一見之下就能產生直接的、純淨的快感者。此種快感為立即的、不加經過思索，所以人人可以獲得；同時它是純淨的，不含快意以外的成分，就是不含嚴肅、痛苦、荒謬、醜等不屬於快感之情緒者，也是上述狹義的美的範圍。所謂非美的基準，具有一般人所謂的美以外的意

義。它所帶給我們的不是純淨的快感，在快感中包容了非快感的情緒；同時它不是可以立即把握的，需要透過我們的思考與理解。許多人可能因為它的複雜與艱澀而望之卻步，所以並不是人人可以接受，約略相當於「美之卓越」。就美的基準而言，並非只有一種性質的美，會有大小、強弱之分。如有一花的美、也有一望無際田疇的美。音響的大小、色彩的變化不同強度的刺激。（姚一葦，1985：6-7）另外，悲壯和滑稽的美表現在藝術品中，悲壯更顯示自身人格的精神自災難中發揚出來，證實自身的偉大，表現出人的尊嚴與不可侮。除了美感之外也混雜許多痛苦、哀憐、恐懼等情緒。滑稽使人暴笑，出現一種尷尬的情境，化作笑料的來源。前四種秀美、崇高、悲壯、滑稽在藝術品中有常見的一般自然物的形式，怪誕和抽象作為美感的類型，便是一種形式的扭曲或形式的解體，在快感中混雜著複雜的驚奇、怪異或荒謬、曖昧的感情與感覺。（同上，11）

　　從前面所談到的意境或者是風格，或者是美的範疇，其中所談的意義，範圍或許有一些差距，但是美感的內容是一致的。基於論述的方便，必須訂出幾大美感類型，來分類說明。美感表現在文學作品之中，文學作品又關乎文化的意識差異而有不同的表現。周慶華提出的美的類型分類，首先將美的類型依前現代、現代、後現代、網路時代，並依時代演進將美分為模象美、造象美、語言遊戲美、超鏈結美等類型，再依此類型再細分為優美、崇高、悲壯、滑稽、怪誕、諧擬、拼貼、多向、互動等九大美感類型作為美學的對象，除包含姚一葦所論及的美感範疇，又兼顧文化因素及時代演進美學發展進程。（詳見第二章第三節）

　　當中優美，指形式結構和諧、圓滿，可以使人產生純淨的快感；崇高，指形式的結構龐大，變化劇烈，可以使人的精神振奮高揚；悲壯，指形式結構包含有正面或英雄性格的人物遭到不應有卻又無法擺脫的失敗、痛苦，可以激起人的憐憫和恐懼等情緒；滑稽，指形式的結構含有違背常理或矛盾衝突的事物，可以引起人的喜悅和發笑；怪誕，指形式的結構盡是異質性事物的並置，可以使人產生荒誕不經、光怪陸離的感覺；諧擬，指形式的結構顯現出諧趣模擬的特色，讓人感到顛倒錯亂；拼貼，指形式的結構在於表露高度拼湊異質材料的本事，讓人有如置身

在「歧路花園」裡；多向，指形式的結構鏈結著文字、圖形、聲音、影像、動畫等多種媒體，可以引人無盡的延異情思；互動，指形式的結構留有接受者的呼應、省思和批判空間，可以引發人參與創作的樂趣。（周慶華，2007a：252-253）這不論彼此間是否有衝突，或相互涵蓋之處，總是提取大部分的美感成分，作為架構去分析處理。九種美感類型依其塑造的形式，可以分類成「優美、崇高、悲壯等模象觀式」、「滑稽、怪誕等造象觀式」、「諧擬、拼貼等遊戲觀式」和「多向互動等超鏈結式」等四種審美模式。（同上，252-253）

優美所引起的快感是使人感到舒適柔和，而使情緒軟化，快感雖然不是美感，但是美感卻不能脫離快感而存在，快感是美感的一個環節或一個層面，美感除了此一感性層面，更進入人的知性或理性，更達到理性與知性的相互調和，以及物我世界的相互融合。（姚一葦，1985：44-45）古典的詩詞和現代的新詩都有優美美感的作品意象。王維〈輞川閒居〉：「青菰臨水映，白鳥向上翻。」〈春中田園作〉：「屋上春鳩鳴，村邊杏花白。」〈春過賀遂員外園〉：「水穿磐石過，藤繫古松生。」這些白鳥、杏花白、水、磐石、古松等生理意象表現出自然恬淡的美感，也是優美的感覺。現代新詩所表現生理意象的優美美感，如楊牧《海岸七疊》裡〈晚雲〉一詩，意象清新生動，值得我們細讀：「把晚雲關在小小的門外／看一隻灰白的鷗斜斜飛過／多草莓的野地，投向正北／我們觀察寧靜的風／吹不動一朵扶桑淺紅，也許那並不是風：『若是扶桑不動／你如何斷定這一刻寧靜的風？』／『坐好坐好，你做扶桑我做風』／有人羞澀搖頭如向晚的淺紅／聽寧靜承諾地輕拂過／美麗的手臂和肩胛，撩過／衣襟和頭髮。天黑出門／我看到小門外飄來一點螢火／秘密地，有意飛過她的足脛。」（楊牧，1995：270-271）此詩的生理意象非常優美，音韻節奏十分自然和諧，例如晚雲、小門、灰白的鷗、草莓的野地、寧靜的風、扶桑淺紅、手臂、肩胛、衣襟、頭髮、螢火和足脛等，這些意象的色彩多樣且生動，詩人運用了視覺、聽覺、觸覺等感官意象，巧妙的把他們縮合在一起，並且娓娓訴說其心中的無限柔情。（周慶華等，2009：69）周慶華〈夜釣〉：「風細咻過柳岸低處／湖面浮著天上的淡光／猛抽黑夜中晃動的釣竿／正釣起一彎微醉的月。」（周慶華，

1998：58）其中風、淡光、微醉的月，生理意象優美，猛抽晃動的釣竿，釣起的是優美的夜色。風的吹動與湖面靜止的淡光成為對比；猛抽晃動與微醉呈現的自在晃動，成為對比，產出圓滿、純淨的美感。

　　崇高指形式的結構龐大，變化劇烈，可以使人的精神振奮高揚，自然物中壯闊的海洋，巨大火山的噴發，這樣的自然現象使人精神奮發，使人產生敬畏之心。在文學作品中描寫自然壯闊、雄偉壯麗的作品自是表達出崇高的美感，如前段提到的杜甫〈後出塞〉之二「落日照大旗，馬鳴風蕭蕭」、李白的〈望廬山瀑布〉、蘇軾的前〈赤壁賦〉，他們把大自然的壯闊美感表露無遺。廬山瀑布在詩人李白的筆下，便成了另一番景象：一座頂天立地的香爐，冉冉地升起了團團白煙，縹緲於青山藍天之間，在紅日的照射下化成一片紫色的雲霞。這不僅把香爐峰渲染得更美，而且富有浪漫主義色彩，為不尋常的瀑布創造了不尋常的背景。接著詩人才把視線移向山壁上的瀑布。「遙看瀑布掛前川」，前四字是點題；「掛前川」，這是「望」的第一眼形象，瀑布像是一條巨大的白練高掛於山川之間。「掛」字很妙，它化動為靜，唯妙唯肖地表現出傾瀉的瀑布在「遙看」中的形象。「掛」字也包含著詩人對大自然的神奇偉力的讚頌。第三句又極寫瀑布的動態：「飛流直下三千尺」，一筆揮灑，字字鏗鏘有力。「飛」字，把瀑布噴湧而出的景象描繪得極為生動；「直下」，既寫出山的高峻陡峭，又可以見出水流之急，那高空直落，勢不可擋之狀如在眼前。然而，詩人猶嫌未足，接著又寫上一句「疑是銀河落九天」，真是想落天外，驚人魂魄。「疑是」值得細味，詩人明明說得恍恍惚惚，而讀者也明知不是，但是又都覺得只有這樣寫，才更為生動、逼真，其奧妙就在於詩人前面的描寫中已經孕育了這一形象。巍巍香爐峰藏在雲煙霧靄之中，遙望瀑布就如從雲端飛流直下，臨空而落，這就自然地聯想到像是一條銀河從天而降。可見「疑是銀河落九天」這一比喻雖是奇特，但在詩中並不是憑空而來，而是在形象的刻畫中自然地生發出來的。它誇張而又自然，新奇而又真切，從而振起全篇，使得整個形象變得更為豐富多彩，雄奇瑰麗，既給人留下了深刻的印象，又給人以想像的餘地，顯示出李白那種「萬里一瀉，末勢猶壯」的藝術風格。廬山風景秀麗，香爐峰的瀑布尤為壯觀，詩人以十分興奮的心情，

提筆寫下了這首絕句。兩句用誇張的比喻和浪漫的想像，集中筆墨進一步描繪瀑布的形象。「飛流」是寫山高水急，「直下」是描繪瀑流直瀉，「三千尺」是誇張瀑布的壯觀，可以說字字珠璣，無一虛設。最後一句把瀑布比作璀璨的銀河，生理意象既生動又貼切，而其中一個「疑」字率直道破是詩人的想像，令人感到意味深長。（百度百科，2010d）

按劉勰《文心雕龍》說文有八體，其中所謂「壯麗」者，他所下的定義為「高論宏裁，卓爍異采者也」，含有立論之高、結構之宏與文字卓爍異采，也就是崇高之美。生理意象的崇高美，包含了外形的無限、外形的巨大、外形的有力、外形的可敬。（姚一葦，1985：87）李白的描述，意象的使用具有雄奇偉大的氣勢。姚一葦認為悲壯觀實是一種人生態度或人生哲學。大自然中，自美的觀點言，雖有崇高與秀美之分，怪誕與抽象之別，但無所謂悲壯與滑稽，悲壯與滑稽只存於人生之中。悲壯來自自己自覺或不自覺地在面對生存環境與諸般與人類為敵的勢力之間的衝突所產生的行為或反應。此種的行為的性質含有災難、破壞的成分，給予我們情緒的刺激為痛苦而非歡愉。（同上，98）

悲壯觀轉化成藝術形式，實是一種情緒的引發，悲壯感依附故事產生，故事中人面對複雜情境，諸多的威脅勢力所做出的表現，所流露出來的宇宙觀或人生觀。如悲劇英雄面臨巨大無比的勢力，明知此勢力無法對抗，然而他們一經認為自己的作為是對的，則不惜犧牲一切，全力以赴，正是知其不可為而為之的表現。余光中〈守夜人〉：「五千年的這一頭還亮著一盞燈／四十歲後還挺著一枝筆／已經，這是最後的武器／即使圍我三重／困我在墨黑無光的核心／繳械，那絕不可能／歷史冷落的公墓裡／任一座石門都捶不答應／空得恫人，空空，恫恫，的回聲／從這一頭到時間的那一頭／／是我扶它走或是它扶我前進？／我輸它血或是它輸我血輪？／都不能回答，只知道／寒氣凜凜在吹我頸毛／最後的守夜人守最後一盞燈／只為撐一幢傾斜的巨影／做夢，我沒有空／更沒有酣睡的權利。」（余光中，1974：104-106）暗夜燈下，詩人獨坐書桌旁，一盞桌燈，雖然只能推開幾呎黑暗，但燈下手中的一枝筆成了維護歷史文化、傳承文學使命的武器了。其中「一盞燈，推得開幾呎的

混沌？／壯年以後，揮筆的姿態／是拔劍的勇士或拄杖的傷兵？」桌燈與筆生理意象蘊含悲壯美感完全表現。

滑稽，指形式的結構含有違背常理或矛盾衝突的事物，可以引起人的喜悅和發笑，這與前述的「悲壯」屬於對立的範疇，但都是引發心理上的情緒，探求藝術形式的生理意象是必須依附故事作探求，文學中所使用的言詞，是淺陋、機智、幽默、弔詭、諷刺等，《紅樓夢》第四十回劉姥姥使用粗糙的語言本色與眾人所使用精緻文雅的語言對比之下便是一種可笑。William Shakespeare 的《溫莎的風流婦人們》，劇中 Falstaff 在迭經作弄後做出的自我解嘲或辯解，他說：「我想多半是魔鬼不願意讓我下地獄，因為我身上的油太多了，恐怕在地獄裡引起一場大火來，否則他不會這樣一次又一次和我搗蛋。」（姚一葦，1985：235 引）「身上的油太多」、「地獄裡引起一場大火」生理意象傳達出引人發笑的滑稽美感。

在自然物中，特別是藝術品中，有一種反常的不合理的形式，或是表現為形體的扭曲，或是不倫不類的組合，遠超出我們的經驗或習慣的範圍。而使人產生荒誕不經、光怪陸離的感覺，稱為怪誕的藝術或怪誕美。（姚一葦，1985：272）李賀〈羅浮山人與葛篇〉：「依依宜織江雨空，雨中六月蘭颸風。博羅老仙時出洞，千歲石床啼鬼工。蛇毒濃凝洞堂濕，江魚不食銜沙立。欲剪湘中一尺天，吳娥莫道吳刀澀。」另外，〈神弦〉：「女巫澆酒雲滿空，玉爐炭火香咚咚。海神山鬼來座中，紙錢窸窣鳴旋風。相思木貼金舞鸞，攢蛾一嚏重一彈。呼星召鬼歆杯盤，山魅食時人森寒。終南日色低平灣，神兮長在有無間。神嗔神喜師更顏，送神萬騎還青山。」這樣的詩不是引起我們的愉悅或快感，而是使人感到古怪，感到恐懼，感到「神意森索」。（同上，278）文學作品的產生，來自於作家對真實世界或人生的模擬所產生，在組織的過程中，安排素材來自於作家的主觀想法，如果所建造出來的作品越脫離現實，就有可能產生一個荒誕不經的幻想世界。怪誕的藝術不屬於純淨的快感，它包含了驚奇、怪異、荒謬、滑稽的成分。它所產生的焦慮或不安與個人的潛意識相契合時，也會有一種隱密的喜悅。洛夫〈石室之死亡〉：「正午，一隻牡獅在屋脊上吃我們剩下的太陽／有人咆哮，有人握不住掌心

的汗／有人擁抱一盞燈就像擁抱一場戰爭／唯四壁豎立如神／穩穩抓住了世界的下墜／／我們也偶然去從事收購骨灰的行業／號角在風中，怒拳在桌上／是誰？以從來福線中旋出來的歌聲／誘走我們一群新郎／刀光所及，太陽無言。」此詩各行意象間幾乎不相連，同一詩句中各名物各不相干，彷彿夢境裡破碎的映象，或疊或映或化或合。戰爭和死亡的恐懼、慌亂、憤怒與深沈的無奈，就在黑色的太陽、咆哮、掌汗、骨灰、怒拳、來福線中，疊映或化合出來，這樣的生理意象可稱為異象，是詩人創造的意象，可能來自內心的隱晦的夢魘，豐富了詩人的意想世界，為讀者帶來震撼和悚慄。（蕭蕭，2004：399-400）

在前衛運動漸趨末流時，一種反造象美的呼聲跟著響起；它以游牧的觀念作為跨域的基礎，企圖取代造象美的前衛地位，這種新風格就是以諧擬、拼貼等手段來挑戰舊時的美學體系而達到「以解構為創新」（也就是諧擬、拼貼的手段自轉成審美風格）的目的。（周慶華，2007a：273-274）諧擬，指形式的結構顯現出諧趣模擬的特色，讓人感到顛倒錯亂。周慶華〈仿連連看〉：

<pre>
陳 宋 許 李 連 陳 呂
文 楚 信 敎 戰 水 秀   仿
茜 瑜 良   扁 蓮   連
                          連
                          看
咖 豬 魚 包 油 豆 醬
啡 腳   心 條 腐 瓜
        菜   乳
</pre>

（周慶華，2001b：111）

這是在諧擬解構制式教育中考試命題的權威盲目性。詩中生理意象如醬瓜、豆腐乳、油條、包心菜、魚、豬腳、咖啡的湊合，主要展現諧趣的美感。（周慶華等，2009：184）而拼貼，指形式的結構在於表露高度拼湊異質材料的本事，讓人有如置身在「歧路花園」裡。周慶華〈禪悅〉：「拈花的人不微笑／傳情只靠一分的眉目／心靈犀一點通了／無念無相無住庭前柏樹子／晝夜死裡來活裡去／要參禪也要洗缽／逢佛殺

佛還棒喝一聲（周慶華，2001b：77）它以不相關的禪語並列，支解既有相關「完整」流程性的禪悅體驗。雖然是反美學的作法，但也是可以自成一種美學的風格。諧擬和拼貼的後現代詩仍不免要藉助意象來徵候所要解構一切事件或觀念的「支離破碎」狀況，這是詩作為文學的一環所明顯沒有被解構的。換句話說，後現代詩解構了很多東西，唯一沒有被解構的是自己。因此意象的意涵仍然存在，美感因人感受也有不同。（周慶華等，2009：206）

　　多向，指形式的結構鍊結著文字、圖形、聲音、影像、動畫等多種媒體，可以引人無盡的延異情思；互動，指形式的結構留有接受者的呼應、省思和批判空間，可以引發人參與創作的樂趣。多向和互動是作家可以展現心意的地方，就是「完全開放」讓讀者參與書寫。多向文本是數位先驅 Ted Nelson 在 20 世紀 60 年代創造的觀念詞，意指一個沒有連續性的書寫系統，文本枝節靠連線串起，讀者可以隨意讀取，如是的展現形式應當可算是網路不同於一般紙本敘述的精髓所在。這種敘事的結構安排下，讀者並非跟從單線而循序漸進的思考方式閱讀，語意因而斷裂，曲徑通幽，柳暗花明，讀者可以從一個語境跳連到另一個語境，因而稱多向文本是網頁對敘述最革命性的貢獻。（周慶華等，2009：237）德州大學奧斯丁分校網站下的〈失眠症〉這首多向詩堪稱目前網路上多向詩中，最讓人目眩神迷的作品。程式寫作者 Steve L. Wilson 把 David Jewell 的詩，以 HTML 語言改寫成多向詩，配合他與 Anita Pantin 拍攝與電腦繪製、加工的照片，以及音效與影片，讓這個實驗之作成為一首精彩的多媒體詩作，還獲得「Magellan」網站的四顆星的高度評價。〈失眠症〉高度運用了跳接與連結的特質，時而把「多向文本」這種敘事結構作為一種註釋手法，時而讓讀者主導多向文本閱讀的方向，增加閱讀的意義與可能。（同上，237）

　　具體詩網頁〈妙繆廟〉的作品呈現許多類型，有靜態的具象詩、動態的具象詩、以純文字所構成的虛擬音樂和多媒體的網路裝置藝術。〈澀柿子的世界〉所推出的想像書，又大幅創造出一種新的閱讀型態，特別值得一提的是其中〈東行記〉這首詩，作者在序言中提到：「風景是朝右展開」，他透過十四個橫幅的連結，把文字擺設成波浪一樣的形貌，

我們透過一次跨越大洋的文字旅行，從文字中可以讀出他對於自我與族群的認同。語言乃至家族間所產生的矛盾，相當前衛動人。（周慶華等，2009：243）〈妙繆廟〉與〈澀柿子的世界〉活潑生動，兼具聲光效果和新奇的創意，常讓人在出乎意料之外還能延伸出極大的想像空間，新加坡的網路評論家林方偉更讚譽作者的文字前衛風格接近夏宇，可說是現代詩經由網路語言創作出來的佳構。臺灣詩人創作的數位詩中，最早以多向詩方式出現者應當是代橘的〈超情書〉，〈超情書〉所使用的多向文本技術，讀者只需豎著主文的軸線，其實並無跳接或轉換情境軸線的機會，作者所安排的鏈結點，都是正文文字的再詮釋、補充或是後設式的對話。蘇紹連擅長製作多媒體詩與互動詩，他在創作時重視三個層面的關連性：一是文本的意義；二是圖像的意義；三是動態的意義。尤其在圖像與動態的關連上，作品有絕佳的表現。多向動態化的作品讓讀者游移於作品蘊含的不同時空，讀者可以倒回，可以跳離，可以同時開啟，不必按次序、不必顧及連不連貫。讀者可以自行操作的作品，如〈風雨夜行〉、〈春夜喜雨〉、〈扭曲的臉〉或〈生命浮沈〉。讀者必須操作、碰觸圖文，文本才會開始動作，閱讀也才會啟動的，如〈我的花園〉、〈蜘蛛戰場〉、〈小丑玩偶〉。（周慶華等，2009：250-251）這些意象呈現很前衛，動畫、音樂、文字的質感，都是創作需要整合注意的。雖然使用的素材形式較多，但也多具有美感。

　　從前現代、現代、後現代、網路時代，創作的思潮不斷改變，但是文學中藝術存有的部分所呈現的抒情美感，是不會消失的，只是呈現的美感類型，隨創作者的主觀呈現而有所不同。除了生理意象的美感部分，生理意象呈現也有情緒的引發作用與權力關係的蘊涵，所以生理意象除了受到文化意識的統攝，它和心理意象和社會意象也有重疊之處，如圖 4-1-2 所示。下節敘述心理意象時，也就要求取大部分相異處來作描述。

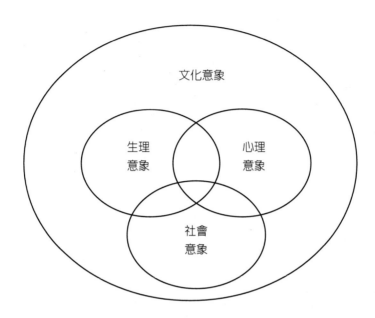

圖 4-1-2　文化意象、社會意象、心理意象、生理意象的關係圖

第二節　心理意象與情意

　　文學作品將人們的心靈思想、抱負志向、情感表達出來。從理性來說是表達想法，從感性來說是表達情緒。文學中的意象表達情感，都是心理活動作用，創造性轉換成凸出的語言和意義，此作用超過一般語言所表示的含意，表達出深層的心理趨向，有正面的如喜、樂，也有負面的如怒、哀等，還有些愛、慾望、厭惡等情緒。

　　文學作品中，將情感有意識、有機地融入，要數詩歌最豐富。傳統詩學中運用賦、比、興的寫作技巧所指涉的意旨，不只是直接或間接描繪外在客觀物象，更重要的是再現心理感情與意志。（周慶華等，2009：103）新詩創作更在技巧上創新，有奇特的節奏韻律和意象比喻，突破理性的思維，以主觀的情感去經驗萬事萬物，並擴大現實的感知世界；讀

者也經語言文字所指向的深層意義去探求，召喚個人的經驗和情感。一首好詩的情感藉由詩性語言去傳達。

　　鄭愁予的〈錯誤〉：「跫音不響，三月的春帷不揭／你底心是小小的窗扉緊掩」，又如〈雨絲〉：「我們底戀啊，像雨絲／在星斗與星斗間的路上／我們的車輿是無聲的」，這些詩性的語言藉由象徵或比喻的手法引發情感，感性的文字容易引起情緒上愛憎的反應，這是詩語言的情緒反應；羅智成的〈一九七八〉：「枯廬之外，化雪時我曾走過村莊的泥濘街道／整個沈鬱的天空頹坐在村人的屋頂上／因我曾看見一隻寂靜的鳥／負載不住整個天空而跌撞於炊煙裡／跌撞在炊煙裡」，這首詩語言感性且具象，泥濘的街道、沈鬱的天空、炊煙都是一片灰色的景象，很容易讓我們有抑鬱的感覺。（孟樊，1995：8）

一、什麼是心理意象

　　心理意象是一種意象的生成，主要是表現內心的情感，此種意象藉由語言或文字表現在文學作品上，前者所舉的例子，讀後都帶給人情緒上的變化，這都是作品中心理意象所起的作用。這樣的作用觸動了讀者本來掩藏在心中各種情緒，讀後產生一種共鳴的作用，而使情緒得以宣洩。唐代佚名的〈雜詩〉：「近寒食雨草萋萋，著麥苗風柳映隄，等是有家歸不得，杜鵑休向耳邊啼！」一個有家歸不得的遊子，聽到整天在耳邊頻頻催促的聲音，十分傷情。（黃永武，1984：15）詩中心理意象有寒食、雨、麥苗、柳絲、杜鵑啼叫等。河隄上千萬條柳絲，田中有無垠的麥浪，淒迷離亂。春歸而人未歸，備覺傷情。更何況寒食清明節節近，春雨綿綿，抑悶煩人，想到歲月易增，而故鄉的墓園日益荒蕪，當然尤其傷情。（同上，15）所表達的情緒是一種鬱悶之情。

　　秦韜玉的〈貧女詩〉：「苦恨年年壓金線，為他人作嫁衣裳！」一位年年壓著金針來做刺繡工作的貧家女，忙著替別人做漂亮的新娘禮服，而自己卻沒有良媒來促成婚事，「為人作嫁」，贏得普遍的同情。貧女的巧手藝，就可以象徵著懷才不遇者的才學，替人捉刀，空耗自己

的巧心，增添別人的光采。（黃永武，1984：15-16）透露出的心理情緒
是恨和怨。

二、心理意象表達的情緒

　　人的心理情緒有許多種，正面的情緒或負面的情緒都有，如喜、怒、
哀、懼、愛、惡、欲。這些是人與生俱來，文學作品也表達這些情緒使
讀者與之共鳴。以下以詩詞中意象傳達的喜、怒、哀、懼、愛、惡、欲
等情緒說明心理意象與情意之間的關係。

（一）喜的意象

　　喜是高興、快樂的意思，包含喜歡、愛好、快樂、沈溺、喜悅、愉
快、高興、歡暢。杜甫：「黃四娘家花滿蹊，千朵萬朵壓枝低。留連戲
蝶時時舞，自在嬌鶯恰恰啼。」繁花遍布小路，一層疊上一層的花，又
多又密，把枝條都壓彎曲了，「留連戲蝶時時舞」反映的是詩人愉悅的
心情，說是蝴蝶不肯離去，其實是自己太高興，連黃鶯的鳴叫都認為是
在自己歡唱，花滿蹊的意象及蝴蝶飛舞、黃鶯啼叫都傳達心情愉快的心
理意象。

　　杜甫〈聞官軍收河南河北〉：「劍外忽傳收薊北，初聞涕淚滿衣裳。
卻看妻子愁何在，漫卷詩書喜欲狂。白日放歌須縱酒，青春作伴好還
鄉。即從巴峽穿巫峽，便下襄陽向洛陽。」安史之亂帶給人民許多不安
的生活，所以平定安史之亂的消息一傳到杜甫耳中，他激動的落淚，可
以說是喜極而泣。「忽傳」到「初聞」，再到「卻看」「漫卷」，幾個
連續動作傳達了驚喜的心理意象；「即從巴峽穿巫峽，便下襄陽向洛
陽」，四處地名排成一線，順流快速而下，這心理意象顯示高興心情衝
到最高點。

　　孟郊的〈登科後〉：「昔日齷齪不足誇，今朝放蕩思無涯，春風得
意馬蹄疾，一日看盡長安花。」考試幾次落第，生活困窘，今天金榜題
名，幾年的鬱悶之氣終於消散。「春風得意馬蹄疾」傳達出喜悅暢快心

中之情的心理意象。「一日看盡長安花」表示登科後的得意放蕩心情，實在是難以按捺，滿城的花卉一日看盡。

林亨泰〈房屋〉：「笑了／齒齒齒齒」。第一首圖像詩是兩層樓的房屋，露齒為笑，第一節的笑了選齒為造型的磚，看見齒好像看見一個人露齒微笑的樣子；但就圖像詩而言，笑是心情開朗，就像房屋門窗敞開，可以看見屋內人與人的互動，齒裡的人有這樣的圖像效果。（蕭蕭，2007：329-330）也是喜悅之情。

（二）怒的意象

怒是生氣。岳飛的〈滿江紅〉：「怒髮衝冠，憑欄處，瀟瀟雨歇。抬望眼，仰天長嘯，壯懷激烈。三十功名塵與土，八千里路雲和月。莫等閒、白了少年頭，空悲切。靖康恥，猶未雪；臣子恨，何時滅？駕長車、踏破賀蘭山缺。壯志飢餐胡虜肉，笑談渴飲匈奴血。待從頭、收拾舊山河，朝天闕。」從「怒髮衝冠」就可以領略出生氣的模樣，「駕長車，踏破賀蘭山闕」，踏破的心理意象是怒氣轉化行動的表現。

詩人白萩的〈樹〉表達誓死保護土地的決心：「我們站著站著站著如一支入土的樁釘，固執而不動搖／噢，老天這是我們的土地，我們的墓穴／即使把我們踢成一個旋錘／無止境的驅迫／這是我們的土地，我們的墓穴，把我處刑成為一柄火把／燒爛每一個呼喊的毛細孔／仍以頑抗的爪，緊緊的攫住／這立身之點／這是我們的土地，我們的墓穴。」這是一種強烈的意志，他以樹緊緊的攫住土地作為意象，比喻臺灣人如入土的樁釘，固執而不動搖，並不斷的重複說這立身之點是我們的土地，我們的墓穴。這是共生死的決志。（蕭蕭，2004：11-12）有人要搶走我們的土地，挖走我們的根，這是多麼令人痛恨的事，整首詩表現出為了固守家園發出最堅強的怒吼。

憤怒的情緒如何抒發？向明奮力啐出一口痰，還「噹」的一聲。〈痰〉：「奮力啐出的／一口痰／噹的一聲／落在天安門的／某層石階上／有人用眼睛說／好險／這枚憤怒的子彈／走了四十年／還不會／轉彎」。奮力的啐出一口痰，還「噹」的一聲，非得如此，不足以表現心中的憤怒。

不吐他一口痰，何以化消四十年的不快！詩中「有人用眼睛說」是「道路以目之意」，敢怒不敢言的地區，啐他一口痰吧！（蕭蕭，2004：75-76）心理意象「啐他一口痰吧！」傳達怒的情緒。

（三）哀的意象

　　哀是心理悲傷的情緒反應。陳子昂〈登幽州臺歌〉：「前不見古人，後不見來者。念天地之悠悠，獨悵然而淚下」。有舉世皆濁唯我獨清，眾人皆醉我獨醒的沈痛，歷史長流萬古綿延，而人生卻短暫如電光火石。（畢寶魁等，2003：619）悲哀除了自己的感傷之外，政治的分裂，更使得許多人因此而漂流分離。余光中〈公無渡河〉：「公無渡河，一道鐵絲網在伸手／公竟渡河，一架望遠鏡在凝眸／墮河而死，一排子彈嘯過去／當奈公何，一叢蘆葦在搖頭／／一道探照燈警告說，公無渡海／一艘巡邏艇咆哮說，公竟渡海／一群鯊魚撲過去，墮海而死　一片血水湧上來，歌亦無奈。」鐵絲網伸手攔阻，望遠鏡凝眸遠望，蘆葦風吹而搖頭，不僅是風吹草動的擬寫，也有搖頭嘆息的意思。最後一句「歌亦無奈」的心理意象說出了中國人的悲哀。（蕭蕭，2004：35-36）

　　白萩〈金魚〉：「火的理想，被軟困於現實的冰冷的水／不能躍出這世俗殘酷的泥沼／可憐被玩賞的金魚啊／吸不自由的空氣／缸的圓寂窒息了直往的路向／為何不長對翅膀？可憐的金魚啊！」金魚被軟困、禁錮、被玩賞、窒息所呈現的心理意象是臺灣島的焦急悲哀。（蕭蕭，2007：180）

　　白萩〈琴〉：「前面的道路不哼聲／後面的道路不理睬／這樣一直逢春逢夏逢秋逢冬／又逢到一個。」。直接以心理意象圓形去表達時間與空間不斷循環的悲哀，這就好像薛西弗的神話，推石上山，永無歇止的悲劇。（蕭蕭，2007；182-183）

　　紀弦〈火葬〉：「如一張寫滿了的信箋，／躺在一隻牛皮紙的信封裡，／人們把他釘入一具薄皮棺材；／／復如一封信的投入郵筒，人們把他塞進火葬場的爐門。／／……總之像一封信，貼了郵票，／蓋了郵戳，／寄到很遠很遠的國度去了。」把「棺材」比成「信封」，「死者」

如「信箋」，火葬為的是把他們寄到很遠很遠的國度去。這首詩最動人的「詩想」在：死亡猶能將此生的訊息帶到一個新的時空，他不直接寫哀傷也不直接寫表面的形象，他冷靜面對生死作出深刻的沈思。另一首〈我愛樹〉，將自己比擬成樹而終究體認到自己不是樹，想要紮根而不能紮根，從而發出「多麼悲哀呦」的感嘆。「於是彎曲伸展用我的／兩臂和十指還有頭髮／極力模仿那些枝條那些／姿勢那些葉子那些形狀／而且用腳使勁地往泥土裡踩」。（陳義芝，2006：59-60）

　　林亨泰〈房屋〉：「哭了／窗窗窗窗」。哭了選窗字為造型的磚，彷彿人際溝通不良，所以門窗緊閉，從外望去，只見緊閉的門戶，如果再細看窗字造型，窗「帘」內彷彿有煙囪在冒煙，有「夕」字、「歹」字在其中，都可以是哭的情緒。（蕭蕭，2007：329-330）

（四）懼的意象

　　懼是害怕的心理現象，害怕都由於孤獨、寂寞，自己無法排遣情緒而瑟縮，內心深處因此而有一份孤絕無望之苦。周夢蝶戰慄於深情、孤絕、死亡之中，〈孤峰頂上〉：「烈風雷雨魑魅魍魎之夜／合歡花與含羞草喁喁私語之後／是誰以猙獰而溫柔的矛盾折磨你？」恐懼的背後是一種不忍的深情。〈逍遙遊〉：「不是追尋，必須追尋／不是超越，必須超越──／雲倦了，有風扶著／風倦了，有海托著／海倦了？堤倦了？」海倦了，堤倦了，竟然沒有託付的對象，雖然是逍遙之遊，但是離群獨飛也是一種孤絕，也有孤絕的戰慄。死亡的戰慄在周夢蝶的詩中經常出現。〈行者日記〉：「天黑了！死亡斟給我一杯葡萄酒」；〈十月〉：「就像死亡那樣肯定而真實／你躺在這裡」；〈六月〉：「死亡在我掌上旋舞」；〈還魂草〉：「面對枯葉般匍匐在你腳下的死亡與死亡」，這是死亡戰慄。（蕭蕭，2004：146-150）是恐懼的心理意象。

（五）愛的意象

　　白靈〈愛與死的間隙〉：「未被蝴蝶招惹過的花／難知何謂誘惑」、「不曾讓尖塔刺穿的天空／如何領會什麼是高峰」、「沒經過暴風愛撫

過的雲／豈明白何為千變萬化」、「而遭思念常穩住的愛啊／一分鐘竟
比一個峽谷寬」、「有誰能搭起一座橋／在這一分鐘與下一分鐘之間」、
「或者就跳下那相隔的間隙吧／看能不能逃脫，自她雙唇夾住的世
界⋯⋯」他以這六個意象靜靜交代愛的誘惑，刺穿的痛，情的難以捉摸，
思念的漫長，等待的無奈，慾的無可逃離。（蕭蕭，2007：272）

　　周夢蝶深情的戰慄，〈空白〉：「倘你也繫念我亦如我念你時／在
你盲目的淚影深處／應有人面如僧趺作凝默。」趺作之僧就是專注之情。
〈落櫻後遊陽明山〉：「直到高寒最處猶不肯結冰的一滴水／想大海此
時：風入千帆，鯨吹白浪／誰底掌中握著誰底眼？誰底眼裡宿著誰底
淚？」直到高寒最處猶不肯結冰的一滴水，正是為深情所苦的最佳寫照。
用情深而專，則所受之苦也是深而專、嚴而厲。（蕭蕭，2004：146-147）

　　陳秀喜〈愛情〉：「一隻奇異的鳥飛翔而來／沒有一定的途徑／不
知何時　他來自何方／並不是尋巢而飛來／／樹枝不曾擺過拒絕的姿態
／向天空　像要些什麼的手／如果　那隻鳥飛來樹枝上／樹枝會情願承
擔／最美好的裝飾／而且希望這隻鳥沒有翅膀／樹枝心願變成堅牢的鎖
／因為奇異的鳥在樹枝上／比勳章更輝煌／比夕陽懸在樹梢上／更確實
存在」。（馬悅然等主編，2001：123）這首詩透過鳥和樹枝的關連，歌
詠愛情。樹枝和鳥的關連式邂逅，但希望停息的鳥沒有翅膀，不再飛走，
甚至將心變成堅牢的鎖，這樣的心意使愛情的力量更為顯現。

　　白靈所寫的六個意象、周夢蝶「直到高寒最處猶不肯結冰的一滴
水」、陳秀喜的「鳥和樹枝的關連」，呈現出心理意象所傳達愛的情緒。

（六）惡的意象

　　惡是一種討厭的情緒，羅門的〈摩托車〉：「從二十世紀手中／揮
過來的一條皮鞭／狠狠鞭在都市／撒野的腿上」。以摩托車代表都市的
文明，破壞田野的寧靜，心靈的富裕，直接控訴摩托車所到之處，自然
趨於死亡，心靈趨於枯竭。（蕭蕭，2004：21-22）白萩〈天空〉：「天
空必有母親般溫柔的胸脯／那樣廣延，可以感到鮮血的溫暖，隨時保持
著慰撫的姿態。／而阿火躺在撕碎的花朵般的戰壕／為槍所擊傷。雙眼

垂死的望著天空／充滿成為生命的懊恨／／不自願的被出生／不自願的被死亡／／然後他艱難地舉槍朝著天空／朝著天空射殺。」。「摩托車」、「朝天空射殺」所傳達的都是討厭情緒的心理意象。

（七）欲的意象

　　慾望隨時盤據在我們心中，蠢蠢欲動。非馬以慾望跟摩天樓比高，一方面控訴都市摩天樓高聳，是人類慾望的無止境擴伸；一方面又藉助摩天樓的高聳，具體化人類慾望的無可滿足。他以〈都市即景二〉寫慾望高漲：「慾望／同／摩天樓／比高　鋼筋水泥的／摩天樓／一下子便甘拜／下風／對著／自他陰影裡／裊裊升起的人類慾望」。此詩以慾望開始，也以慾望終了，慾望全面籠罩人類生活，人類無一倖免。詩的第二段，以立足點平等的長短句模擬都市樓房櫛比鱗次，但是不論樓房高低，其實都是人類慾望的化身；最高的那一棟，下至慾望（末行）升起，上與慾望（首行）同高，天地之間慾望橫行之義，不言而喻。（蕭蕭，2007：308-309）

　　羅門〈誰能買下那條天際線〉：「將日月星辰與燈／照來照去的光線／都拉過來／／將汽車輪船與飛機／跑來跑去的航線／都拉過來／將大家眼睛看來看去的視線／都拉過來／／拉在一起／到最後／也只有留下那條茫茫的天地線／牽著天／拉著地／在走」。（馬悅然等主編，2001：197）慾望深繫在天際線的買斷。

　　紀弦〈火災之城〉：「從你的靈魂的窗子望進去，／在那最黑暗的地方，／我看見了無消防隊的火災的城／和赤裸著瘋人們的潮。」〈火災的城〉描寫眼睛深處大火燃燒，心中有赤裸的瘋狂的人潮，那不是寫火災的現實景象，是寫慾望之火燃燒的人心。（陳義芝，2006：43）

　　當然情緒不可能只有一種存在著，情緒是由多種感覺複雜而成，例如愛會生恨，恨會轉怒，怒也造成悲，悲而生成恐懼心理。情緒很難以精確的語言書寫，如何表達一種愛？如何表達一種痛苦？藉由意象的處理，就更有那份感覺和想像的空間。相反的從文學作品中也可以發現許多的意象表達著人們的各種情緒，大家都或多或少有許多生活體驗，也

有許多生活中的酸甜苦辣，閱讀文字時也就能深刻的體驗意象帶來的情緒感染。

第三節　社會意象與權力關係

社會一般是指由個體構建成群體，並佔據一定的空間，具有其獨特的文化和風俗習慣。狹義來說，社會就是指群體的人類活動和聚居的範圍，例如是村、鎮、城市、聚居點等等；廣義的社會則可以指一個國家、一個大範圍地區或一個文化圈，例如是英國社會、東方社會、東南亞或西方世界，均可作為社會的廣義解釋，也可以引伸為他們的文化習俗。（維基百科，2011a）現今有許多研究社會的人士大多朝向種族、社會階級、性別及家庭的方向去研究，這些群體之間的互動在文化上也帶來許多豐富的影響，在許多藝術與文學作品闡述了許多人互動之後所產生的情感。這些情感也說明了在溝通運作時，其權力運作如何體現。文學作品表達情感著重意象的安排，在許多文學意象也提示社會權力的運作。

權力是什麼？群體在生活間，為了達到某些目的或利益，會有相互支配或影響的作用。權力是一種影響力，也就是一些人對另一些人造成他們所希望和預定影響的能力；另一種是一個人或一部分人具有強加他人的一種強制力，也就是強制他人屈服或服從自己的意願的能力。權力是一種社會關係，某個主體能夠運用其擁有的資源，對他人發生強制性的影響力、控制力、促使或強迫對方按權力者的意志和價值標準作為或不作為，這就是權力。所以權力也只有在一定的社會關係中才存在。（郭道暉，2006）

總說權力是一種影響力或支配力，這種影響力或支配力的正當性，原應設定在受影響者或者是受支配者情願受影響或受配，但是權力行使時卻常常是強為影響或是強為支配的態勢。B. Barnes 認為權力是人們互動模式的結果 M. Foucault 則認為權力是一種被統治者和統治者之間的網絡。這是從社會關係去理解權力不是所有物而是社會關係的一部分，整體來說權力基本的「影響力」或「支配力」都不會改變。（周慶華，2005：

9）文學作品敘述人世間事物，而人際之間有許多錯綜複雜的關係表現在故事情節或隱藏在詩歌裡，許多不能直接說明的事藉由隱喻或暗喻在意中表現出來，這些都是社會意象。作品藉由社會意象呈現出權力之間的影響和支配，我將其分為性別、階級、族群等方面作探討，並從文學作品中的詩歌尋找出例子來作說明。

一、性別

　　性別方面，在生物之中有許多的物種可以劃分為兩個或兩個以上的種類稱為性別。這些不同的性別的個體會互相補足結合不同的基因，以繁衍後代，這種過程稱為繁衍。典型的情況之下會有兩種性別：雄性和雌性，以上是生物學上的定義，可以稱為生物性別或生理性別。本研究想要談的是與身分認同比較有關的社會性別，它是指一個人或個性中所帶有的陽剛氣質或陰柔氣質。社會性別指一個在社會中的人，其自身和所處的環境對性別（生理上）的期待。這些期待將在這個人的行為中充分的體現出來。比如一個男性可能被教育成要具備陽剛氣質，而社會中的人也會用這樣的眼光去看待他，認為他需要具備陽剛氣質。有時候這樣的看待會成為群體活動。一個人對自己性別上的認同會受到各種結構的影響，包括個人的道德立場、工作地位、信仰與家庭。（維基百科，2012b）普遍性認為在社會結構中，女性在政治、經濟、社會、文化、思想、認知、觀念、倫理等各個領域都處於和男性不平等的地位，即使在家庭這樣的私人領域中，女性也都處於與男性不平等的地位。顯然社會建立在一個男性被給予了比女性更多特權的父權體系上。

　　在詩詞意象中，意象所顯示出有關性別社會權力關係的不少。例如：

　　　三個女人共用一張臉
　　　這張臉向來慣有著很自由的表情
　　　之前也曾隨意地認領過一隻貧脊飢餓的貓
　　　偶爾在涼爽的黃昏漫步田間或者
　　　在午後一個人辛勤地荷鋤工作

> 這三個女人一直是用的同一張臉
>
> 直到某個季節驟變
>
> 女人開始對動物的性情不定的脾氣過敏
>
> 女人開始將那隻半冬眠的貓送給鄰家
>
> 直到秋節過後　還是月圓
>
> 女人用的還是同一張臉
>
> 這張臉終於開始有了自己的意見（林于弘，2003 引）

從使用同一張臉到這張臉終於有了自己的意見，女性從傳統的溫柔婉約，到有自己主張的意見與看法，是一種對於自身發言權的努力。（林于弘，2003）「同一張臉」到「這張臉終於有了自己的意見」都是社會意象的表現。

另外類似去勢（castrate）的傷害性語言，則是另一種挑戰男性威權的敘述：

> 親愛的，今夜我決定吃掉你的耳朵。
>
> 想必在我長期甜言蜜語的釀造下，
>
> 那耳根應當香香脆脆，
>
> 肥嫩的耳垂嚼感十足⋯⋯
>
> 於是我逐漸湊近你，
>
> 持著銳利的初六月光
>
> 迅速割下熟睡中的耳殼。（顏艾琳，1997：64）

這裡的敘述主體雖然是耳朵，但凸出物卻普遍具有陽具象徵。這裡透過對肉體的直接傷害，表現切割咀嚼的毀滅性，也足以讓男性恐慌畏懼。（林于弘，2003）「決定吃掉你的耳朵」是挑戰男性威權的社會意象。

縱然必須承受風吹雨打，也不願作溫室裡的小花，她們企盼走出戶外，追求獨立的自由與思想，就像杜潘芳格的〈紙人〉：

> 地上到處都是
>
> 紙人

秋風一吹，搖來幌去
我不是紙人
因為
我
我的身就是器皿
我
我的心就是神殿
我
我的腦充滿了
天賜的力量
紙人充塞的世界
我尋找著
像我一樣的真人（杜潘芳格，1986：16-17）

作者肯定自我，並且有獨立的身、心、腦，所以是「真人」。這種超越性別差異的思想所展現的社會意象，也非常有意義。（林于弘，2003）

女性的身體經常被視為取悅男性的玩物，或是延續宗族的工具，因此要避免「對著鏡子驚慌可能的遺憾／女人被貼上傳宗接代的標籤／像豬肉的紅印」（白春燕，1997）的無奈悲情，女性便要從尊重自己的身體開始：

額頭五行
眼尾對稱六行
歲月逼出來的光芒
毫不自卑地向髮根
光彩的輻射過去（朵思，1990：31-32。）

傳統社會意識對女性的要求是「年輕貌美」，因此當皺紋出現即成為價值衰退的代名詞。但男性的白髮可以象徵智慧，那女人的皺紋又何嘗不能是一種歲月的美？作者在此否定一般女性對「皺紋」的價值判斷，

確實是提出一種另類的視野。（林于弘，2003）皺紋是「歲月逼出來的光芒」，乃是女性尊重自己的社會意象詮釋。

二、階級

　　在很多歷史或政治中引用的階級意指「具有不同身分，不同地位與權力，不同意識型態的多個社會性群體。」通常不同階級之間都存在壓迫與被壓迫的不平等關係。對於階級的大部分學說，都是建立在認為社會存在著分裂和對立的集團，並且集團的對立使社會處於持久的衝突之中。（維基百科，2011c）

　　賴和是臺灣鄉土文學的先驅者，後人尊稱他為「臺灣新文學之父」。林瑞明在他的《臺灣文學與時代精神——賴和研究論集》中，強調：「賴和的作品由現實出發，透過寫實主義與藝術關照，深刻表現日據下臺灣殖民地的眾生相，尤其是一群被壓迫的弱者，從而強烈地表現了『我值強權妄肆威』的時代，也傳達了『被侮辱人勝利基』的訊息。」（林瑞明，1993：100）賴和一生大部分都在日據時代下渡過，他見證臺灣人的武裝抗日事件，參與臺灣文化的啟蒙與覺醒，他深知日本殖民政府與臺灣人民、土地間的對峙。他的詩〈日傘〉：「炎天下的行人／把日傘高高擎取／遮住酷烈的直射光線／安然地闊步行去／／在生的長途上／多數的人們赤條條／略無避庇／可是火熱的日輪／紅赫赫高懸頭上／要有什麼去處容我暫避」。（賴和，2000：66）以「火熱的日輪高懸頭上」作為日人酷虐統治的暗喻，以「日傘」作為對抗象徵的社會意象，正是被壓迫民族在高壓統治下，自我意識的覺醒。（蕭蕭，2004：175-176）

三、族群

　　族群（英 Ethnic group 或 ethnicity）是指一群基於血緣或世系而相互認同的群體，或基於文化、語言、宗教、行為、生物特徵而與其他有所區別的群體。從漢語語境理解，族群可以指民族，也可以指具有相同地緣、行為取向、祖籍地、語言、文化背景、宗教信仰的等各類群體的總

稱，屬於文化人類學或社會學概念。如按籍貫、祖籍地以及母語分類，如潮汕人。按母語或方言分類，如客家人、閩南人。按居住地、出生地或祖籍地分類，如海外華人、福建人、廣東人。按籍貫分類（祖籍地或出生地），如本地人、外地人。按國籍分類，如中國人、日本人、美國人。單純按祖籍地分類，外省人、本省人，這類常見於臺灣的政治生活術語。（維基百科，2012a）

在 20 世紀 80 年代末，在生活上一般人所謂的「本省人」和「外省人」大多已經模糊。但是有心人士還是刻意將這兩個族群極化，並試圖將外省人貼上「外國人」的標籤。洛夫以灰面鷲暗示那些離鄉背井到臺灣的「外省人」，如〈灰面鷲〉這首詩：「我們的臉竟然如此重要／世界／因它而灰／更重要的是／這副臉有時被解讀為／死亡的符號」。「這副臉有時被解讀為／死亡的符號」，是因為外省人在臺灣被族群挑撥，而覺得沒有生活的空間。正如灰面鷲飛離家鄉，在異域感受敵意的環境，更觸動思鄉之情：「故鄉，只是秋風中／一聲聽不清楚的呼喚／過客。過客。過客。／被瞄準，被誘捕／被視為「非我族類」的過客」。（洛夫，1999：92-95）「非我族類」是政治操作下，語言變成工具，喪失比喻功能的口沫言語。而這樣的言語，也讓外省人變成「日日的存在」，讓自身充滿不確定性與危機感。（簡政珍，2006）外省人如「灰面鷲」，顯示族群衝突的社會意象。

在族群對立下，人性的撕裂，價值觀二元化，也讓小小的島國可能分裂為二。正如羅智成在長詩《夢中情人》所寫的：「一個島嶼／可以分成兩個半島嗎」。為了撕裂社會，政策的發言人的語言，噴灑如流彈，所有語言的接受者都受傷：「你張開黑箱一般的嘴巴說話，／一顆顆石頭落了下來，／砸傷了我家的電視機／和收音機」。（簡政珍，2006）

人們為了達到某些目的或利益就會想要去支配或影響其他人，影響的方式有些是可以直說明白，但是有一些因為害怕或者恐懼權力強大的人帶來威脅，所以就選擇將情感隱藏在文學作品之中，這就是本研究所說的社會意象。現今社會結構中，男性被給予更多的特權，女性在爭取平等時，不一定會被重視。如上述〈三個女人共用一張臉〉中的這張開始有自己意見的臉表達女性的反抗；「迅速割下熟睡中的耳殼」意象更

具震撼及殺傷力，女人伸張權力的反擊令男人恐懼；「毫不自卑地向髮根，光彩的輻射過去」更肯定女人的智慧，而不認為歲月摧毀美貌後，女人一無是處。階級的統治常讓底層生活的人們，不知如何去怨，自我的思想也不敢表達，如上引賴和的〈日傘〉意象強烈的抵抗日人的統治。即使是相同的民族，也因出生祖籍地域的不同而有極端的排他意識，想掌握權力控制他人；上述「灰面鷲」所傳達的意象雖然有翻山越嶺的能力，但是社會族群的不認同，也使得生活更無望更像灰面鷲的臉，一切一切都在灰暗之中。性別權力的衝突，階級上下的對抗，不同族群間的爭奪，都將一切的情緒表達在社會意象之中。

第三節　文化意象與世界觀

　　文化相對於漢語來說，它是一個外來語，來自動字（colere），原為耕耘種植的意思，是 Cicero 第一位使用它；也有居住的意思；還有維持、照管、保護、敬禮、尊重的意思，後來西塞羅又寓意使用它為理智和道德修習；又有注意並有授課和敬禮的意思。（趙雅博，1975：3）1871年，E.B.Tylor 重新為文化下定義，說文化是一種複雜叢結的全體；這種複雜叢的全體包括知識、信仰、藝術、法律、道德、風俗，以及任何其他的人所獲得的才能和習慣。（殷海光，1979：31）所以文化是人類在社會實踐過程中所獲得的能力和創造的成果。前述「文化」原意為對土地的耕耘和對植物的栽培，以後引伸為對人的身體和精神兩方面的培養。廣義的文化總括人類物質生產和精神生產的能力、物質的和精神的全部產品。狹義的文化指精神生產能力和精神產品，包括一切社會意識形式，有時又專指教育、科學、文學、藝術、衛生、體育等方面的知識和設施，以與世界觀、政治思想、道德等意識形態相區別，文化中的積極成果作為人類進步和開化狀態的標誌，便是文明。文化是具體的歷史的現象。在人類社會的不同歷史階段，文化具有不同的特點。不同的民族賦予文化不同的民族特點。在階級社會中，文化不同程度地打上了階級的烙印。新舊文化之間存在著批判改造與繼承發展的關係。不同民族

的和不同階級的文化之間也存在著相互影響、相互滲透的關係。（中國大百科，2012a）

　　在中國古籍中，文化的涵義是文治與教化。漢語中，它是從《周易·賁卦》象辭「觀乎天文以察時變，觀乎人文以化成天下」截取而來，有人治教化的意思，如《說苑·指武》「凡武之興，為不服也；文化不改，然後加誅」、王融〈三月三日曲水序〉「設神景理以景俗，敷文化以柔遠」、束皙〈補亡詩〉「文化內緝，武功外攸」等所說的都是這個意思（周慶華，1999b：73）現在幾乎沒有人從以上人治教化去談文化，談文化大多是從西方的概念去談。周慶華還認為這是漢語談文化，可以從一個重新出發的角色來談；也是一個新的解釋（詮釋）系統所要經歷。（同上，73-74）周慶華認為可以採用比利時學者 J. Ladrière 所提出和本國學者沈清松所增補的文化定義：「文化是一個歷史性的生活團體──也就是其成員在時間中共同成長發展的團體──表現其創造力的歷程和結果的整體，其中包含了終極信仰、觀念系統、規範系統、表現系統和行動系統」。（同上，74）

一、文化的定義

　　上述這個定義，包含幾項要素：（一）文化是由一個歷史性的生活團體所產生的。（二）文化是一個生活團體表現其創造力的歷程和結果。（三）一個生活團體的創造力必須經由終極信仰、觀念系統、規範系統、表現系統和行動系統五部分來表現，並在這五部分中經歷潛能與實現、傳承和創新的歷程。文化在這裡被看成一個大系統，而底下再分為五個次系統。這五個次系統的內涵分別如下：終極信仰是指一個歷史性的生活團體的成員，由於對人生和世界的究竟意義的終極關懷，而將自己的生命所投向的最後根基，如希伯來民族與基督宗教（耶教）的終極信仰是投向一個有位格的創造主，而漢民族所認定的天、天帝、天神、道等等也表現了漢民族的終極信仰；觀念系統是指一個歷史性的團體生活成員，認識自己和世界的方式，並由此而產生一套認知體系的方法，如神話、傳說，以及各種程度的知識和各種哲學思索都是屬於觀念系統，而

科學作為一種精神、方法和研究成果來說也都是屬於觀念系統的構成因素；規範系統是指一個歷史性的生活團體的成員，依據其終極信仰和自己對自身及對世界的了解（就是觀念系統）而制定的一套行為規範，並依據這些規範而產生一套行為模式，如倫理道德等等；表現系統是指用一種感性的方式表現該團體的終極信仰、觀念系統和規範系統，因而產生各種文學和藝術作品包括建築、雕刻、繪畫、音樂，甚至各種歷史文物等；行動系統是指一個歷史性的生活團體的成員，對於自然和人群所採取的開發或管理的全套辦法，如自然技術（開發自然、控制自然和利用自然的技術）和管理技術（就是社會技術或社會工程，其中包含政治、經濟、社會三部分──政治涉及權力的構成和分配；經濟涉及生產財和消費財的製造和分配；社會涉及群體的整合、發展和變遷，以及社會福利等問題）。（沈清松，1986：24-29）

二、文化與世界觀

　　依上面所述，文學是一種表現系統，感性表現出人們生活團體的終極信仰、觀念系統和規範系統，文化意象就是指向終極信仰，意象表達的情感說明作品投向人生的究竟意義。至於人生和世界的究竟意義是什麼，在世界各地的不同民族，基於生長環境的不同應有許多不同處。也就是說，各民族有獨特的信仰，信仰是無法全部以邏輯說得通的意識型態，甚至影響了人對世界總體的看法，包括人對自身在世界整體中的地位和作用的看法。有的用比較精神、意識的活動去解釋世界，他們不是貶低人的價值和力量，認為只能順從神靈意志、乞求神明憐憫；就是過分誇大個人的意志力量，把世界看作可以任人擺布的東西。人們認識世界和改造世界所持的態度和採用的方法，最終還是由世界觀所決定，每一時代佔統治地位的世界觀都是這一時代精神文明的結晶，它影響和制約著當時自然科學、倫理道德、審美觀點以及一切精神文化的發展。西歐中世紀佔絕對統治地位的天主教世界觀，是鞏固封建社會的精神支柱，它使當時的一切精神文化籠罩著宗教的神秘氣氛。（中國大百科，2012b）它認為現世的生命，只是朝向下一個世界的中途站而已；而原罪

的想法已經徹底的排除人類改善生活命運的可能性。對中古世紀的心靈來說，世界乃是一個秩序嚴密的結構。在這個結構下，上帝主宰著每一事物，人類根本沒有什麼個人目標。只有上帝的誡命，值得他忠實的服膺。基督教的世界觀提供了統一化且含攝一切的歷史圖像。這種神學綜合世界觀，個人根本沒有一席之地。人生在世的目的，並不在於「貪得」，而在於尋求「救贖」。（周慶華，2007a：104）

　　至於東方的情況，則有兩種較為可觀的世界觀：一種是流行於中國傳統的「自然氣化宇宙萬物觀」；一種是古印度佛教所開啟而多重轉折的發展著的「因緣和合宇宙萬物觀」。前者以宇宙萬物為陰陽精氣所化生，宇宙萬物的起源演變就在「自然」中進行；這不無暗示了人也該體會這一「自然」價值，不必做出違反自然之理的事。中國傳統社會中的人信守這樣的世界觀，所表現出來的幾乎都是為使自然和人性、個人和社會以及人和人之間達成和諧融通、相互依存境界的行為方式和道德工夫。（周慶華，2007a：166-167）後者，以為宇宙萬物的出現和消失，都是因緣和合所致。也就是說，有造成宇宙萬物存在的原因或條件，才能夠促使宇宙萬物的實際存在；反過來說，沒有造成宇宙萬物存在的原因或條件，也就不能夠促使宇宙萬物的實際存在。而由此「衍生」出人生是一大苦集，最後要以去執滅苦而進入絕對寂靜或不生不滅的涅槃（佛）境界為終極目標。佛教這種世界觀的具體顯現，普遍流露在講究修鍊冥想、瑜伽術以及其他的心身冶鍊等行為而將能量的消耗降到最低限度。（同上，167）上述三種世界觀，都各自根源於背後的終極信仰，如創造觀就根源於對「神／上帝」的信仰；而氣化觀和緣起觀就分別根源於對自然氣化過程「道」和絕對寂靜「涅槃」境界的信仰。這些具有統攝性的世界觀各自塑造了各自的文化特色。

　　沈清松的五個文化次系統既分立又有交涉，周慶華認為要將他們並排卻又嫌彼此略存先後順序，總是不十分容易予以定位；又如表現系統所要表達的除了終極信仰、觀念系統和規範系統等等，此外當還有呈現它自身，也就是由技巧安排所形成的一種美感特色，而這都在一個「表現」（將終極信仰、觀念系統和規範系統表現出來）概念下被抹煞或被擱置了。（周慶華，1999：74-75）

周慶華將五個次系統「整編」一下，形成一個關係圖：

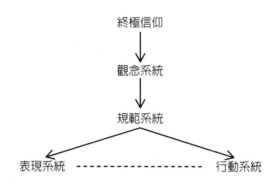

圖 4-4-1　文化次系統關係圖（資料來源：周慶華，2007a，184）

　　當中終極信仰是最優位，它塑造出了觀念系統，而觀念系統再衍化出了規範系統；至於表現系統和行動系統，則分別上承規範系統、觀念系統，終極信仰。這樣終極信仰造成不同的世界觀，進而影響文化，造成文化的不同。也因這樣的觀點可以將世界文化區分為三大不同的系統：創造觀型的文化、氣化觀型的文化、緣起觀型的文化。

三、文化意象與世界觀

　　文學作品在五個文化次系統中是屬於表現系統，其中語言所表現出的意義或是美的型式，或是意象，都得一層一層上升經由規範系統、觀念系統而至終極信仰。所以在文化的意象所指向的就是終極信仰，而不同的終極信仰就區別出不同的三大文化系統。反過來說，不同的世界觀內蘊著不同的終極信仰，而不同的終極信仰影響著不同的觀念系統與不同的規範系統。在這樣的系統涵攝下，一切有形的文學作品自然表現出不同文化的內涵。以下舉出一些例子作說明：

（一）氣化觀型的文化意象

就中國的氣化觀型文化來說，它的相關知識的建構都根源於相信宇宙萬物為自然氣化而成：如中國傳統儒道義理的構設和演化，其中儒家重視集體秩序的經營，道家注重在個體生命的安頓。（周慶華，2007a：185）在終極信仰上是相信道；在觀念系統上重人倫、崇自然；規範系統強調親疏遠近；文學屬於表現系統的層次，大都以寫實抒情為主。

儒家的美學就是道德美學，其主體就是蘊具仁義禮智的真實生命，是求仁則仁至焉的自我個體。美必須美與善結合，沒有內在的善就沒有外鑠的美。孔子曾說：「韶」盡美又盡善。「武」盡美未盡善，而今人余光中的詩積極向上，鼓舞世人前進的力量，如〈夸父〉一詩即使是逐日的夸父，在詩中也要回身揮扙，奔向東方，見證儒家「知其不可而為之」的精神。（蕭蕭，2004：57）這是氣化觀型文化意象的呈現：

> 夸父
>
> 為什麼要苦苦去挽救黃昏呢？
> 那只是落日的背影
> 也不必吸盡大澤與長河
> 那只是落日的倒影
> 與其追蒼茫的暮景
> 埋沒在紫靄的冷爐
> ⋯⋯何不回身揮杖
> 迎面奔向新綻的旭陽
> 去探千瓣之光的蕊心
> 壯士的前途不在昨夜，在明晨
> 西奔是徒勞，奔向東方吧
> 既然是追不上，就撞上（余光中，1986：16-17）

又如向明的詩，也有這個意味：

雨中書

極目的山瘦得像入冬駱駝的脊項

怪難堪卻仍要肩負這一天風雨的

而你小屋的淚卻接成長竹

門的嘴唇緊閉

快觸發太陽的憤怒呀

你發霉的記憶需要曝曬（向明，1959：7）

小店

有著炊煙的小店是旅人渴念的家

那裡，那撲鼻的乳香，店主的溫情……

我想我們也該有座小店在盡頭了

我囊中的口糧已罄，代步的蹄鐵已經磨損（同上，48）

　　道家重視個體的身心安頓，向明的詩喜歡「具象」與「抽象」、「物象」與「人象」相互結合而成詞：「肩負風雨」、「小屋的淚」、「門的嘴唇」、「太陽的憤怒」，「觸發憤怒」、「曝曬記憶」、「代步的啼鐵」，形成情景交融，物我合一。〈雨中書〉從現實的櫛風沐雨，轉為記憶的喚醒；〈小店〉從真實的小店溫馨，轉為人生目標的企求，第三行「有座小店在盡頭」的「小店」早已不是有著炊煙，有著乳香的小店，而是生命驛站的尋覓，身心安頓的終極追求。（蕭蕭，2004：69-71）也是崇自然的氣化觀型文化意象的呈現。

　　此外劉克襄的詩也證成了同樣的道理：

樹

每一枝樹根都在黑暗裡觸摸到溫暖的潮溼

每一片葉子都伸向陽光最明亮而充裕的空間

每一朵花都以飽滿而盛開的色澤綻放

每一粒種子都善於飛行到遠方的遠方

　　每一天都在濃綠的夢裡醒來

　　每一晚都在月光下看見自己的抽長

　　每一種生活都會擺出天地和諧的姿勢

　　每一類思考都想和週遭的小草對話（劉克襄，2001：40-41）

這首詩運用寫實的手法，樹根、葉子、花、種子都有自己獨立的生活方式，意象指出不以人類思考為中心，注重天地和諧，這是氣化觀型文化內萬物各安其位的終極信仰。

（二）緣起觀型的文化意象

　　緣起觀的世界觀，要以去執滅苦而進入絕對寂靜或不生不滅的涅槃（佛）境界為終極目標，它傳至中國後有所謂禪詩的發展，其中意象的表現以巧妙的比喻見長，內涵含蓄深遠。例如神秀〈示法詩〉「身是菩提樹，心如明鏡臺；時時勤拂拭，莫使惹塵埃」；慧能〈示法詩〉「菩提本無樹，明鏡亦非臺；本來無一物，何處惹塵埃」。它們都正如明朝胡應麟《詩藪》所說的：「右丞卻入禪宗，如人閒桂花落，夜靜春山空；月出驚山鳥，時鳴春澗中。木末芙蓉花，山中發紅萼；澗戶寂無人，紛紛開且落。讀之身世兩忘，萬念俱寂，不謂聲律之中，有此妙詮。」（蕭蕭，2004：102-107）

　　王維的詩的空寂之美，是大家最欣賞的，最能表現出禪思。要去執滅苦，進入絕對的寂靜，人的內心得不受主觀意識的拘囿，也得不受客觀意識的沾染，才能不起妄念，這是無念。《六祖壇經·定慧品》中對於「無念」有這樣的闡釋：「於諸境上，心不染，曰無念。於自念上，常離諸境，不於境上生心。」又《六祖壇經·般若品》有「智慧觀照，內外明澈，識自本心，即本解脫。若得解脫，即是般若三昧，般若三昧即是無念」的說法，如今人尹凡的詩就表現類似整個去除雜念的歷程：

聽雨

這纏綿黏膩的雨聲

縈繞耳邊

　　叫人坐也坐不定

　　經行也感覺十分侷促

　　學不會聽心何所訴

　　只聞得一聲

　　雨聲。水珠滴簷

　　若有所思消息脈絡還得期待

　　第三聲。

　　傾聽也好，閉耳也好

　　總是依緣在無盡的水幕珠簾中

　　只有凝目讀經

　　初是拒不聽雨

　　末了雨聲梵語淅淅瀝瀝

　　觀自在起來了。（尹凡，1998）

　　因為心有旁鶩，起初對雨聲感到厭煩，坐立不安，當然聽不到自己內心的聲音；第二段用凝目讀經的收心方式，一開始斷絕對雨聲的反應，最後讓「雨聲」成為「梵語」而能觀自在，這是自念與諸念分離，對映諸境而不起念頭的無念工夫。整首詩的文化意象指出自求解脫，進入絕對寂靜無念的狀態。緣起觀型文化意象的文學表達方式僅為筌蹄功能，藉由外在景物指出哲理，王維詩中「山中」、「紅萼」、「澗戶」、「無人」，尹凡詩中的「雨聲」，都藉由「二道相因」的思維激盪，在「有」「無」之間反覆探索，因而領悟道理。（蕭蕭，2004：124-126）

　　另外，管管的詩也蘊涵此意：

蝶

　　你是無根的花

　　喜歡開在風的枝柯上

　　煙的葉子上

　　你是開在青空的花

　　有一次

看見你開在

一個小孩的

臉上

你是漂泊的花嗎（管管，2000：72）

蝴蝶是會飛的花，透過這簡單的譬喻，再慢慢推展意象，景物經營這個譬喻，先從否定花是植物需要泥土的常識開始──確定「蝶是無根的花」（似花卻不是花），其後「風的枝柯」、「煙的葉子」、「開在青空」，都在呼應這「無根」的意象。就因為「無根」，所以「無垠」，隨處漂泊隨處飛，可以開在青空，也可以開在臉上。以情境慢慢推移，慢慢潛移默化，了解相對的觀念，使人清醒。（蕭蕭，2012：214）由這相對的觀念才能進入絕對寂靜或不生不滅的涅槃，而這相對的觀念產生的意象，在緣起觀型的文化影響才會呈現在文學作品中。

（三）創造觀型的文化意象

西方創造觀認為宇宙萬物是上帝所造，人是上帝的創造物。古代西方人相信永恆（真理真正的現實、統一的原理）是理性、邏輯、永遠不變的一、整體和存有（本體論），它存在於表象及變化（多、多元生成）之後。形而上是一切知識最概括最根本的分面。真知必須是永恆、普遍、客觀的。感官經驗或經驗知識不能提供通向普遍真理的途徑。要使發自原始渾沌狀態（空虛、疏離和混亂）的宇宙邏輯秩序相互協調，就需要一種超然的力量（上帝的意志）。（吳大品，2009：76）因此，在西方的詩歌中大部分都呈現一貫的邏輯思維。如十九世紀美國家詩人 Henry Wadsworth Longfellow 的詩：

A Psalm of Lifeby

TELL me not, in mournful numbers,

Life is but an empty dream!

For the soul is dead that slumbers,

And things are not what they seem.

Life is real! Life is earnest!
And the grave is not its goal;
Dust thou art, to dust returnest,
Was not spoken of the soul.

Not enjoyment,
and not sorrow, Is our destined end or way;
But to act, that each to-morrow
Find us farther than to-day.

Art is long,
and Time is fleeting, And our hearts, though stout and brave,
Still, like muffled drums, are beating
Funeral marches to the grave.

In the world's broad field of battle,
In the bivouac of Life,
Be not like dumb, driven cattle!
Be a hero in the strife!

Trust no Future, howe'er pleasant!
Let the dead Past bury its dead!
Act,—act in the living Present!
Heart within, and God o'erhead!

Lives of great men all remind us
We can make our lives sublime,
And, departing, leave behind us
Footprints on the sands of time;

Footprints, that perhaps another,
Sailing o'er life's solemn main,

A forlorn and shipwrecked brother,
Seeing, shall take heart again.

Let us, then, be up and doing,
With a heart for any fate;
Still achieving, still pursuming,
Learn to labor and to wait.

生命禮讚

請勿向我悲嘆
「人生虛如夢幻」
沈睡的靈魂形同死去
萬物有其存在的涵義

生命真實莊嚴
終點絕不是墳場
肉體雖歸於塵土
靈魂卻未必死亡

享樂或是悲傷
均非生命的方向
唯有行動！　能使明天
比今天走得更遠

藝術永恆　光陰過隙
心靈需剛強勇敢
縱使心跳逐漸低沈
也要昂然邁進墳場

世界是遼闊的戰場
生命是野宿的營房

勿乾做任人驅使的牛羊
在戰鬥中要當一名勇將

別冀圖來生的歡樂
勿留戀逝去的過往
行動吧！就在當下
滿懷熱情　蒼天為憑

偉人生平提醒我們：
生命誠可高尚
離去時應留下足印
在時光的沙洲上

這足印　也許會有一個
生命幽海的航將
在船難絕望的時候
看見了──又重新鼓起力量

行動吧！起而行
以熱情迎向命運
不斷成就　永遠追尋
耐心等待　努力耕耘（林靜怡，2011：271-273 引尤克強譯文）

　　〈生命禮讚〉旨在激勵人心，迎向生命的挑戰，證明自己的存在，留下可供後人模範的事蹟典範，不屈服於時間的殘酷，就算真正邁向死亡也要不枉此生，透過每天不停的行動才能成就一番事業。（林靜怡，2011：273）Dante Gabriel Rossetti 有一首緬懷亡妻的詩，除了時間的觀念之外，也可以看出西方終極思想的運作：

Sudden Light

I have been here before,
But when or how I cannot tell:

I know the grass beyond the door,

The sweet keen smell,

The sighing sound, the lights around the shore.

You have been mine before, -

How long ago I may not know:

But just when at that swallow's soar

Your neck turned so,

Some veil did fall, - I knew it all of yore.

Has this been thus before?

And shall not thus time's eddying flight

Still with our lives our love restore

In death's despite,

And day and night yield one delight once more?

驀然想起

我來過這裡

不知何時　為何而來

我記得門前綠草如茵

芳香撲鼻

風聲呢喃　岸邊的燈火點點

你曾經愛我

不知在多久以前

當燕子翩翩飛向天際

你飄然回首

面紗垂落　這一幕我曾見過

莫非往事循環？

時光如漩渦流轉

我們能否再次相愛

　　超越死亡

　　讓前世的歡欣　在今世重現？（林靜怡，2011：285-286引尤克
　　強譯文）

在中文翻譯中提到前世和今生，可是在英文詩中並沒有這樣的字眼，他
是以死亡當作生命的分界點，生前的經驗讓詩人想要超越死亡，再一次
重溫愛情的美好。（林靜怡，2011：286）

　　西方創造觀型文化在意象表現上是極盡變化，而不同於講求和諧和
嚮往脫苦而雙雙「穩著沈潛」的氣化觀型文化傳統和緣起觀型文化傳統。
氣化觀型世界觀中詩的意象表現是抒發情志和教化為主，展現道家的美
學和儒家的實用主義，進入身心安頓、天地和諧的境界。而創造觀型世
界觀中詩的意象表現著重細部的描寫與演繹推理，譬喻性的語言表現出
激進的情感。緣起觀型世界觀中詩的意象僅為荃蹄，讓人悟道。三者之
間有很大的差異。

第五章　藝術中的意象

第一節　構圖意象與文學風格

　　構圖的英語 composition，源自拉丁文 componere，意為組合、構成。在美術創作中，一般指在平面的物質空間上，安排和處理審美客體的位置和關係，把個別或局部的形象組成整體的藝術作品，以表現構思中的預想的形象與審美效果。構圖是藝術傳達的第一步，也是對構思的檢驗和修正。一般來說，構圖涉及多種形式法則，是繪畫藝術的基礎，在中國傳統繪畫中，稱為章法或布局，被認為是「畫的總要」，極受重視。（中國大百科，2012c）簡單的說，構圖就是畫面「形」的處理和安排。構圖除了表現作品的內容之外，更體現藝術家的美學主張，其中美學的主張，也是構圖意象的傳達。

　　以「形」來說，我們人類的「視覺」，和照相機所映入的「鏡頭」的性質是不同的，照相機對於外界的物象，可以一覽無遺漏的全部攝入鏡頭，而人類的視覺則否，如果心不在焉的話，即使物在眼前，也未必能見得到。另外，我們的視覺對於物象的捕捉，可能只捕捉到物的特徵，譬如毛是一根直線，書本是一個矩形。知覺的概念影響我們繪畫上的構圖，所以畫家會從想像中去捕捉物象的形，對於看不到的也能透過想像去描繪。在繪畫上對於形的描寫，雖然有一定的視點，但是有些繪畫，如立體派的畫家對於繪畫，便沒有上述視點的限制，他們描寫物象的外觀，也同時對於內在的一切同樣的重視而加以描寫。因而物象在這些繪畫中，他們的形狀往往和實際的樣子並不一致。（劉其偉編著，2006：165-166）

　　一些繪畫的構圖法則不外乎均衡。我們看到圖畫時，會根據我們對於物象的知覺去判斷畫面是否均衡。一般來說，均衡的畫面會給我們內心較為和諧的感覺。例如動態的物象和靜態的物象，顏色深或淺，線條

的粗或細，近處的物體和遠處的物體都會顯示出畫面的輕重感覺，在構圖時會去思考如何產生均衡的畫面。

　　構圖有一些規則可尋。在古希臘時代的學科中（科學、藝術、哲學、政治等等）都與比例、規則、統一和諧的理念有關。希臘音樂家首先發現透過「數學上」的和絃創造和諧的可能性：各種音符在同一時間彈奏，勢必有一些確切的相互關係。當時學者將客觀與數學上的美加以區分，稱數學美為對稱或比例協調。希臘哲學家致力於尺寸、比例、和諧問題的研究。這些關於和諧與比例協調原則的一般公式。經過推廣就成為藝術構圖的理念。（David Sanmiguel Cuevas Anonio Munoz Tenllada，1997：56）或許這樣的規則可以幫助我們取得可以依賴的方式去獲取完美的和諧畫面；但也有人認為沒有所謂的構圖原則，一些看似和諧的畫面是天才直觀所為。但是不管如何，優秀的構圖技巧創造多樣性的統一的畫面。

　　西班牙哲學家和藝術批評家 Eugeni D´Ors 更在統一佔優勢或是多樣性佔優勢的作品上作出區分。他為了論證這種思想，選出兩幅傑作作為這兩種審美選擇的例證，以兩位當代又是對立的畫家為例：Piero della Francesca 古典主義風格的倡導者；H. Bosch 巴洛克景觀的優異創造者。在 Piero della Francesca 這幅畫〈聖母與捐贈者烏爾比諾公爵〉有非常複雜的場景，畫中人物眾多且面貌各異，分布在成凹形的空間裡，整幅畫並不混亂和分散，多樣性還體現跪在右邊的人物，他的頭位於水平線下，身體呈側身狀，明顯地凸出於其他正面角度的人物之前。然而，在這對角線上打破了垂直構圖的單調。H. Bosch 的這幅〈歡樂的花園〉構圖上變化最大，場景非常繁雜和瑣碎，需要費時間觀察，才能確認人物、姿勢、陌生的物體、奇異的植物和動物等等。但是這幅畫的構圖也是統一的，分析後有幾條主要的結構線，較低的下半部採用三角形。底部正好與這幅畫的底邊一致，中景是一個同心圓，上景也是用三角形將塔定位。這些基本的形式，被不同的生物與物體掩飾，構成這幅畫堅實的建築形式。（David Sanmiguel Cuevas Anonio Munoz Tenllada，1997：57-58）

　　文藝復興時期幾何學家和數學家 Luca Paciloli 認為黃金分割的機能性滿足統一和變化的結合，是所有平衡構圖的關鍵。德國學者 Putsher5 證實 16 世紀上半葉，義大利文藝復興古典時期的 Raphael 使用黃金分割

為作品構圖。Raphael 的作品〈西斯汀聖母〉，將畫布的高度按黃金比例分割劃分，聖母的形體也使用黃金比例將頭部到腰部，腰部到腳部作劃分。Georges Seurat 以點描法的技法發明者馳名，透過畫純色的小點來產生意象，作品《遊行》（Parade）由黃金比例的四個分割來控制，中央站著人物的平臺完全在黃金比例分割的範圍內。同樣的中景扶手欄杆與右邊其他人或音樂家頭部，均沿著黃金比例的水平分割分布。（David Sanmiguel Cuevas Anonio Munoz Tenllada，1997：62-63）

印度藝術是佛教藝術，也是雕塑藝術。直到 800 年前，印度建築師和雕塑家才建造了附有大量塑像的廟宇和寺院。他們之中有許多直接雕刻於現存的岩石上。這些豐富的壁畫中，早已存在向波紋線條和豪華裝飾發展的趨勢；而構成手抄本插畫的模式，五世紀以來它已成為印度的主流風格。這些壁畫在建築施工中採用不變的仰視習慣和基本透視運用。景物被畫在單一的正面上，包括大量的細節以及鮮豔的色彩和軼事的生動描繪。（David Sanmiguel Cuevas Anonio Munoz Tenllada，1997：24）

中國繪畫構圖的最普遍的特徵，可以在山水畫中發現。這是一種不借助透視來表現深度的方式，稱為「移動視點」；也就是透過連續疊加山水層次組成（一座山在另一座山前面，由此疊加）。樹、岩石、河流等其他部分縮小尺寸，在構圖中便顯得較高，這樣會產生陡峭岩石面，或從鳥瞰視點看寬廣全景的感受。（David Sanmiguel Cuevas Anonio Munoz Tenllada，1997：26）

前面已敘述，構圖不管是有規則所設計，或是直觀所獲得的方式，都在表現繪畫者所想要表達的具體物或是情感。我們在中西許多名畫中，可以發現有許多構圖是以線的骨架來安排畫面。如垂直線、水平線、斜線、對角線、S 曲線，Ray Bethers 認為從線所支配的構圖方向中可以產生一種感情的效果：他認為垂直線給人一種尊嚴感，如同我們看到高大的建築物一般；水平線給人一種寧靜、和平的聯想。斜行線則介於直線的尊嚴和歸於平靜的水平線之間。兩條交叉的斜行線則時常表達衝突。三角形如立於水平之上，則表現出穩定感，如果是倒置三角形則變得不穩定。圓形的力動性則隨著圓形的軌跡運行，沒有開始也沒有結束。

這種存在於自身的完整性，有孤立圓的趨勢，很難與其他形式合而為一。S 曲線則是富麗且具有韻律感，有時則暗示哀傷，如楊柳低垂的效果。舉例來說：范寬的〈谿山行旅圖〉、李唐的〈萬壑松風〉是中軸垂直線構圖；Georges Seurat 的〈正面姿勢的裸婦〉、Paul Cézanne 的〈沐浴者〉都為中軸垂直線構圖。此種構圖形式主題非常明顯，給人莫大的震撼，而有雄渾崇高的感覺。垂直線也有擺在畫面的左邊或右邊，這樣的構圖較富動感而且變化多。北宋蕭照的〈山腰樓觀〉所具有的實景如觀樓、崖石、魚舟等都在畫幅的左半邊，而江天浩闊、雲煙出沒的虛景都在右半邊；Paul Gauguin〈薔歌〉畫中的人物安排在左半邊，右邊襯一小木偶。另外，也有對立的垂直線構圖或多條垂直線並列的構圖，呈現出多樣的統一，如 Monet Claude 的〈海邊〉，Raphael 的〈聖母瑪麗亞的結婚〉。（袁金塔，1987：80-90）

　　水平線構圖，在國畫裡的「一河兩岸」式的構圖，就是一種長短水平線的構圖，具有平靜、安定與舒暢的感覺。如唐王維的〈雪溪圖〉、明文徵明的〈江南春早圖〉。斜線構圖則具有強烈的活動感，國畫裡的界畫、花鳥、與四君子有許多作品，如五代人的〈宮樂圖〉李思訓的〈江帆樓閣〉，西畫 Rembrandt 的〈加利利海上的暴風雨〉。對角線構圖法是在動筆前先在畫面上先畫出一條對角線，再將主題放置在這對角線所形成的一個三角形裡，如南宋馬遠的〈雪灘雙鷺〉就是把主題布置在畫幅的左下角。而把右上角的一半都虛在遠山空濛之中。X 形構圖，則是二條對角線交叉而成。這種形式在國畫中少有，在西畫中則相當多，景物由近而遠的透視變化，構成一個 X 字形，欣賞者的視線被吸引入畫中，趨向消失點，Uti llo Maurice 的〈風景〉就是。（袁金塔，1987：80-90）

　　S 形曲線的構圖就有生動幽雅的特性，此構圖型態對於風景畫非常適合，可以輕易引導視線進入畫中，例如將道路、河流、雲霧……等，安排 S 曲線，作為力動主軸，其餘的東西按照這個架構逐一布置，恰是音樂的主旋律貫穿整個曲子一樣。如王冕〈照水古梅圖〉中的梅幹成 S 形，觀賞者的視線就順著 S 形的動勢移動，整幅畫充滿韻律感。宋夏珪的〈西湖柳艇圖〉畫面上的路樹成 S 形曲線排列，最前排樹的前面為水上人家。觀賞者變順著 S 形曲線移動，一層一層被引入作品。（袁金塔，

1987：80-90）除了以線作為區分外，也有以形作為區分，例如三角形構圖、圓形構圖、十字形構圖等等，前面所敘述的〈聖母與捐贈者烏爾比諾公爵〉、〈歡樂的花園〉就是。

　　不管是繪畫者有意的構圖，或是直觀的表達畫作，中西方的畫作的構圖都有脈絡可尋，但是中西方因世界觀的不同，在文化上有極大的差異，而繪畫是文化的重要表達，所以在中西文繪畫的構圖有許多差異處。就東方文化而言，緣起觀型文化是「因緣和合宇宙萬物觀」，所以在繪畫藝術著重佛像繪製，表現出寧靜出世的感覺，希望使人能去執滅苦，進入絕對寂靜或不生不滅的涅槃境界。氣化觀型文化講求體會「自然」的價值，不做出違反自然的事，注重自然與人、人與人、人與社會，相互依存、和諧融通的方式與道德工夫。中國文化的本質是以人生哲學為骨幹，注重精神生活，人與自然和諧，藝術和自然生活一樣要在生生不息之中表現生命充沛的活力，所以在繪畫的構圖意象上更注重傳神與氣韻生動。西方創造觀型文化，信守創造觀所內在造物主有「絕對的支配力」，所以在構圖意象上重「實」，以理性和客觀的態度去理解分析事物，探求物象在視覺上的許多性質，並充分發揮自然物象逼真的效果，所以自文藝復興到 19 世紀末，透視法支配西方繪畫達五百年，透視畫不但易於表現畫面上的空間深度，而且使物與物的關係，以及整個畫面得到統一。西方一直到 19 世紀末 Paul Cézanne、Vincent Willem van Gogh 的出現才否定透視法，而且用移動視點；至 20 世紀初 Henri Matisse、Pablo Ruiz Picasso、Marcel Duchamp、Василий Кандинский⋯⋯等人的開拓，使西方的繪畫開啟主觀的藝術大門，邁向新的領域，如野獸派、立體派、未來派、構成派等都與透視法絕緣，致力於個性的表現。

　　中西方構圖意象的表現和中西方文學風格似乎有許多相通處。「風格」與形式可以相互為用，或許也可以說是形式的特徵，或是指作品特有的組構方式或藝術形象。現代人常將風格翻譯成英文"style"，但在西方，把"style"這個字應用到藝術的討論上是很晚的事，大約在 16 世紀末到 17 世紀初；而在 18 世紀，它才成為藝術史的討論裡的一個名詞。一般的學者都同意，"style"是指某一特定時間及地域中藝術的特徵的結合。但是對於"style"的產生，各家的觀點頗不一致：有人認為他是由材

料的特性所引起；有人認為它是由人的主觀的「藝術意志」所帶來的；有人認為它不過是「時代的精神」的顯現和發展而已。由於文學通於藝術，文學與繪畫自然有可以相通處。文學風格它體現作者對總體的思考，並使整體得到一種結構，也反映了讀者對於事件、人物和環境的價值判斷。周慶華則排除作者個性在文學風格中的「攪擾」，也剔除了文學類型或文學派別跟文學風格的牽扯。首先，文學風格中的「風格」還有其他的不同用詞，如「意境」、「美的範疇」。我國的文學理論專門著述《文心雕龍》對於「風格」說明頗為詳細，但對於「意境」的含意則只有模糊的概念。倘若風格只是作者性格所顯露於文字符號的形式，雖然也有主觀合目的性的原理，但其情形畢竟不像境界的純為符號內容所形成的品類。此意境也就是一般所稱的風格。（周慶華，1996：109-113）姚一葦認為不同的藝術品（文學作品）會產生不同的美感，不僅形式上不同於自然美，而且不屬於純淨的、積極的快感，在快感中混雜了或哀憐恐懼、或滑稽突梯、或荒誕怪異、或曖昧朦朧的成分，所以是不同的美的類型，因此美實際上具有不同的型態、樣相與性質。此種不同的型態、樣相與性質，在美學上稱為美的範疇。（姚一葦，1985：2）這美的範疇，所指涉的對象（作品所具有組構方式或藝術形相）跟「風格」所指涉的對象沒有什麼不同。（周慶華，1996：113）所以藝術風格是透過內容與形式的諸多方面體現出來的，它不僅體現在「寫什麼」，而且體現在「怎麼寫」，是文藝作品的題材、人物形象、所表達的思想情感、結構、藝術語言，以及創作方法和表現手法等諸種因素的綜合反應。（郭育新等1991：241-246）因此，就文學來說，周慶華認為文學是針對某些對象進行敘事或抒情，而將所要表達的思想情感曲為表達或間接表達。所謂某些對象，是指人事物等，而曲為表達或間接表達，是指以比喻、象徵等手法來造成有如藝術品那樣素材予以額外加工美化的效果。（周慶華，2004a：69）其實針對某些對象進行敘事或抒情和所要表達的思想情感曲為表達或間接表達，在語意上是相互蘊涵。其中文學作為一個語言結構體應顧及多重存有性，就是心理存有、社會存有及藝術存有，其中藝術存有（也就是比喻、象徵等表現的手法）是文學語言的專擅。雖然文學所敘寫的對象都是以語言的形式存在或要創發為語言的形式才能

據以寫作；而抒情和敘事的差別在於一個著重在以「意象」來比喻、象徵思想情感、一個著重在以「事件」來象徵思想情感。它們是人可以運用的兩種創作文學手段。（周慶華，2004a：97-98）

　　在文學的本體上，周慶華從最優位的的世界觀著眼，將現存的創造觀、氣化觀和緣起觀等三大世界觀分立，然後再將它們繁衍出模象、造象和語言遊戲等審美觀念；當中氣化觀的思想形式和緣起觀的思想形式都跟造象、語言遊戲等審美取向無緣，所以就只模象一途。在情感上，呼應世界觀的差異而有挑戰自然／媲美上帝、諧和自然／縮結人情和自證涅槃／倒駕慈航等三種態度並置，緣自各種態度而來的都有喜、怒、哀、懼、愛、惡、欲等多種情緒反應。而在文學的現象上，文學的形式形塑出的敘事性文體形式的風格和抒情性文體形式的風格，則可以區分出優美、崇高、悲壯、滑稽、怪誕、諧擬、拼貼等類型可以探求。（周慶華，2004a：101）在第四章第一節生理意象與美中，曾將意象所展現的文學風格類型作了說明。繪畫中構圖也是展現畫面的形的處理和安排，是藝術家美感的展現。從藝術的本體思想和情感作區分，以世界觀著眼，三大世界觀分立：氣化觀思想和緣起觀思想都處於模象的階段；創造觀思想則從古典繪畫的模象階段進入現代藝術的造象和繪畫個性的表現，但在風格上都和文學風格相同，都能以優美、崇高、滑稽、怪誕、諧擬、拼貼等類型探求。前面所說的各種構圖方式帶給人的感受，就是最佳證明。也就是說，文學形式的安排和構圖形式的安排，不管文學的敘事或是抒情或是構圖的寫實和不在意物體真實比例而注重內心情感的表達，都是要表達出藝術的美感，也可以說是作者意象的傳達。

第二節　線條意象與文學內語境

　　歷史發展的過程中，視覺藝術各種的表達過程是從模糊的印象中走向具有具體的形象。藝術最早的創作慾望是在於描繪事物，所以我們在最早的岩洞藝術中發現許多對物體輪廓的描繪。這種輪廓描繪的作法使想像中的事物變得真實。William Blake 更強調他的看法：「在藝術和生

活中最重要的黃金法則是：輪廓越特殊、鮮明和結實，這件藝術品就愈完美。輪廓愈不鮮明，就愈反映出想像力的微弱，出自抄襲和粗製濫造。」他宣稱線條其實是繪畫的唯一方法；又認為如果沒有決定性的輪廓，就反映出藝術家的心中缺乏創作的觀念，只是對各種旁支的佯裝抄襲。他舉例：我們如何區分橡樹和山毛櫸，馬和牛？難道不是靠他們輪廓上的差異嗎？我們又如何分辨一張張不同的臉和面部表情？難道不是靠這些輪廓線條和他們無窮的變化和移動？（Herbert Read，2006：201-202）當然線條所具有的潛能並不止於輪廓，在繪畫大師手中它還能同時表達行動和實體。行動的表達並不僅是簡單的描述物體的運動，而是在美感上產生一種獨立自主的活動，例如筆在紙上愉悅的舞動，而不具有任何複製模仿的目的。這種線條的特色在東方的藝術中尤其明顯，如果運用恰當，可以形成一種韻律感。線條的表現是一種移情的作用。我們在肉體上的感受力，以某種形式投射在線條上，完成的線條不會跳動，但是我們自己能在想像中隨著線條舞動。線條所具有的特性中，最不尋常的還有它能暗示實體或固態形體的存在，當線條被用來描述物體時，是一個極具總結性和抽象性的工具，線條能在不冒犯傳統表達規則的情況下描繪出非常抽象的圖案，例如我們在描繪樹葉時所採取各種不同的形式。這點也顯示出傳統表達方式在我們的審美經驗中，佔據一個極其主要的地位。藝術家對於線條所產生的本能性反應，同時存在於繪畫和素描這兩項藝術活動中。所有偉大的文藝復興時期的畫家，從 Massccio 到 Tiepolo 都是超凡的素描家，現代藝術家 Pablo Picasso 最叫人信服的也是他的素描，從這些繪畫天才中我們可以找到一些共同特徵，就是在視覺藝術中，線條是藝術的唯一基本性質。（同上，62-66）

　　繪畫，是將形象或意象用線條、色彩為媒介，表現出一個美的形式，而表現時所呈現的是平面的空間藝術，所以線條、色彩就是繪畫的構成要素。就繪畫的形來說，任何一種形都是線的組合。線有直線、曲線之分。直線雖然單純而清爽，但是不免單調。直線所組成的形狀，常是多角的、堅固的、強硬的，沒有柔和的趣味，只有嚴肅的情感。曲線是依彎曲度而有許多曲線的區別，比直線複雜許多，例如人體就是集曲線的大成，看上去就有柔和圓潤的感覺。直線的角，變化急速；曲線的角是

逐漸變化，因此就產生兩種線條的堅硬和柔軟的差別。由此可知線所表現的情緒，常因線的種類不同而有區別。有西方學者 Charles Blanc 認為線不但是語言，而且線是表現情緒最豐富的語言，任何事物的本質的特徵都可以用線來表現，例如直線具有簡單、明晰、直截、嚴肅等情感或情趣；曲線具有溫和、柔順、圓滑、流動的情感或情趣。較長的水平線具有和平、安全及休息的感覺。重線具有沈重、濃厚、強盛、磊落的感覺。輕線具有纖細、柔弱、輕巧、瀟灑的感覺。不同的線所引起的感覺，差異很大。（孫旗，1987：102-104）

　　綜合前面所談，在繪畫中線條的作用體現在兩個方面：一是對於物象輪廓、形體的描繪；一是線條自身的藝術表現。從中國繪畫來看，線條主要是勾勒出物象的大體輪廓。至於線條本身的粗細變化則是無關緊要，線條本身的情感表現力未被重視。直到東晉顧愷之畫中的線條，雖然主要還是傳統的線描形式，但是已經灌注精神內容，有獨立的審美價值。他吸收草書用筆，後人稱為「春蠶吐絲」和「高古游絲」的描繪線條，使人物畫既有「象人之妙」，又有「描線之美」。（宋民主編，2008：22-23）南朝梁張僧繇和唐代吳道子讓傳統線描寫意功能進一步發揮：張僧繇使用「點」、「曳」、「拂」等筆法，形成一種「筆不周而意周」的疏體表現形式；吳道子創「柳葉描」、「棗核描」，其線條以粗放的逸寫筆法創造。在不斷的藝術創作實踐過程中，中國畫的線發展成為線條中最為獨特的線的藝術，在線條的運動中追求最大限度的表現，拓展著線條的藝術表現空間。（同上 22-23）舉例來說，只要是愉快的線條，不論它的形狀是方、圓、粗、細，表現出的痕跡都是流利而不頓挫，線的轉折處是圓滑而不露出鋒利的角度。如果是不愉快的感情線條，就顯現出頓挫的痕跡，表現出艱澀的狀態，呈現出一種焦灼或憂鬱感。還有有些線條如風趨電疾、鋒芒畢露，表現出某種激情或者是熱愛或者是絕忿的感覺。所以就線條的運筆，中鋒、側鋒、藏鋒、露鋒、方筆、圓筆、肥筆、瘦筆、疾筆、澀筆、都表現出多樣化的審美意味。（同上，23-24）除了物象的輪廓的描繪外，西方的現代抽象藝術中，線條也具有獨立藝術表現價值。Василий Кандинский 在《點、線、面》一書中論述了線條的表現特徵。他認為點本身具有張力但是不具有方向性，線條則具有張

力和方向性。直線的張力使它以最簡潔的形式表現出運動無限的可能性。水平線的基調是冷與平，垂直線表現出溫暖的可能性，曲線潛藏著韌性。（同上，24）這與上述 Charles Blanc 的說法雖有一些差異，但都顯現出美感的特性。

　　線條的意象雖然有本身的美感特徵，但是在繪畫中線條也是一種媒介，表現出整體畫作的美感，所以線條的藝術作用是包含在整幅作品之中，它喚起的是一種材料的情感。以文學作品來說，也有一個可經驗的外觀以及蘊涵它要表達的意義。我們把意義限定在由文學語言結構而有的內在關係及其指涉外在的事物。文學是在抒情和敘事，「情」和「事」就是它的意義所在。意義可以「取代」情或事來說明文學作品：首先作品得有意象和事件作為基本的意義項目；再來則得有韻律／節奏和故事／情節（含人物）等衍生性的意義項目；最後得以貫串題材的主題（或主旨）為絪結性的意義項目。如安西各衛的獨句〈春〉詩：「一隻蝴蝶向著韃靼海峽飛去」，它相應於前述的意義理論，有「春天又不經意來了」的主題以及運用「蝴蝶飄飛過海峽」的意象來象徵和安排諧和的韻律及輕快的節奏可以指稱的對象。當中除了實際的「春天」為所指涉的外在的事物，其餘則合而為內在關係。上述的意義觀是設定來作為文學文本所要表達的東西，至於形式的設定則是要一併為該表達方式提供一個「可被言說」或「可被思維」的空間；而它不出技巧和風格。所謂技巧，順著脈絡說，是指安置經營意象、韻律（節奏）和錯雜變化敘事觀點、敘事方式、敘事結構等手法，而所謂風格則是指整體技巧所形成的審美特徵。（周慶華，2009：93-96）前述文學文本可經驗的外觀（形式）和蘊涵其所要表達的意義屬於文學的現象，我們還可以變換設定方式，將形式當作「意象的創立及其組合方式」或「事件的構設及其呈現方式」，而把意義當作該「意象的創立及其組合方式」的喻義／象徵義或該「事件的構設及其呈現方式」的象徵義（事件只能象徵而無從比喻）。（同上，96-97）除了意義和形式外，從語境上也可以探求意義和形式的作用。語境是用來說明語言如何跟著它使用的情境而變化，後來有人把語境擴大到包含上下文的關係：「語境由那些因素構成？一般認為『語境是使用語言的現實環境』，但是對這個環境的範圍大小，則存在不同的觀點。

大致有三：其一，語境指上下文關連，就是某一語言片段跟它前言後語、上文下文之間的關係為語境，它們相互聯繫、相互影響，才各自彰顯出意義。這種上下文範圍的語境，一般稱之為『語言的語境』或『狹義的語境』。其二是語境指使用語言的外部環境。就是『語境就是時間、地點、場合、對象、等客觀因素和使用語言者的身分、思想、性格、職業、修養、處境、心情等主觀因素所構成的使用語言的環境』。這種觀點主要著眼於語言外部因素，不包括上文下文語境，一般稱之為『言語的語境』。其三，語境指語言環境和語言外部環境的總和。就是語境『包括作品的上下文、說話的前言後語以及說話和寫作的社會環境、文化環境、自然環境、語體環境等』。」（王建華，2000：214-215）

　　就文學文本的意義和形式來說，文本故事的意義及安置經營意象、韻律（節奏）和錯雜變化的敘事觀點、敘事方式、敘事結構，以內語境的觀點，它可以成為理解個別意象或事件的參考坐標。而在抒情性的文章中，意象於文本內雖是隱性的，但是由上下文的關連作用也能引發情感的作用，這和線條在繪畫中的作用一樣，因為線條本身就能有藝術作用，表現出特有的情感。如果是敘事性的文體，事件在文本中是顯性的，故事是按時間順序安排的事件的敘述，情節也是事件的敘述，重點在因果關係上，這從內語境的觀點更清楚的看出上下文關連的作用如何在文本中彰顯出意義。這和繪畫中的線條作用呈現物象的輪廓描繪，有相似的作用。內語境的作用構成文本的意義和形式，線條作用也描繪出物象或表現出情感的作用。

第三節　色彩意象與文學內外語境

　　線條除了自身的藝術作用外，另外就是表達物體的輪廓。我們使用線條畫出三度空間的物體的輪廓後，接下來是如何使用光線、色彩去表達實體。線條是抽象的，它和物體的視覺外觀並不直接相關，而只是暗示它的存在。線條可以表達明暗（最明顯的方式是透過線條的粗細變化），然而它真正在乎的是，表達固態物體的客觀存在。線條的明暗表

現更賦予物象完整的空間感，如果加上顏色，顏色的功能更會加強繪畫的逼真感。這種使用顏色的方法，我們稱為一種「自然」的方法。但是這不是「顏色」運用唯一的方式，「顏色」的運用除了「自然」之外，還可以分為三種方式：一是宣布性；二是和諧性；三是純粹性的運用。顏色「宣布性」的用法，連最原始的石器時代的岩石畫，也不能稱是「自然」的。在「宣布性」的色彩利用中，顏色具有象徵的意味，例如一個小孩，如果能自由的選擇顏色，他會把樹畫成綠色，火山畫成紅色，天空畫成藍色。儘管這樹可能是褐色，火山可能是黑色，而他所住的地方，天空經常是灰色的。中古世紀的藝術作品，在顏色的運用上受到教堂權威和習俗規定的嚴格限制；這些規定完全不由藝術家們所決定。例如聖母所穿的長袍必須總是藍色的，她的披風必須是紅色的，一旦這些顏色被固定下來，繪畫中的其餘部分必須與其搭配。但是這類的限制並不一定是一種缺陷，中古世紀繪畫中有許多極其美麗、平衡和清晰的色彩中作為證明。「和諧性」色彩運用主要是跟色調有關，一旦畫家開始注意他所描繪的物體間的明暗關連，便必須考慮它們彼此之間，各種顏色的相對強度或色調與圖畫中普遍存在的光線之間的關係。為了達到這個目標，我們就必須把顏色按照嚴格的尺度加以畫分，一旦決定整幅畫的主要色調，其他顏色的明暗程度，便依照和這個主要色調的差距，而相對地加以提升或降低。第三種「純粹性」的色彩運用法，完全出自對色彩本身的興趣，甚至與造型無關，現代畫家 Henri Matisse 採用最純強度的顏色，透過它們之間的相對強度和面積的對比，架構出繪畫的圖案。這類型的繪畫，目標在於裝飾，是不是逼真，則是次要，顏色在此最能訴諸感官的感受。（Herbert Read，2006：71-75）

　　色彩是繪畫中重要的表現手段，在繪畫中它有許多方面的性質，例如描繪性色彩、主觀情感性色彩和抽象表現性色彩。紅、橙、黃、綠、藍、靛、紫，多種色相具有豐富多樣的情感意味和象徵意味；明度、純度的變化又給人微妙的心理感受。舉例來說，從暖色系來說，紅色是典型的代表，它色性最暖，亮度最高，最具有積極性，它熱烈、光明、溫暖，象徵著喜慶、吉利、真誠。另外它穿透力強，視度高也適合作為警戒色，它與血、火緊密相連，具有激烈、緊急、危險的含義。從冷色系

來看，藍色、青色具有代表性，對人的情感來說有消極性，與冷落、淒涼、憂鬱、寂寞、孤獨聯繫緊密。綠色是植物體的基本色，最能體現生命力的色彩，它亮度偏暗，色溫偏中，有舒適、安全、靜謐、和平的感覺；綠色有減少刺激、消除疲勞，鎮靜安神的功能。黑、白屬於極色。黑色給人以重、暗、退之感，它被視為不幸、黑暗、死亡的象徵，但是由於黑色厚重、沈靜，它又象徵著權威、尊貴、高雅等。白色是輕、明、進的極色，亮度、純度極高，它象徵聖潔、尊嚴、端莊，有輕盈、素雅的審美特色。但是白色也有消極性的意義，如恐怖、悲哀、死亡、不幸等意義。（宋民主編，2008：26）

　　在中國的繪畫表現中，色彩較偏重單一黑色，但是墨色有濃淡的差別。就整個繪畫技巧而言就是一隻筆和一種顏色的運用，畫作中對於顏色濃、淡的微妙的掌握傳達出對大自然描寫的意境。中國的繪畫既然是在水墨，那就不再是色彩處理的問題。西方的繪畫要領，在於結構（形式）加色彩（情感），那麼相對於此就沒有純形式表達的問題。許多理論家常以「水」的柔性或「變動不居」來形容畫者心態，以此說明徹底「師法自然」的事。在水墨中對於水的描述方式，就是不假任何筆墨，一如描繪天空一般，只留下一片空白，真可以說是水天一色，如夏珪〈溪山清遠〉、江參之〈千里江上〉。（史作檉，2008：41-43）

　　西方繪畫中以色彩作為情感呈現與表達，色彩產生的意象帶有繪者主要的情感。中國繪畫的表現比較不注重色彩，而以線條構圖表達情感，墨色和水的調和比例產生虛與實對比，讓人有更多意象想像的空間。

　　色彩對繪畫作品的情感表達有極大的影響，而文學的內外語境對作品意義與情感也有相當的制約作用。就文學的內語境而言，內語境的觀點說明文本內容的意義與形式。這部分就有相對的審美特徵可以說明，而色彩在繪畫中所表現的也能指出形式和意義，就形式來說，色彩的「自然」表現，顯示物象的具體存在；色彩的「宣布性」表示繪畫創作者的物象表達，也就是說物象在作者心中的表達，這混合著作者主觀的想法。色彩的「和諧性」使得繪畫的形式更加和諧完整，一旦決定整幅畫的主要色調，其他顏色的明暗程度就要相對的加以提升或降低。色調的和諧性也說明畫作的審美特徵。色彩的「純粹性」與造型無關，但是表現出

畫家的心中強烈的主觀感受，也是審美特徵的表達。審美特徵有優美、崇高、悲壯等模象觀式的表達和滑稽、怪誕等造象觀式的表達及諧擬、拼貼等遊戲式表達。作品的色彩表達就是作品內在的表達，都能傳達上述的各種美感特徵。

　　內語境接近自然的理解就在上下文，不論是那一種文本語境都和文學的複義連結在一起，為文本創造並保留複義。人類運用語言符號表達無限的意義，所以在語言中的許多語詞都是一詞多義的。一般情況之下，人類在交際的過程中，只有一種意義會進入交際，但是有時也會出現多種意義無法辨別的歧義現象。在大多數的情況下，日常交際需要明白流暢，讓對方準確的明白自己的意思，這時歧義就是語言的失誤，會在交流時會出現障礙，但是有時許多機智、幽默的語言藝術，特意借助歧義來表達雙關的意義。這時歧義就是語言的智慧。但在科學的類科來說，則堅決反對出現歧義，因為它要求精密和準確。所以它透過定義，賦予名稱給假想實體，用數學符號來取代日常的詞，以構建公理系統等手段竭力消除歧義。文學對待歧義卻截然不同，例如詩是一種語言策略，保留了歧義，這不僅不會給閱讀構成障礙，反而增加獨特新穎、朦朧含蓄的審美韻味。歧義是相對於確定的意義，所以以複義來表示較貼切。《文心雕龍‧隱秀》曾經提到：「隱也者，文外之重旨者也；秀也者，篇中之獨拔者也。隱以複義為工，秀以卓絕為巧，斯乃舊章之懿績，才情之嘉會也。」「隱」所指的就是文外之旨、絃外之音。複義為語言能力的必然結果，是我們表達思想的重要手段；語境在語言學和日常生活中是用來消除歧義，而在文學中卻相反地成為創造保留複義的重要手段。修辭學、語言學和詞彙學都在考察語境，而在文學作品中更有話語和他者話語的對話，每種話語在自我言說時，也被包圍在他者話語的語境之中。相互對話，整部作品呈現出多種對話並存的狀態。也就是說，話語的自我言說則是與他者對話的多重語境。一段話語不僅具有自己獨立的語境，還處於其他話語包圍的語境中。在自己的語境裡它言說一種意義，在他者的語境裡與其他話語對話的過程中，又產生出另外一種意義，正是這種語境的多重性導致文學話語的複義。（吳昊，2011）而外語境，它自然要相對著內語境而成為可以設定的文學詮釋的對象之一，而這既

可以通指文學文本的「題材、主題和思想情感等所歸屬於的一定的生活背景和客觀世界」，也可以限指第二節內文提到的第三種語境的說法所提到的心理因素、社會環境和文化背景等使用語言的外部環境。（周慶華，2009：102）語境是作為交際與認知主體的人在應用語言的過程中構建的，語境的研究重點從文本語篇的研究轉向人類主體的研究，就是人的社會性（如地位、身分、人際間關係、經歷等）和人的文化性（如信仰、信念和知識結構、相互知識的順應）以及自身特徵的可塑性（如推理能力、記憶能力、經驗、性格、設想、期待、情緒、交際目的）的綜合。它從各個方面影響著詞的意義，例如情景語境，英國語言學家 Lyons 解釋為從實際情景中抽象出來的，對言語活動產生影響的一些因素，包括參與者雙方、場合（時間、地點）、說話的正式態度、交際媒介、話題或語域。實際上就是指言語行為發生的實際情景。再者，自然環境也會對言語表達產生影響，包括由時令構成的自然語境、由地域風貌構成的自然語境和由交際時的眼前實物構成的自然語境。其中交際時的眼前實物所構成的自然語境最為具體實在。但是有些詞只依據前面所談的幾種語境情況，還是難以理解它真正的內涵。這一部分詞的理解，還必須結合一定的社會文化知識背景，也就是人所在的言語社團的歷史文化、風俗民情、價值觀、社會交流等。（鐘焜茂，2006）沈清松對文化的設定：「一個歷史性的生活團體表現出他們創造力的歷程和結果的整體。」它還據此分出終極信仰、觀念系統、規範系統、表現系統和行動系統等五個次系統。文學藝術屬於表現系統，不管是敘事、抒情、解離等寫實為主或是語言遊戲創作，所要表達的意義都包涵在不同的終極信仰內，而產生不同的形式和意義。這種外語境或可稱為文化語境，對於意義傳達有相當的作用。

　　色彩對於畫作的制約作用，有如語境對於修辭的制約作用。色彩表現出自然或是主觀的自我意識，都是畫作的情感表達，色彩學中也有調和的作用。色相、明度、彩度的融合所產生的柔和感，抑或是由於反對色的配合所產生的變化，所引發對比而產生強烈與明快的色調都是調和，它表現出作者的感受或作者的個性。整幅畫作色彩可以自行表現出意象，也可以和形態互相配合表現出意象。東方和古代西方多為平面性，

西歐則以立體性為特徵。近代的藝術其形式均為極單純的色彩和形態，與原始藝術並行存在。色彩伸展或產生靜態或產生動態，與形態的強弱關係很大，一幅畫的色彩越單純，造型越簡單，則強韌性越大，審美特徵也有很大的差異。（劉其偉編著，2006：185）修辭作為一種言語的交際行為，所以離不開人及其所屬的社會文化環境。內語境確定語言的含義，排除歧義，不造成話語理解的錯誤。內語境也決定修辭手段的選擇和運用，甚至揭示詞語中的「言外之意」。外語境則如上述，心理因素、社會環境和文化背景等使用語言的外部環境影響著作品情感的表達趨向。不同世界觀的觀念系統統攝一切文學表現系統的趨向。

第四節　節奏意象與跨域

　　音樂是聽覺上的藝術，聽覺將現場實際的音響透過聽者的聽覺轉化為人腦可知的信號。不僅如此，音樂也是時間延續的藝術，人在靜靜欣賞音樂時，時間一分一秒過去，而塑造音樂形象所用的最基本材料——樂音，從它的發響到被人聽覺感知，直至消失，需要一個時間的過程。人們聽到一個音，無論音的高低、強弱、音色有何不同，音樂形象的完整展現需要一個時間片段，並且這個過程必須有延續性，否則音樂形象的完整性會遭到破壞。和音樂相比，空間造型藝術形式則不相同。繪畫藝術是靜態的藝術，其色彩、線條都不能隨時間流動，單獨的一幅畫是無法體現時間性。所以音樂的形式美感是在時間中體現。音樂形式中的整齊一律，或是長音的延續，或是音型和節奏的重複，它們都隨著時間的延伸才能展現，都是一個綿延的過程。以節奏來說，節奏指音樂中諸如拍、拍子、小節和樂句等在時間方面（不涉及音高）的有規律的運動。它不僅需要時間來完成，其本身意味著一種時間的概念，它用長短交替的對比來塑造音樂的形象。（宋民主編，2008：170-172）所以節奏無疑是音樂創作中最原本、最重要的參數，從某種意義來說，音樂的構成可能沒有和聲（如單旋律、大齊奏、或支聲複調等），可能沒有對位（如單聲部音樂），可能沒有音調（如無音高的打擊樂獨奏或合奏等），

可能沒有配器（如單件樂器的獨奏，或幾件樂器的自始自終齊奏等等），但絕不能沒有節奏。從本質來說，音樂中的節奏，是有聲與無聲，運動與靜止、長音和短音之間的矛盾、對比、轉化與結合。（同上，173）

　　節奏是樂音時值的有機序列，是時值各要素——節拍、重音、休止等相互關係的結合。強弱、快慢、鬆緊是節奏的的決定因素。節奏的作用是把樂音組織成一個整體，對音樂情緒的表達、內容的體現和形象的塑造有十分重要的作用。節奏、曲調、合聲為音樂的三大要素。節奏是音樂中最早出現的，也可以脫離其他要素而獨立存在，就是節奏不僅僅與旋律線結合，還與各種音響、音色相結合來完成音樂的表述。如在非洲、亞洲等許多地區都存在大量的打擊樂或主要透過節奏的語言構成的音樂段落（如中國戲曲中的鑼鼓段）。節奏是一種時值對比的關係，一首樂曲往往有一個基本的節奏型，但又不可能永遠使用這個節奏型，而是在統一的基礎上不斷的對比發展，這就是多樣的統一發展法則。只要改變原來的節奏，音樂的整個性質就發生變化，而獲得一種新的內容，比如李斯特的交響詩〈前奏曲〉的開始段落中，這個主題旋律柔和，像一首深情的歌曲，用的是自由的節奏運動。但是後來作曲家急遽改變了主題的性質，為此而運用了進行曲式的節奏手段。慢的抒情歌曲由於節奏的改變而轉化為剛健的進行曲板。不同的節奏表現不同的情緒。（宋民主編，2008：176）

　　中國古代對節奏的理解是以樂音的高下緩急來體現人的情感變化。《樂記》疏說：「樂者心之動也；聲者，樂之象也；文采節奏，聲之飾也。」何占豪、陳鋼的小提琴協奏曲〈梁山泊與祝英台〉，雖然採用西方協奏曲的音樂體裁，卻用中國人熟悉的音樂語言，講述中國人所熟悉的音樂故事，情真意切，表達中國人崇尚真善美的美好情感。用各種樂器的音色表現優美或悲痛的情調先略去不談，就節奏部分而言，在第二插部，小提琴仿古箏、豎琴與絃樂摹仿琵琶的演奏，作者巧妙吸收中國民族樂器的表現技巧，這段音樂以輕快的節奏、跳動的旋律、活潑的情緒，生動的描繪出梁、祝三載同窗、共讀、共玩、追逐嬉戲的情景。在「抗婚」這一段銅管以嚴峻的節奏，奏出封建勢力兇酷殘暴的主題。在〈哭靈、控訴、投墳〉這一段，絃樂快速的切分節奏，獨奏的散板和樂

隊齊奏的快板交替出現，表現英台在墳前對禮教血淚控訴的情景。（宋民主編，2008：214-216）西方 Antonio Vivaldi 小提琴協奏曲〈春〉」是《四季》最出色的一首，第一樂章的快板主題華麗而灑脫，顯然具有歡快的氣息。第二樂章的廣板則描寫出靜謐而優閒的田園風光。第三樂章又以快板描寫在春天明媚的陽光下鄉間歡樂的景象。（同上，200）

　　節奏在音樂中，有抒情、激情的表現力，雖然音樂的形式美是在時間中體現，而繪畫、雕刻、文學的形式似乎是靜止，但是只要意義內涵能反映出人內在的活力源泉，就能表現出美的意象。宗白華極力的認為自然的萬象，無不在活動之中，無不在精神之中，無不在生命之中，藝術家如果要借助圖畫、雕刻等表現自然之真，只有表現動象，才能表現精神和生命。《周易・繫辭》：「一陰一陽之謂道。」陰陽二氣化生萬物，萬物都稟天地的氣以生，這生生不已的陰陽二氣就組織成了一種有節奏的生命。宗白華的節奏觀就認為，美與美術的特點是在形式，在節奏，它所表現的是生命的內核，是至動而有條理的生命情調。一切藝術都是趨向於音樂的狀態。節奏是有韻律的生命力的律動。以中國畫來說，氣韻生動，就是生命的節奏或是有節奏的生命。因此，節奏是中國畫要表現的核心，它的審美內涵和氣韻生動緊密相連。氣就是指鼓動萬物的生命之氣，宇宙萬物是由陰陽二氣不斷交織而成，氣是生命的本源，氣貫注於萬物之中，萬物才有生命力。在繪畫中，藝術家將氣貫注於物象之中，物象才呈現出生命力來。韻是指音樂的韻律，繪畫中的氣韻，就給人音樂的效果，生動就是指藝術作品中呈現出鳶飛魚躍，活潑玲瓏的內在生命的動態美。（黃越華，2004）這種動態美呈現出生命的姿勢，物象的生命力透過流動有律的線紋表現出來。中國的繪畫強調用筆，捕捉物象的骨氣以表現其內部生命。所以藝術家不去追求立體的形似，而是注重飛動姿態的節奏表現。中國繪畫六法中的「骨法用筆」，就是運用筆法捕捉物象的骨氣以表現生命至深的律動。（同上）

　　繪畫節奏意象是如何產生的？繪畫中的節奏主要是透過線條、色塊、形體和明暗的組合和有規律的變化、運動來體現的，利用它們連續而有規律的反覆運動和變化，便可以引導視覺的運動方向和速度，控制視覺感受的規律，造成一種節奏性的感受，從而使人們產生一種審美情

感活動。Plato 認為節奏是人類獨有的天賦。Aristotle 也說人生來就有喜愛節奏和諧的天性；中國魏晉六朝謝赫在《古畫品錄》提到繪畫六法之一就是氣韻生動，並指出它是繪畫的最高美學原則；宗白華則認為在中國畫中，氣韻生動就是繪畫表現出來的生命的節奏的視覺形象。這樣繪畫節奏和韻律來自繪畫中的點線面及構圖的有機組織與安排，如宋代王希孟的〈千里江山圖〉，就是一幅富有韻律美的青山綠水作品。它在布局上使用深遠、高遠、平遠的構圖法則，以不同的視角來展示千里江山的壯麗美景；它的筆法考究，整幅畫有近在咫尺的感覺，在運筆上嚴謹細膩，點畫暈染步步到位，畫面氣勢雄偉壯麗，山與溪，江與湖，筆筆遒勁，錯落有致，魚舟游船，韻律有致，平添動感，顏色方面，層次分明，鮮豔奪目。此畫給人有氣的連貫，節奏感因此而生。（王冬玲等，2009：49-50）西方印象派是典型注重形式美的色彩畫派，法國莫內的〈日出印象〉作品描述一個充滿霧靄的早晨，太陽冉冉升起時的遠方漁港碼頭的印象，橘紅色的光影閃爍在銀色的海面上，表現了海上日出時光的顫動與色的節奏美感。橘紅色與天藍色形成強烈的補色對比，用點和撇來表示閃爍的氛圍與水的運動，整幅畫在形與色、光與影、明與暗的交織中形成富有動感的節奏美。另外，Vincent Willem van Gogh 的作品〈向日葵〉在線條、色彩、筆觸中更呈現出韻律的美感，它是由統一的大色調與豐富的小色調所產生色彩對比感極強的畫面。畫中如陽光般閃爍的向日葵插在淡黃的陶罐中，主色調是鮮亮的黃色，黃色調又含有橘黃、檸檬黃、黃綠，在褐色的桌布與藍色背景襯托下對比強烈，極富跳動的色彩節奏美感。（同上，50）

　　節奏在詩歌形式上就是音節的頓、平仄、對仗、節的勻稱、句的整齊等等。節奏意象是詩歌的重要特徵，是詩歌產生音樂美的決定因素，詩歌外在的客觀的節奏和詩人內在的情緒交織在一起，共同構成詩歌的生命。我們在欣賞詩歌節奏美時，內心也感受到生命的律動，如杜甫的〈登高〉「無邊落木蕭蕭下，不盡長江滾滾來」，那沈鬱頓挫的節奏，詩人內心憂國傷時的感情基調，就很能喚起我們韶光易逝、壯志難酬的悲傷，也感受到詩人那種長年漂泊、老病孤淒的悲涼。（張岳倫，2008：37）

　　郭沫若在《論詩三札》中說：「詩之精神在內在韻律。內在的韻律不是什麼平上去入，高下抑揚，強弱短長，宮商徵羽；也並不是什麼雙聲疊韻，什麼壓在句中的韻文！這些都是外在的韻律或有形律。內在的韻律便是情緒的自然消長。」按照郭氏的說法，內在或說無形的韻律是詩歌的基本精神，韻律或韻在詩歌中所扮演的是一種類似衣裙的表象特徵，其內在或最終的作法在於體現或構成詩歌的基本精神。就中國古代詩歌而言，韻律是詩歌平仄、黏對、押韻包括對偶的規律，它正像刺繡中的一塊帷布，在詩人完成詩歌創作後，便消失在精美詩句的背後。中國古典詩歌是以講究韻律為基本特質的，這種韻律構成古典詩歌節奏的基礎，但是它並不是節奏本身。因此，詩歌作品在形式上的根本性特徵就是擁有節奏。而這也是詩歌的基本精神所在。詩歌是一種主要靠意會去欣賞的文學形式，這種意會在很大的程度上是透過對節奏的感悟而得以實現。詩的節奏在引發讀者美感愉悅的同時，也使得意義和意境得到自然的彰顯。這不只是為了琅琅上口的誦讀審美需求而已。所以郭若沫說：「文學的本質是有節奏的情緒的世界。」（王永，2007引）

　　音樂的節奏給人不同的聽覺效果，可能是緊湊、舒緩、雄壯、悠揚、頓促或流暢，能讓人高興、心情飛揚，也可能讓人低沈、悲傷。樂曲中的節奏此起彼伏，運用差距對感官的刺激作用，創建出最佳的組合方式，增強節奏感，這樣的不平衡產生的運動，又重新產生平衡。繪畫也是如此，作品在線條、色調、筆觸被打破平衡，擴大差距，產生激烈的變化，又復歸統一，從而有節奏感、韻律產生，而增強了審美的感受。詩歌外在的形式產生的韻律，在內心產生激盪，節奏感升起，引發情緒，產生扣人心絃的力量。繪畫、詩歌、音樂的表現都因為有節奏感而帶來主體情感的起伏變化。在這種情況下，藝術的節奏意象就可以通過於多領域，而有了跨領域的現象。如圖示：

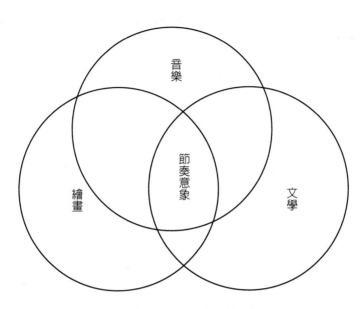

圖 5-4-1　節奏意象跨域圖

第六章　文學意象與藝術意象呈現方式的異同

第一節　塑象的異同

文學透過文字表現意義、思想和情感。第四章第一節提到「湘雲醉酒」，曹雪芹借用落花來表現出優美的紅樓境界，「四面芍藥飛了一身，滿頭臉衣襟皆是紅花散亂。手中的扇子在地下，也半被落花埋了，一群蜂蝶鬧穰穰的為著他。又用鮫帕包了一包芍藥花瓣枕著。眾人看了又是愛又是笑」，「花」的生理意象非常優美。文字有許多的意義，藉著不同的意義表達，能激起我們對於事物的客觀印象，及對事物的相映的情感。從語言學的角度對意象的看法就是包括語言媒介、客觀指向和主觀意旨等三個部分。文字作為語言媒介，它的客觀指向與主觀意旨造成了意象結果。所以在文學呈現意象的方式，就是使用文字的功能。李白的〈送孟浩然之廣陵〉「故人西辭黃鶴樓，煙花三月下揚州。孤帆遠影碧山盡，唯見長江天際流。」透過文字表達心理意象，黃鶴樓、煙花、孤帆、長江等看似寫景，其實寓情於景，將對朋友依依不捨的眷戀深切的表達出來。王冕的〈墨梅〉「我家洗硯池邊樹，朵朵花開淡墨痕。不要人誇顏色好，只留清氣滿乾坤。」詩中以文字「只留清氣滿乾坤」表達生理意象，「墨梅」不是指自然界的梅，而是作者心中想表達一支有個性的梅花。語言文字就是意象表達的媒介，所指的事物有客觀的寫實，作者主觀的情意主旨包含其中。

本研究探討的意象主要不是自然物，而是以整篇、整段或整句取意來分析，所以文字作為媒介的呈現方式也是以整個意義表達為主。第四章文學中的意象，探討的生理意象、心理意象、社會意象和文化意象在文字的呈現上也有些許不同的地方。生理意象文字所表達的是具體觀察所表現的，文字表達可見的象，也表達可見的象的美感。如前面所談的「湘雲醉酒」、李白的〈送孟浩然之廣陵〉，都是可見的景物。心理意

象表達情意，文字所表達的就不只是直接或間接描繪外在客觀的物象，文字的意義指向更深層的意義，向明的〈痰〉所敘述的「有人用眼睛說」，文字所呈現表達的深層意義就是敢怒不敢言。社會意象呈現出權力之間的影響和支配，賴和的〈日傘〉所提及「火熱的日輪／紅赭赭高懸頭上」、「炎天下的行人／把日傘高高的擎取」，日傘是一個抗日的象徵。文化意象藉由文字表現不同的文化終極觀念，劉克襄的〈樹〉運用文字寫實的手法，表達樹根、葉子、花和種子有自己獨立的生活方式，體現出氣化觀型文化所有的氣度。

　　文學作品以文字為表達的方法，文字的表達有許多的方式可以塑造意象傳達情感，可以是直接的，也可以是間接的。在繪畫藝術上當然就不可能是以文字作為媒介來呈現意義或情感，而是以繪畫畫面的組成元素作為呈現意象的媒介。二者呈現方式有不同的地方：

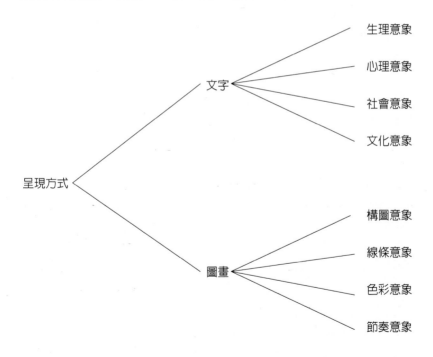

圖 6-1-1　文字意象與藝術意象呈現方式相異處

　　構圖是畫面「形」的處理和安排，畫家直接從觀察中或想像去捕捉物象的形，使用均衡統一的幾何構圖畫面，和使用黃金比例的切割達到視覺上和諧的境界，如前章所舉例的〈聖母與捐贈者烏爾比諾公爵〉、〈歡樂的花園〉在透視上。西方繪畫的透視點表現物體的真實，但是中國的繪畫則重視虛處、布白，運用移動視點，表現高遠和深度，如范寬的〈谿山行旅圖〉。

　　繪畫者要呈現物體的形象，需要描繪物體的輪廓，甚至描繪出物體的運動呈現韻律感。線條也呈現自身的美感，表達繪畫者思想與情感。在中國畫中更為重視線的藝術表現，藉由運筆表現多種的審美意象。在繪畫中，線條暗示物體的存在，如果加以使用色彩和明暗度，便能表現出物體的空間感和真實感。色彩在意象的呈現上表達描繪性的作用，也表達主觀性的感情，甚至是抽象藝術的美感。中國畫雖然有許多表現都是水墨的形式，但是畫作濃淡之間卻能表達出意象的美感作用。

　　音樂的藝術藉由聲音的高低、強弱、音色和節奏的不同，呈現樂曲的優美，其中節奏的呈現更跨域到繪畫與文學方面，繪畫也有節奏的呈現方式。音樂的節奏表現人的情感變化，輕快的節奏帶來歡樂的情緒，緩慢的節奏有舒緩情緒的感覺。在繪畫中也可以見到線條的流動，如中國畫中常可以見到線條的舞動，呈現氣的流動感覺。雖然繪畫是一種時間靜止的藝術，不同於音樂是在時間流動中展現，但是繪畫在欣賞者的心中也會引起情緒上的波動，例如線條的粗細接續變化，色彩的變換，物體形狀的連續變化都會引起節奏般的感覺。以繪畫來說，它所要呈現意象的方式，就是構圖方面的設計、線條的描繪、色彩的安排及及節奏的表現。這就是和文學所要呈現意象的方式最大的不同。

　　文學和藝術呈現的方式雖然有許多不同的地方，但是文學與藝術都是要把自己體驗過的感情，想要傳達出來給別人，雖然必須使用一些所謂的外在標誌將它表現出來。這種呈現外在的標誌的根本媒材在文學上是文字，在繪畫上是線條、顏色、構圖等。而它們的作用都是要塑象，都是表達情感和思想。因此文學與藝術意象的呈現方式就有相通處。如圖所示：

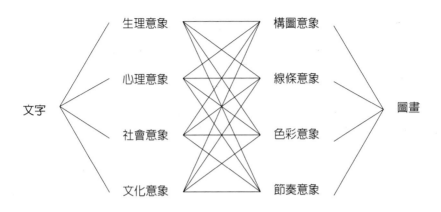

圖 6-1-2　文字意象與藝術意象呈現方式相同處

　　就文學作品來說，文字具有表象、表情和表意的功能，有些直接從字面的意義就能描繪出作者的情感和思想，有些則是透過比喻的方式，表現出特別的思想和情感。生理意象的生成表現出九種美感的類型，包括優美、崇高、悲壯、滑稽、怪誕、諧擬、拼貼、多向、互動等。這些在第四章第一節生理意象與美有許多介紹。就繪畫中構圖的意象呈現也有這些美感類型可以述說，例如范寬的〈谿山行旅圖〉、李唐的〈萬壑松風〉，Georges-Pierre Seurat 的〈正面姿勢的裸婦〉、Paul Cézanne 的〈沐浴者〉都為中軸垂直線構圖。此種構圖形式主題非常明顯，給人莫大的震撼，而有雄渾崇高的感覺。

　　文學心理意象的喜、怒、哀、懼、愛、惡、欲等情緒表達和繪畫中的線條意象相通，直線有嚴肅的情感，曲線有溫和、柔順的情感，線的輕、重與粗、細有表現出情緒的輕快與沈重的分別。色彩意象中暖色系表現出積極性的情緒，有溫暖、喜悅、歡樂的情感，相對的冷色系表現出消極性的情緒感受，有淒涼、哀傷、憂鬱的情感。線條意象的呈現在東方非常重視，許多畫僅使用線條去描繪，但是也不是細細的描繪，而是勾勒幾筆表現出意境，這與文化意象所表現的世界觀相通。在西方線條描繪就是寫實的描摹，甚至線條被色彩所取代，以大面塊狀的色彩表現觀察所得的實際物體形象，或是以色彩表示生理意象與心理意象的情

感。社會意象表達權力關係，在構圖上、色彩上也有所相通。Jean Francois Millet 的〈拾穗〉，該畫除了描繪三名農婦在金黃色麥田撿拾麥穗情景外，金黃色陽光、彎腰等細節呈現英雄史詩般的崇高意境。拾穗一詞源於《舊約·聖經》，指農民需讓貧苦人撿拾收割後遺留穗粒以求溫飽。（維基百科，2012b）就構圖而言，Jean Francois Millet 讓遠方景物模糊，凸顯前景的人物，在色彩的明亮上畫的背景透通來的天光，讓位給在前景的主題人物並處在陰影中。這種風格強調人的謙卑，及崇高的上帝之光。Jean Francois Millet 本身就是一個農民，他的畫以暗褐色和灰色為主調，再加入一些金黃、青色，寫實中帶有感傷的的氣氛，在他看來沒有比靠自己的汗水去爭得生活這件事更有意義。這不僅在構圖意象、色彩意象上相通於社會意象，也相通於創造觀型的文化意象。

　　構圖在中西方的畫作上也有許多不同，西方畫重視秩序、比例與和諧；中國畫重視虛實、布白和款印。這與文學形式所表現東方重視寫意、西方重寫實的文化意象相通。文字和繪畫的線條、色彩都是一種符號，符號本身就具有一定的意義，文字和線條、色彩是不同的表現方式。文字所表現的詩歌是時間的藝術，透過文字去捕捉形象和創造形象；而繪畫藝術則是使用線條和色彩作為造型語言。文學和藝術雖然屬於不同的領域，呈現意象的方式有所不同，但是文學與藝術在表現意象的目的是相同的。北宋郭熙〈林泉高致〉提出「詩是無形畫，畫是有形詩」；蘇東坡也有「詩畫本一律，天工與清新」、「味摩詰之詩，詩中有畫；觀摩詰之畫，畫中有詩」的見解。王維被稱為「詩佛」，他的詩浸透了禪趣與畫意；他又被尊為南宗文人畫鼻祖，他的畫充滿禪思和詩境。王維的詩中沒有「禪」字，但是字字入禪，若有若無的禪趣與詩情、畫意相互交融，構成山水詩如畫的意境。例如〈山中〉：「荊溪白石出，天寒紅葉稀。山路元無雨，空翠濕人衣。」〈鹿柴〉：「空山不見人，但聞人語響。返景入深林，復照青苔上。」（王鏞，2005）王維的畫以〈雪溪圖〉為例，他並不仔細勾勒線條，顏色以潑墨方式的墨色變化來描繪景色，來傳達平淡質樸的心境。構圖上都借助空寂的景物和平遠的山水表現清逸的禪思和幽深的意境。由此可知，本研究所探討的詩歌的意象呈現與繪畫的意象呈現都傳達一致的思想和情感。

　　最後以陳黎的〈戰爭交響曲〉說明詩歌中生理意象、心理意象、社會意象與節奏意象的相通處：

兵兵兵兵兵兵兵兵兵兵兵兵兵兵兵兵兵兵兵兵兵兵兵兵
兵兵兵兵兵兵兵兵兵兵兵兵兵兵兵兵兵兵兵兵兵兵兵兵
兵兵兵兵兵兵兵兵兵兵兵兵兵兵兵兵兵兵兵兵兵……

兵兵兵兵兵乒乒兵兵兵兵兵兵兵兵兵兵兵兵兵兵兵乓乓
兵兵兵兵兵兵兵乒乒兵兵兵兵兵兵兵兵乓乓兵兵兵兵兵兵
乒乒兵兵兵兵兵兵兵兵兵兵兵兵兵兵兵兵兵兵兵兵乓乓
兵乒乒乒乒乒乒乒兵兵兵兵兵兵兵乓乓乓乓乓乓乓兵
乒兵兵兵兵乒兵兵兵兵兵兵兵兵兵兵兵兵兵乓兵兵兵乓
乒乒乒乒乒乒乒乒乒兵兵兵乓乓乓乓乓乓乓乓乓乓
乒乒乒乒乒乒乒乒乒乒乒兵乓乓乓乓乓乓乓乓乓乓乓
乒乒乒乒乒乒乒乒乒乒乒乒乓乓乓乓乓乓乓乓乓乓乓乓
乒乒乒乒乒乒乒乒乒乒乓乓乓乓乓　乓乓乓　乓
乒乒　乒乒乒乒　乒乓　　乓乓　　乓乓
　乒乒　乒乒　乒　乒　乒　乓乓乓　　乓　乓
　乒乒　乒　乒乒　乒　乒　　乓　乓乓　　　乓
乒　　　　乒乒　　　乓　　　乓　乓
　　乒　　乒　　乒　　　乓　　乓　　乓
　乒　　　　　　　　　　　　　　乓

丘丘丘丘丘丘丘丘丘丘丘丘丘丘丘丘丘丘丘丘丘丘丘丘
丘丘丘丘丘丘丘丘丘丘丘丘丘丘丘丘丘丘丘丘丘丘丘丘
丘丘丘丘丘丘丘丘丘丘丘丘丘丘丘丘丘丘丘丘丘丘丘丘
丘丘丘丘丘丘丘丘丘丘丘丘丘丘丘丘丘丘丘……

（陳黎，1995：112-114）

　　共分三節，每節十六行，全詩只由兵、乒、乓、丘四個字組成，從第一節詩由每行二十四個「兵」字排列出來，從生理意象來看，可以看

見壯盛的軍容，呈現崇高、悲壯的意象。從「兵」到「乒」、「乓」。文字變換從圖象觀察，從一個四肢健全的戰士變成被砲火炸斷手腳的傷兵，呈現出心理意象的悲哀情感，兩軍作戰演變成傷兵累累，個個缺臂斷腿，上百個山「丘」就是上百座墳塚。統治者的權力慾望，使得兵士沒有成功的喜悅，有的只是生命中的悲傷苦楚。轉從跨域節奏意象分析，本詩第二節由兵、乒、乓三個字產生的音效，就有槍砲聲隆隆的感覺，也有停止空白的地方，令人感覺死神降臨的感覺。文學意象與節奏意象相通，互相作用產生思想和情感表達出戰爭的悲哀與殘酷。

第二節　輾轉示象的異同

文學以文字表達不同的意義，但是語言文字的表達也有窮盡的時候，藉由塑造意象，傳達思想與情感，才有盡意的可能。在第二章探討中國的意象觀念引用了《周易・繫辭》，說明聖人為了顯現深奧的事理，所以模擬它的樣子，再現他與外物相通的適當面貌，塑造可以依循的「象」。在修辭學上也有相通的作法，例如譬喻就是一種「借彼喻此」的方式，將二件或二件以上的事物有類似的點，運用「那」有類似點的事物來比方說明「這」件事，利用舊經驗引起新經驗，以容易了解的事物說明難以了解的事物或以具體來說明抽象。（黃慶萱，2002：321）李煜〈虞美人〉「問君能有幾多愁，恰似一江春水向東流」、楊喚〈雨中吟〉「雨呀，密密的落著像森林，我呀，匆匆走著像獵人」，這是一種以「明喻」的方式來表達心理意象。李白〈望廬山瀑布〉「飛流直下三千尺，疑是銀河落九天」，以銀河塑象，以隱喻的方式表達瀑布壯觀的生理意象。（同上，327-329）余光中〈我之固體化〉：「在此地，在國際的雞尾酒裏，我仍是一塊拒絕融化的冰」；「但中國的太陽距我太遠，我結晶了，透明且硬，且無法自動還原」。「拒絕融化的冰」以隱喻的方式來表示社會意象中的權力關係。（同上：330）說明身在一個陌生的地方，那種格格不入的感覺。他堅持自己是中國人，拒絕西方文化佔進自己的內心。「中國的太陽」是隱喻，也是一種心情輾轉的表示。對

於言不盡意的困難，可以以輾轉示象的方式傳達思想與情感。塑象與輾轉示象都是在傳達心中文字難以盡意處。其作用都是在表達意象。如圖所示：

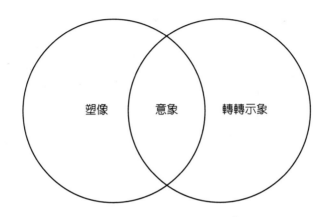

圖 6-2-1　塑像與輾轉示象的交集圖

　　以修辭學觀察文學中的意象表述層次，王夢鷗認為大體上可以分為三個層次：第一層是積極運用記號所能達成的效果而直接把原意象翻譯為外在語言。第二層則連同原意象所衍生的類似的意象同時譯為外在語言而就以那類似的點來代表原意象。第三層是為注意那衍生意象，便把它當作原意象來描寫；倘若使原意象是由客觀的事物促起，但促起後繼起的意象則是純主觀的另一經驗的再現，以純主觀的另一經驗的再現當作主體來描寫。第三層可以說是最主觀的表述了，有人把第三層看作「神話」的境界，而把第二層分作隱喻或象徵的世界，第一層則是意象的世界。詩人文學家也就將意象的構造分為三層，一是意象的直譯；二是用譬喻表達意象；三是進入譬喻的世界表述那譬喻的意象，這與中國古代區分詩法為賦、比、興三個層次相當。（王夢鷗，1976：123）

　　宋代朱熹在《詩集傳》說：「賦者，敷陳其事而直言之者。比者，以彼物比此物也。興者，先言他物以引起所詠之詞也。」賦就是鋪陳直敘，把人的思想或情感鋪陳直敘直接表達出來。比就是比方，以彼物比此物，詩人所要表達的情感，借一個事物來作比喻，這個用來作比的喻

體事物比被比的本體事物還要生動具體，更容易被人了解、聯想。《詩
經・衛風・碩人》描繪莊姜之美，用了一連串的比，「手如柔荑，膚如
凝脂，領如蝤蠐，齒如瓠犀，螓首蛾眉，巧笑倩兮，美目盼兮。」興就
是借用其他的事物引出所要歌詠的事。這能激發讀者聯想，產生詩意盎
然的藝術效果。以寫詩來說，詩要寫的清楚，為讀者所了解就要用到「賦」
的手法；而詩歌如果要抒發情感和思想、馳騁想像就要用到「比」、「興」
的手法。（百度百科，2012a）

　　以此來看文字呈現意象的方式，除了第一節所談的塑象外，還有輾
轉示象的方式，而文學所用的方式就是隱喻、象徵等方式，也就是古代
所談的比、興等方式。以楊喚的詩〈小樓〉：「當風和雨在暗夜裡突然
來訪，這小樓乃如一株落盡了葉子的窗；那憂鬱的夢啊，是枚白色的殼，
我呀，就是馱著那白的殼的蝸牛。」第二句用「乃如」是明喻，第三、
四句用「是」、「就是」是隱喻的方式。（黃慶萱，2002：352）詩中將
「風和雨」人格化，「小樓」成為落盡葉子的樹，把自己比擬為一隻蝸
牛，象徵憂鬱的心理意象。

　　使用象徵還有許多例子，周敦頤的〈愛蓮說〉將蓮比喻作君子；鄭
愁予〈錯誤〉「那等待季節裡的容顏如蓮花的開落」，蓮花雖然借指燦
爛美麗，但是也暗指年華消逝。這些在修辭上分析可以算是借喻。如以
象徵說法，其中的區別在於以上都是字句修辭，而象徵偏重的是篇章修
辭，雖以「相關性」呈現，但是主要是在整個篇章的表現。所以象徵有
多種的內涵，也可以視為是借喻的擴大，如歐陽子指出余秋雨在《文化
苦旅》中的〈臘梅〉具有多種意義，臘梅象徵生命和希望；臘梅象徵自
我奉獻的精神；蠟梅象徵作者心目中理想女性的造型；臘梅象徵美術或
藝術；臘梅象徵中國文化的精靈。（張春榮，2002：83-85）這些都是借
生理意象的美感特徵，輾轉表達更深一層的文化意象。趙滋蕃也指出「象
徵必帶有暗示性，這種暗示手法足以顯示出精神世界的博大精深，更足
以避免例舉之不能周全，比喻之容易消失，因此也更易增加我們的情趣
與想像，直接打動我們的心絃」。（趙滋蕃，1988：194）

　　以文字呈現的文學作品，呈現的手法有以上多種的方式，但是繪畫
作品的呈現則以構圖、線條、色彩為主，呈現的手法無法像文學作品的

象徵手法，甚至無法像文字所表達一樣可以讓讀者自己選擇定位觀看的角度，去想像畫面。繪畫所呈現的構圖已經採取某種視角，所選擇的線條和色彩，也經由繪畫者的選取而呈現出繪畫者的想表達的構圖意象、線條意象與色彩意象。欣賞者觀看藝術品時，都是由直接觀察到的外觀形象而產生情感作用的，雖然藝術品可以輾轉表現出其他的意義，但是也須先從材料中去引發，如顏色的冷熱，線條的剛柔；其次再由構圖中的形式安排去感受到平衡和調和；最後才興起內容的情感，也就是藝術品所表現出人生的美妙情感。

　　所以以繪畫呈現輾轉的意象的方式來說，有別於文學的文字，文字本身就有許多的意義，文字整合成篇章可以概括許多思想與情感，單以文字作為材料和以文字構成內容的方式，除了描述景物以外，還可以以文字描述情感，情景綜合的內容所引發的就有更多複雜的情感，甚至作品經由讀者所閱讀後的詮釋，更有多種的意義和情感在讀者心中產生。但是繪畫則必須藉由構圖、線條、色彩去表現，而且畫作的整個畫面也必須調和統一，雖然除了寫實的表現之外，也可以透過構圖意象去寓意，線條意象引發情緒、色彩意象表達情感。但終究不及文字表現多樣。柳宗元的〈江雪〉「千山鳥飛絕，萬徑人蹤滅。孤舟簑笠翁，獨釣寒江雪」，似乎以中國山水畫也可以表現出靜寂及孤獨的感覺，但是從文字的表現來說更加入了時間性，引導讀者先由「千山鳥飛絕」開始，再將視覺移往「萬徑人蹤滅」，最後落在「孤舟簑笠翁，獨釣寒江雪」上。整個隱喻或象徵因「絕」、「滅」、「孤」、「獨」等文字所傳達的心理意象而加深。這是在繪畫的靜止畫面呈現中難以表現的。再來繪畫畫面實難以呈現如「千山」的氣勢、「鳥飛絕」的畫面；而「萬徑」難畫出，「人蹤滅」無法表現，「翁」困難寫實呈現，雪景帶來的寒冷困難表達。文字與繪畫呈現的方式是由材料所引發內容的，材料本身就有許多侷限，描述內容時就有差異存在。文字描述可以有隱喻、象徵；繪畫也可以有隱喻，但是要表現象徵的情感似乎沒有文字來的巧妙。

　　文字意象與繪畫意象呈現雖有差異，但仍有一些相通處。中國的古典詩的傳譯方式最為豐富，所以我們閱讀古典詩歌都有一種只可意會不可以言傳，或者是意在言外的感覺，把「意」看作是「義」是一種直接

表達表述的想法，也可以稱作直接表達形象，或是形象直接表達了情感。以前面的探討，我們了解在形象與形象之間可以引發許多層面的思緒。讀者在體驗這些思想和情感後進入了美感的世界。閱讀中國的古典詩歌有如在目前的感覺，例如「日落江湖白，潮來天地青」、「星臨萬戶動」、「野曠天低樹」、「野渡無人舟自橫」、「月落烏啼霜滿天」、「孤帆遠影碧山盡」、「殘月曉風楊柳岸」，這些詩詞並不需要語譯，原有的視覺性或繪畫性直接呈現在目前。這種視覺性由文字表現出來，在若即若離、定位與不定位、指義與不指義之間有自由移動的空間，這不僅有繪畫的意味，也有電影視覺性的效果，當然也包括了雕塑的意味。舉例來說，杜甫〈獨立〉「空外一鷙鳥，河間雙白鷗」、「大漠孤煙直」，這兩句都有強烈的視覺意象，而且近似於電影鏡頭的水銀燈的活動。「空外」（鏡頭向上）、「一鷙鳥」（鏡頭拉近鳥）、「河間」（鏡頭向下）、「雙白鷗」（鏡頭拉近）、「大漠」（橫闊開展的鏡頭）、「孤煙」（集中在無垠的一點一線）、「直」（雕塑的意味）。（葉維廉，1999）觀看雕塑時，我們必須環繞著藝術品走動，不斷變換角度觀看，才能得到雕塑的全面感受，如電影鏡頭的移轉，在活動上給我們許多類似的感受。事實上在繪畫中的這種感受，中國畫完全超越西方直線式的時間觀念和透視，採用多重視角的方式，例如《清明上河圖》，我們一段一段的看，「透視」不斷的變化，也正如電影鏡頭不斷的變化，環繞著景物或移動視點。對照詩來說，文字超脫語法的限制，使得形象獨立並置，如「澗戶寂無人」，「澗」與「戶」的空間位置由讀者決定。而且利用景物純然出現就可以構成「靜境」、「逸境」、「清境」的感覺。詩歌的閱讀在讀者的想像下，重新排演，如馬致遠的〈天淨沙〉「枯藤老樹昏鴉，小橋流水人家，古道西風瘦馬，夕陽西下，斷腸人在天涯」、柳宗元的〈江雪〉「千山鳥飛絕，萬徑人蹤滅。孤舟簑笠翁，獨釣寒江雪」，先鳥瞰全景，再移向萬象中的單獨物象。（同上）

　　電影中也有所謂的「蒙太奇」技巧，在西方文學、藝術中影響很深。其實「蒙太奇」的技巧發明，是從中國六書的「會意」而來，「會意」由兩個或多個獨體字組成，以所組成的字形或字義，合併起來表達此字的意思。例如「解」字就是用「刀」把「牛」和「角」分開來表達。（維

基百科，2012c）蒙太奇表達的方式也是相同，每一個象形元素各自應合一件事物，但是組合起來應合一個意念。在電影中把意義單一、內容中立的畫面組合成意念性的脈絡與系列。「月落烏啼霜滿天」，以詩中許多意象並置的情況，月兒落下、烏鴉啼叫、天空布滿寒霜，讀者在欣賞後就能感受到氣候的「冷」，旅人心情的「冷」，月亮的「白」、寒霜的「白」、天空的「黑」、烏鴉的「黑」，引發讀者淒涼的惆悵心情。

　　文學意象呈現也有與戲劇、音樂呈現的相通處，以杜甫的〈聞官軍收河南河北〉為例：「劍外忽傳收薊北，初聞涕淚滿衣裳。卻看妻子愁何在，漫卷詩書喜欲狂。白日放歌須縱酒，青春作伴好還鄉。即從巴峽穿巫峽，便下襄陽向洛陽。」整首詩讀起來非常的快速，層層轉折，就像音樂中的快板，幾乎沒有多餘的時間加以思索，整篇在文字上都有說明的文字，就像一個演出的戲劇表現出歸鄉的心情。（葉維廉，1999：217）這部分在第五章第四節節奏意象與跨域已有說明。

　　綜合上面所說，文學意象呈現的方式比藝術意象呈現的方式更為豐富，文字有多義性，透過明喻、隱喻、象徵等方式有多種形式可以表現。而繪畫除了實物描繪外就是藉實物隱喻方式呈現，但是終究必須具體的畫出物象，所以限制了表達的多義性。雖然如此二者，在意象呈現的技巧上是相通的，都可以構成心靈上畫面的呈現及引起節奏、韻律的感覺，都能傳達作者的思想與情感。

第三節　多方連結變象的異同

　　意象的呈現方式除了直接塑象，表達意象之外，還有運用借喻或隱喻的方式，表達出另外一種隱含的意思，也就是象徵另外一種意思，讓意在言外。不過，直接塑象和輾轉示象的表現方式都是以文字作為材料，以呈現出思想和情感。在前兩節舉了一些的例子說明。文字意象除了文字所呈現的意義之外，在作品的形式上，也有突破文字只表達意義的限制，以一種反造象美、解構的方式去創新，也就是用諧擬或拼貼的手段讓人感到顛倒錯亂。周慶華的〈仿連連看〉（周慶華等，2009：184）這

首詩不提供任何可以相連機會，這是在諧擬解構制式教育中考試命題的權威盲從性。這樣詩的形式，不再只是模象的塑象，或者是造象的象徵方式，而是在形式上表露出如何的去拼湊異質材料的方式。拼貼的方式就是一種變化產生，文字呈現的方式打破了原來該有的單線持續發展的相互關係，這逼得我們非得雙重注釋或者重新解讀，重新解讀它在上下文的關係，或者這些片段構成，是否重新組成新的意義。在周慶華〈禪悅〉（同上，185-186）以不相關的禪語並列，支解既有相關「完整」流程性的禪悅體驗，這樣的意象呈現美感方式，也屬於文字多方連結意象的一種表現方式。另外，陳克華的〈車站留言〉（同上，186-187）也有拼貼的意象效果。

　　文字採多方連結，除了文字本身的意義產生運用上面所說的重新組合成一個整體，讓作品產生一個新的型態、新的意義之外，詩在排列上也有圖像的效果。欣賞詩除了文字本身所產生的意象美感之外，還有就是整體觀看詩歌所產生的圖像的效果帶來的意象，例如前一節提到的陳黎〈戰爭交響曲〉。圖像詩依丁旭輝的看法是：「利用漢字的圖像特性與建築特性，將文字加以排列，以達成圖形寫貌的具象作用，或藉此進行暗示、象徵的詩學活動的詩。」（丁旭輝，2000：1）所謂「利用漢字的圖像特性與建築特性」，就是旋字成圖的意思，字經過旋轉、排列，透過新的裝置技巧，它所呈現的已經不單純是字本身所負荷的意義，它既是它本身意義的原始載體，又因為它與鄰字、它與整體的互動關係，形成不可預估的新意義或僅僅是圖像而無意義的載體。這時的字不只是視覺上的字形、聽覺上的字音、感覺上的字義所推湧出來的綜合藝術體，更是經由革命手段鍛鑄出新的傳播媒介，例如詹冰〈水牛圖〉的「黑」字，在字義上有水牛毛色的「灰黑」的本義，也有圖像擴展的可能，如黑字的構造有牛眼、牛鼻、牛鬚的圖像等。（蕭蕭，2012：131-132）整首詩有水牛的外在形象（生理意象），也寫出水牛的心境（心理意象）。

　　張漢良稱圖像詩為具體詩，他認為具體詩是指「任何訴諸詩行幾何安排，發揮文字象形作用，甚至空間觀念的詩。」他將具體詩分為四大類型：（一）藉由文字的印刷安排達到象形的作用，如白萩的〈流浪者〉。（二）藉文字之外的視覺符號，以達具體的效果，如碧果的〈鼓聲〉，

以逐漸縮小的黑點，表示鼓聲的漸漸遠去。（三）是以發揮詩的空間為目的，藉單字、詩行或意象語的重複或平行排列，造成無限的空間疊景，如林亨泰的〈風景〉、葉維廉的〈絡繹〉。（四）一種特殊的具象詩，如王潤華的〈象外象〉，曾把中國文字的象形、象意和形聲作用，藉詩人豐富的想像力與說文解字詮釋過程，重新具體地發揮出來。理性的詮釋是詩，前面的篆文是詩的本體或具體化。（張漢良，1977：107-108）

　　這種以字為主體加以變造、裝置形成新的傳播媒介（旋字成圖），也是文字的一種多方變象方式。還有一種詩作大量的引進符號，這敘述從標準的文字→文字易容→符號圖繪，林亨泰的詩作就引進大量的符號，是藉助符碼最多的圖象詩作者。陳黎在《貓對鏡》的〈後記〉中說：「我感覺題材對我是次要的，我較在意的是風格。在這些詩中，我或者企圖以似音樂的節制形式，探索、呈現每日生活中的等候、跟蹤我們的苦惱，渴望，困頓，慰藉；或者試著讓文字如線條或色塊，在對抗、呼應、交疊中映現情愛的喜與悲，慾望的輕與重，存在的光與影；或者藉助神話、歌謠之舊瓶，醞釀兼具島嶼風與現代／後現代味之新酒，融生命、記憶之舊雪為新的風景。」（陳黎，1999：197）其中「讓文字如線條或色塊，在對抗、呼應、交疊」就是跨越文字的字面意義，甚至消除文字的字面意義，越位為線條、色塊、符碼。陳黎的《苦惱與自由的平均律》融合視覺與聽覺的聲音詩，帶著某些極簡主義、達達主義、超現實主義、自動書寫的趣味詩，既簡單又複雜，既大膽又節制的實驗，無非是為了讓文字有著字義以外的可能。譬如〈消防隊長夢中的埃及風景照〉，以 352 個「火」字裝置成等腰三角形，「火」保留消防隊長職責所在的滅「火」本意，卻也越位為堆疊金字塔的塊石。（蕭蕭，2012：135-136）這些都是將文學中文字本應表達的生理意象、心理意象、社會意象用跨界越位的方式相通於繪畫的構圖意象、線條意象與色彩意象表現作者的情感與思想。

　　除此之外，還有「網路詩」，更是文字呈現意象的多方轉變方式，如果網路詩只是以文字寫成，發表在網路上與傳統的發表在報刊、雜誌、書籍，二者只是發表媒介的不同而已。所以「網路詩」的不同點在於有別於文字創作，而越界到另一種可能。就像建構「歧路花園」網站的李

順興所說：「讓文字和圖案相互激盪出另一層意義，或是藉由文字圖形化，呈現單一項媒材無法達到的藝術效果。」（李順興，1999）所以網路詩這種超文本的文學在圖像的運用、音樂輔助乃至網頁的互動變化，形成了與傳統單一文本完全不同的多媒體文本的新形式。

詩歌作品在呈現意象的方式上，以文字的意義或者隱含意義呈現，在讀者欣賞作品時這內心已激起有音樂或圖像的感覺，後現代詩作更在形式上作更多跨越文字形式的創作，甚至引入整篇詩作的圖畫外形作用（圖像詩）和加入文字流動和音樂配合的多媒體呈現方式（網路詩），從內隱在文字中到外顯在文字的安排形式上，都企圖連結到音樂及圖畫意象的方向，但是這終究是以文字為主的表現型態。繪畫所表現的意象呈現方式仍是以構圖、線條、色彩等方式為原則，在構圖就是「形」的畫面處理，以表現構思中預想的形象與審美效果，線條的作用表現在對於物象輪廓、形體的描繪；色彩則是使用光線、色彩去表達實體。就前現代、現代的模仿寫實藝術的表現方式，是在真實物體的模仿。運用構圖表達畫面的完整及和諧，線條描繪物體輪廓，色彩、明暗表現物體的存在等方式。但是到二十世紀以後畫家強調的自我感情及創造力表現，則使得構圖、線條、色彩的變化有根本性的改變，跳脫具體描繪與模仿大自然的線條與色彩運用，而加入強烈的意志表現，所以有多方連結的樣貌。如構圖轉向突破透視法，重疊或並置各種物體形象；忽視線條或以粗獷的線條表現情感，將物象轉為幾何圖形；色彩則以大塊面積表現自我情感，並且忽視物體原有自然的色彩，改加入自我的喜好，整幅圖畫更加入主觀的情感甚至是幻象結合。

構圖意象呈現的方式以真實世界的模仿為主，運用黃金比例的方式達到畫面的和諧，運用透視法達到物體具體的描繪。先前提到的西方畫作〈聖母與捐贈者烏爾比諾公爵〉、〈西斯汀聖母〉及東方印度在廟宇、寺廟的塑像等，都是運用黃金比例及透視法的運用。中國山水畫作雖採用移動視點表現深度，但是在構圖上也注重和諧與平衡，如范寬〈溪山行旅圖〉、李唐〈萬壑松風〉、王維的〈雪溪圖〉，這些僅是轉向象徵形式的表達。

　　西方繪畫自 20 世紀後，也有許多轉變，我們從西方繪畫思想的轉變，就可以觀察到繪畫意象如何從具體轉向象徵再轉向多方連結的趨向，藉此也可以看出繪畫意象跨界到節奏與符號形式的呈現。西方以後期印象主義的 Paul Cézanne 及 Paul Gauguin 為開始，將自然（nature）分解為「色彩」（colour）和「型態」（form）兩大要素，慢慢發展音樂和理論兩大系統，音樂系統採取自然的色彩與調和，理論採取自然中的形態，使用類似建築的結構程序，使自然的型態簡化為抽象。以 Alfred Barr 的見解將現代繪畫分為抽象藝術及超現實繪畫，將前者歸納於合理的藝術，而將後者歸納於不合理的藝術。前者相當於理論系統，而後者相當於音樂的抒情系統。超現實的作品如達達運動，這一派的作者企圖在夢幻和潛意識的世界中，發覺其共同意識的一面，也就是從潛意識或不合理的世界中，擬對人性的問題提出解答。（劉其偉，2006：63-64）Paul Cézanne 初期的作品，也是一位追求外光理念的印象派繪畫，但是他反對印象主義對反射光的濫用和色彩分解，另外運用強烈的主觀，將視覺以外的，就是把物象外表所未能見的事物的精神也表現出來。他以多次元觀點，從事物象的變形，藉以顯示他本身對物像的感覺。Vincent Willem van Gogh 以激烈的筆觸表現內在的熱情，追求自己內在精神的光與色，Paul Gauguin 強烈的表現自我感受，為求畫面的平衡，主張改變物體的比例和遠近法；又求裝飾的布置，主張改變物體的固有色。並以色面自由地構成畫面。（同上，67-68）Paul Gauguin 的影響是反對學院派的客觀描寫與印象派的重視視覺。他主張以主觀來解釋自然，意圖達到理想的表現。就是藝術不但要表現內容，更要其內容有價值。主張不要去描寫視覺世界的外觀，而應注重現象象徵性的追求。（同上，71）這是從寫實模仿轉向至象徵的方式。野獸派也是反抗學院派的舊觀念與反抗印象主義，是一群畫家受到 Vincent Willem van Gogh 繪畫表現的影響而產生的。表現特徵完全脫離自然的模仿，發揮出狂熱的創造力，回返到原始藝術本質，兒童純真的本性。以強勁活潑的粗線條，儉樸而醇厚的原色調子，表現整個獨特效果。注重主觀的意志，輕視客觀的形體，就是「內在精神」表白的自覺。又受東方文化的影響。藉著「單純化的線條」，

儘量簡單地表現感情的純真，以最直接地將畫家自身的感覺表現出來。
（同上，72-73）

　　立體主義是形體革命的藝術，從自然形態的本身，追求其形態上的
「美」，從質樸的幾何學表現，獲致美的基本要素，繪畫過程有多點透
視立體的描寫，其表現結果常常是重疊的複合幻影結果在同一畫面上，
前方與後方、左側與右側、周圍的景觀、內外的狀況，同時可以表現出
來。此一注重空間的自由移動與連結，將「視覺」與「知識」的經驗合
而為一，相互結合所表現美的樣式。換句話說，就是否定以往的透視法，
廢棄表現空間的明暗光影，代以幾何形的構成與色面的組成，並以多點
透視觀察物象，就是以「時間經過」同時展現於畫面。立體派中有一歐
飛爾立體派（Orphic Cubism）其中 Orphic 一字係由希臘神話中音樂之神
Orpheus 的名字演變而來，意指此派的繪畫乃運用抽象的形態和色彩，組
成律動的感覺，猶如音樂韻律的構成，表現速度與運動現象。代表的作
家有 Robert Delaunay 及 Frank Kupka。由於表現帶有音樂觀念，也稱為
音樂繪畫主義。（劉其偉，2006：74-76）達達派產生在一次世界大戰戰
後，一般人對於人類的希望產生幻滅，其作品採用一些為一般藝術家所
用不到的材料，對於「既成藝術」極度諷刺，厭惡既成藝術的因襲，否
定一切道德和美學。遠離造型美術，而以騷擾、實驗、自由的手段來表
現，甚至語言和思想都經過漂白。（同上，80）超現實主義是從達達主
義發展而來，所以又稱為「新達達主義」，其基本思想是在尋求人間想
像力的解脫，反擊合理主義。這個主義追求「夢境」與「現實」的統一，
並以全人類為對象作為表現的範圍。畫家從事於潛意識的夢幻世界研
究，與自然主義相對立，不受理性的支配，而憑「本能」和「想像」。
超現實畫家認為他的題材，不但比現實社會更為真實，而且比現實社會
的再現更具有重大的意義和價值。超現實的畫面，可視為以色和形，或
以無意識自動作用，自由地表達人類的最高心意。由於他力圖從幻想世
界擴展到藝術的世界，所以在視覺上更能引起觀賞者的共鳴。（同上，
84-86）

　　就繪畫意象而言，意象呈現的方式從真實的模仿到象徵，轉變追求
個人創造力的表現，甚至廢棄透視法，重疊複合的幻影結果在同一畫面

上，這時空間明暗的光影變化都有一種律動的意象傳達。在構圖意象上，有時若干不同的意象組合成不同的含意，有一些是在相同的畫面上有著不同含意的意象出現，又有一些甚至是非生命的機械或器皿所組成生命動態的繪畫。在線條及色彩意象的表現，捨棄線條的物體具象的輪廓作用，採用各種圓桶型、半圓桶型為構成畫面的要素，追求新的空間表現特徵，例如 Fernand Leger〈三女人〉，甚至以立體主義為出發點特別強調捨棄細節，昇華最純粹的形以為裝飾的繪畫，追求永恆而唯美的畫面，構成清澄、明確、秀麗的線條形體，強調面的分割，例如 Juan Gris〈丑角〉（劉其偉，2006：76），色彩也採取純粹原色作出對比，以強烈的色彩作為自己的表白，舉例來說，到超現實主義的時期，Chirico 的作品，他所用的重複透視法（錯誤透視）和地平線的短縮法，以及非現實的光源；畫面所造成的一種奇異的氣氛使一個有生命的世界，忽然呼吸為之中斷，而形成一個永遠不動和化石相似沈默無聲的恐怖世界。在現代藝術的多向轉變，繪畫由色料的表現，演變至色光的展示。（同上，187-188）

　　文字的意象呈現依然由文字去呈現，繪畫的意象則由構圖、線條、色彩去呈現，多向轉變的想法可能有相近的趨勢，但是在材料的使用仍是不相同。不過，二者的相同處在於，都是想呈現作品創作者自己本身的思想與情感，所以會就現有的運用材料（文字和構圖、線條、色彩）去做出不同的組合與呈現，二者都有朝向運動、節奏的音樂方式發展。

　　其實這是意象情感呈現的重要的方式，節奏意象的呈現就如第五章第四節所提到節奏是有韻律的生命力的律動，一切的藝術都趨向音樂的狀態，例如中國畫特別的表現就在於氣韻生動。節奏更是詩歌的重要特徵，人對節奏有所感悟也就更能意會文學的美感。

　　另外，文字在形式上表露出如何的去拼湊異質材料的方式，呈現的方式打破了原來該有的單線持續發展的相互關係，就如同繪畫意象的呈現，重疊複合的幻影結果在同一畫面上；圖像詩的發展，也由文字本身意義呈現，轉變成加入文字排列的圖像引起另一層意義，這也如同繪畫意象呈現，從意象的真實或象徵構圖呈現轉向純粹色彩與幾何圖形呈現，企圖以呈現類似文字符號的功能，引發主觀的情感。網路詩藉由互動網頁及多媒體配合的方式呈現，企圖連結音樂與圖畫的意象，而繪畫

藝術也是藉由電腦轉向動畫的形態，也是企圖與音樂與節奏動作做出明顯的連結。文字意象呈現生理意象、心理意象、社會意象與文化意象是在表達情感與思想，而繪畫意象呈現構圖意象、線條意象和色彩意象也是如此，雖然二者在脫離前現代、現代進入後現代及網路時代，有許多呈現方式的轉變，但都有從文字符號轉向圖畫符號，或由圖畫轉向類似文字符號的共同想法。

第七章　文學意象與藝術意象表義方式的異同

第一節　喻義的異同

　　意象在文學上的傳達，使用的呈現方式有許多，如同第六章第二節所提到的楊喚〈雨中吟〉「雨呀，密密的落著像森林，我呀，匆匆走著像獵人」，這是一種以明喻的方式使得形象更加鮮明，更具有表現力，更具有生理意象的美感。余光中〈我之固體化〉「在此地，在國際的雞尾酒裏，我仍是一塊拒絕融化的冰」；「但中國的太陽距我太遠，我結晶了，透明且硬，且無法自動還原」，「拒絕融化的冰」以隱喻的方式來表示社會意象中的權力關係，說明身在一個陌生的地方，那種格格不入的感覺。他堅持自己是中國人，拒絕西方文化佔進自己的內心。「中國的太陽」是隱喻，也是一種心情輾轉的表示。這樣的比喻方式作用是將事物的特徵進行描繪或渲染，使得事物更生動具體，給人更深刻的意象；再者運用了比較淺顯易懂的事物對於比較深奧難懂的道理加以說明，能幫助別人更深入的了解。

　　文學上使用譬喻有許多方式，例如明喻、隱喻、借喻……等，主要是傳達意象。在《詩經》中譬喻很多，如〈召南・何彼襛矣〉「何彼襛矣？華如桃李」，周公之女下嫁諸侯，用桃李花形容車服的華麗盛況。〈周南・桃夭〉「桃之夭夭，灼灼其華。之子於歸，宜其室家」，桃樹長得多麼壯盛，花兒朵朵正鮮美。這個女子出嫁以後，一定能使家庭和順。這首詩生理意象塑象十分生動，以鮮豔的桃花比喻少女的美麗，「灼灼」二字又給人照眼欲明的感覺，短短幾個字就傳達出喜氣洋洋、讓人快樂的心理意象。又如〈周南・汝墳〉「遵彼汝墳，伐其條枚；未見君子，怒如調肌」，呈現思念夫君如同早晨饑餓一般的強烈的心理意象。

　　〈召南・何彼襛矣〉「何彼襛矣？華如桃李」，以生理意象來說，顯現優美、崇高的美感，而這種喻義的產生以明喻的方式敘述。〈周南・

桃夭〉「桃之夭夭，灼灼其華。之子於歸，宜其室家」，也是喻義有優美的感覺。而〈周南·汝墳〉「遵彼汝墳，伐其條枚；未見君子，惄如調飢」，喻義就有心理意象的「愛」「懼」「欲」的情感，女子很愛他的夫君，一直思念並等待他的夫君回來，心中又有一些害怕，擔心夫君是否平安，以早晨的飢餓來形容心理上的強烈感覺（古人是一大早先去工作，再回家吃早餐）。

李後主〈虞美人〉「春花秋月何時了，往事知多少。小樓昨夜又東風，故國不堪回首月明中。雕闌玉砌應猶在，只是朱顏改。問君能有幾多愁，恰似一江春水向東流」，這首詞以問天開始，接著問人，然後問自己。整個愁思貫穿其中，表現心理意象中的「哀」「惡」「欲」情感。「春花秋月」多麼美好，李後主卻希望他早日了卻。小樓的東風，卻引起不堪回首的嘆息。故國的江山、宮殿應該都還在吧，只是物是人非，江山易主。從一個江南國君變成階下囚，情感是哀傷哀愁，令人悲恨的。「恰是一江春水向東流」，是以水作為心理意象來比喻愁思，而且含蓄的表現出這樣的愁思如江水一般常流不斷，無窮無盡。詩人白萩的〈樹〉「我們站著站著站著如一支入土的樁釘，固執而不動搖」，以樹緊緊攫住土地作為意象，以明喻方式比喻臺灣人如入土的樁釘，固執而不動搖，表達誓死保護土地的決心（見第四章第二節）。這喻義表達「怒」的心理意象，整首詩為了固守家園而發出堅強怒吼。紀弦〈火葬〉「如一張寫滿了的信箋，／躺在一隻牛皮紙的信封裡，／人們把他釘入一具薄皮棺材；／／復如一封信的投入郵筒，人們把他塞進火葬場的爐門。／／……總之像一封信，貼了郵票，／蓋了郵戳，／寄到很遠很遠的國度去了」，這首詩也是運用明喻的方式把「棺材」比成「信封」，「死者」如「信箋」呈現心理意象，火葬為的是把他們寄到很遠很遠的國度去。這首詩最動人的「詩想」在：死亡猶能將此生的訊息帶到一個新的時空，他不直接寫哀傷也不直接寫表面的形象，他冷靜面對生死作出深刻的沈思（見第四章第二節）。

比喻是意象的傳達方式，除了上面所說的明喻方式，以直喻的方式表達外，還有隱喻的方式，意象要將抽象的意義和情感具體化，可以使用隱喻的方式去傳達；而意象的多義性，就以讀者自己的想像和感受去

體驗和理解。李白〈望廬山瀑布〉「飛流直下三千尺，疑是銀河落九天」，以修辭格式來說，「飛流直下三千尺」是本體，「疑是」是喻詞，「銀河落九天」是喻體，是一個標準的隱喻格式。這廬山瀑布在李白的筆下成了一番崇高壯觀景象。「疑是銀河落九天」這一喻義，讓人感覺聯想如銀河從天而降，整個生理意象豐富多彩，雄壯瑰麗，有崇高的美感（見第四章第一節）。

　　徐志摩〈偶然〉「我是天空裡的一片雲／偶而投影在你的波心／你不必訝異，更無須歡喜／在轉瞬間消滅了蹤影」，使用了隱喻的方式，將自己的情意比喻作天空裡的一片雲呈現心理意象，或許這不只是一首情詩，寫著一個偶然相愛一場而又天各一方的情人而已，詩人領悟到人生中有許多美與愛的消逝，將人生的失落與感嘆寫出來。

　　洛夫〈子夜讀信〉「子夜的燈／是一條未穿衣裳的／小河／你的信像一條魚游來／讀水的溫暖／讀你額頭動人的鱗片／讀江河如讀一面鏡／讀鏡中你的笑／如讀泡沫」，詩的第一段「子夜的燈／是一條未穿衣裳的／小河」以隱喻的方式開始詩的營造，這本來是一句話（子夜的燈是一條未穿衣裳的小河），但是卻分為三段，就造成兩種效果：一方面強調語氣的節奏感，在句子的長短變化上呈現快慢輕重的韻律；另一方面這種韻律也配合文意上的轉變，在文意上強調處於喻體地位的「小河」。其中用來形容「小河」形貌也運用了擬人法。第二段使用了三個明喻「像一條魚游來」、「如讀一面鏡」、「如讀泡沫」。「信」像「一尾魚」的比喻是從「小河」的意象衍生而來，子夜的燈如小河，因此燈下所讀的信就像河中的一尾魚，同時信從遠方寄到手中，與魚游來的動作都具有「從你而來」的相似性。當燈是小河，信是一尾魚，那麼作者在燈下讀信彷如在岸上觀魚，作者從信中讀出的溫暖的心情、感動與人生的真理，化為意象則成了「讀水的溫度」、「讀你額上動人的鱗片」、「讀江河如讀一面鏡」、「讀鏡中你的笑」、「如讀泡沫」（李翠瑛，2006：99-101），深夜讀信心情有些歡喜，有些無奈，有些感嘆，有些明白事理，都是心理意象的呈現。

　　詩歌藉由譬喻的方式傳達意象，明喻的喻義讓人直接了解，隱喻讓人有更多聯想。而繪畫意象表現在構圖意象上，則是直接表現實體，也

就是運用科學的透視法以呈現客觀的物體。在線條意象表現上，則是物象輪廓具體描繪。在色彩意象則是對於物體的真實反映。總括來說，繪畫意象是表現一個真實的存在，在喻義上與文學上最大的差別，是繪畫意象上沒有明喻的方式表現，也不需要以明喻的方式表現。完全是一種物體再現的表現方式，也就是將自然的外貌，在繪畫上重複表現出來，愈像愈好。但是意象終究是表現人內在的情感與思想，繪畫雖然不必以明喻的方式來表義，但是畫中的構圖、線條、色彩表現應該有其特別的意義。以構圖意象來說，對於物體的形的描寫不是只有進行實體的描繪而已，有時是畫家從自己的想像去捕捉物體的形象，有一些對於看不到的透過想象去描繪。在構圖上畫面形的安排與分布就有不同情感的表達（見第五章第一節），而這些就有許多畫家的隱喻在其中。

挪威畫家 Edvard Munch 是表現主義的先驅，1980 年他創作一系列的作品「生命組畫」，題材非常廣泛，以謳歌生命、愛情和死亡為基本主題，畫中用隱喻的手法揭示人類世紀末的憂慮和恐懼。1983 年，組畫其中的〈吶喊〉是最強烈和富刺激性的一環，也是重要的代表作之一。畫面中迎面而來的是一個面似骷髏、雙手摀耳、聲嘶力竭尖叫的人，像恐怖瘋狂的夢魘！蠟黃、消瘦的臉旁和彎曲的身體被背景纏繞吞噬，大海、陸地、天空也被波浪般的血紅線條所淹沒，似乎已無路可逃。畫面呈現狂鬱的氛圍，空氣中強烈色彩與線條所產生的動感令人不安，整個構圖在旋轉中充滿粗獷、強烈的節奏，所有的形式要素似乎都傳達著那一聲刺耳的尖叫。Edvard Munch 以極度誇張的筆法，把人類極端的孤獨和苦悶，以及那種在無垠宇宙面前的恐懼之情，表現得淋漓盡致。Edvard Munch 自己曾敘述此幅畫的由來：「一天晚上我沿著小路漫步──路的一邊是城市，另一邊在我的下方是峽灣。我又累又病，停步朝峽灣那一邊眺望──太陽正落山，雲被染得紅紅的，像血一樣。我感到一聲刺耳的尖叫穿過天地間，我仿佛可以聽到這一尖叫的聲音。我畫下了這幅畫──畫了那些像真的血一樣的雲，那些色彩在尖叫──這就是「生命組畫」中的這幅〈吶喊〉。」（陳國傑等，2010）Edvard Munch 的〈吶喊〉就像驚雷一般，驚醒那些將鄉村美景視作永恆精神歸宿的人的美夢。歷

史的發展沒有帶給人心靈的慰藉，反而有更多的困惑，他用星星表示希望，用落日的餘暉表現出靈魂的渴望。（秦菊英，2006）

　　表現主義的畫家已經脫離印象派描繪眼睛所見的畫風，強調表現主觀的感知和內在的情緒，所以畫中的意象以不同的喻義表達出來。文學與藝術在喻義上最大的不同也就在藝術以寫實方式表達出眼前所見（如印象派），也有以隱喻的方式表達出心中的情感，如表現主義的繪畫 Edvard Munch 的〈吶喊〉，構圖意象表現出人類極端的孤獨、苦悶與恐懼。文學也是如此，只不過文學可以以明喻的方式表達喻義，使人更容易明白文學意象的思想與情感，而繪畫意象則由構圖、色彩、線條呈現。繪畫使用線條、色彩、構圖來表現，容易將想法具象化，喻義明顯，但是也限制喻義的範圍；而文字則本身有多義的性質，明喻和隱喻所傳達的喻義更有空間可以想像。

第二節　象徵義的異同

　　詩人取意象是因為言不盡意，立象可以盡意。象與意之間的關係有許多可能性，詩人將主觀的情感寄託在物象上，王昌齡在《詩格》提出詩有三格：生思、感思、取思，已有所說明，而前一節所說的隱喻方式就能擴展經驗傳達情感。這種詩性的語言能召喚讀者的聯想和想像能力，能「狀難寫之情如在目前，含不盡之意見於言外」。這相當於中國古代的「比」，使用喻義的方式表達作者心中的情感，但是這始終是甲比乙的方式。比在我國一向被視為是詩的一種重要的表現方法。鍾嶸《詩品‧序》說：「故詩有三義焉：一曰興，二曰比，三曰賦。」如《詩經》「螽斯羽，詵詵兮，宜爾子孫，振振兮」，這是一種比喻，所比的事物未曾點名，但是這一對象可能是透過螽斯的一生九十九子來比喻人世間子孫眾多。比起明喻隔了一層，稱為隱喻。明喻與隱喻在於隱喻由於對象沒有點名，因此不像明喻那麼鮮明，所以便必須透過它的表面而進入它的內在，從表面看它是在書寫外在事物，沒有作者自我的存在，

或者是說作者的自我存在沒有明喻那麼明顯，但是所抒寫的事物中必有所指，只要稍加思索便可以理解。（姚一葦，1985：125）

象徵並不是比喻，象徵和比喻雖然都是屬於意在言外，都是有喻義性質，但是象徵所喻義比比喻更為複雜，所表現的形式和內容之間的關連更為曖昧。象徵的形式具有長遠的歷史。（姚一葦，1985：140）原始人的藝術品已具有高度的象徵性，此一象徵性又都與神話或傳說相結合。神話不是個人的產物，是民族的集體產物，從而顯示的是這一民族的精神特性，一種共同意識支配下的精神活動的顯露。神話首先表現為神的世界的建立，這神的世界不同於人的世界，它是人類建立的第一個象徵世界，在這一個世界它不排除真實的事物的模擬，但是絕非是止於對真實事物的模擬。它是在極端的虛幻的假設的條件下構成秩序，是人類想像所建立的完美秩序之一，同時它也有構成意義。這一原始心性的神話世界，對先民而言雖不知所蘊含的意義為何，然而卻提示了後世種種解釋的可能性。原始人類不是創造一個象徵的世界來表示他們的意念，而是更重要的透過它來顯示他們的感情和感覺，是他們對於自身的生命與外在世界的感情和感覺。不只是想像的世界，而是他們所信守的世界。藝術的世界也是如此。所謂藝術的世界，純然是人類的想像的產物，它雖然模擬真實，卻也是一個全新的秩序，是我們人類在真實世界以外所建立的一種秩序，是人類創造的一個符號。這一符號完完全全獨立存在，不是用以代替或代表任何事物，更不依附任何事物而存在。它是人類情感和意念的綜合體，是人類精神或心靈的化身，因此它是多義的或曖昧的，它可以容納各色各樣的解釋，這種解釋不能窮盡，將隨著人類的文明而層出不窮。神話世界是人類建立的象徵世界，也是象徵世界最標準的模式。神話是藝術之母，所有藝術上的各色各樣的象徵實已包含在神話世界中。（同上，127-131）

象徵不是符號，不是比喻，與「象徵主義」也沒有關係，但是它們提示了象徵的重要性能，那就是它的符號性、比喻性和暗示性。此三者構成象徵的三個最基本的性能，也是構成象徵的最基本的條件。（姚一葦，1985：127）

　　象徵以一種看得見的符號來表示看不見的事物，也就是外在符號有一種抽象的蘊含，這種蘊含不只是單純的，而是複雜的，符號和意義兼有約定俗成的關係。這樣的說法，仍不足以說複雜的藝術活動，藝術上的象徵並非如此而已。如銀河兩旁的牛郎和織女星，在中國的古老傳說中便幻化成一個美麗的神話。這一神話世界是人類創造出來的一個象徵的世界。它表現出先民心靈中的感情、感覺和思想。在敏銳的藝術家心中會產生豐富的聯想和幻想，這種聯想和幻想每個人都不一樣，所產生的意義每個人也都不同。同一神話在李商隱的筆下幻化為「恐是仙家好別離，故教迢遞作佳期……惟與蜘蛛乞巧絲」；而在杜甫筆下則不同，因為私會之事在舊禮法的社會是不能相容的，於是牛郎、織女則變成「磋汝未嫁女，秉心鬱忡忡……敢昧織作功」。（姚一葦，1985：140-142）

　　象徵首先以神話的方式出現，神話可以說是集體的潛意識，神話折射出人類對大自然的觀感以及對自身生命的希望。如盤古開天，女媧補天，是初民宇宙觀的象徵；后羿射日、夸父追日，是人類征服自然的希望與失望的象徵；嫦娥奔月，是人類要求自由與不死的慾望的象徵。在希臘神話裡 Narcissus 是自戀情結的象徵；Oedipus the King 是戀母情節的象徵。從神話到寓言是文學作品由無義的象徵轉為有意的象徵。所謂的寓言，是虛構而有寓意的故事。故事的角色可以是人，也可以是動物、植物或無生物。藉由這些角色將作者的意念透露出來，如中國的寓言故事、成語以及佛教和基督教的經典也有不少的例子。象徵可以說是一種體裁，而不純為只是一種方法。

　　以 Moby Dick 為例，牠是一隻遨遊大洋的鯨魚，牠的外型龐大，雪白，傷害過無數的捕鯨船，使捕鯨的人們害怕遇見牠，牠神通廣大，出沒無常，形成一個不可抗拒的龐然大物。但是在作者 Herman Melville 的筆下的這條白鯨則不是一個真實的存在，而只是一種象徵。由於 Ahab、Ishmael 都是《聖經》中的人名，Moby Dick 是在表現一個宗教的主題，認為白鯨所代表的是惡，而船長所代表的是善，它的意義是在表現善惡之爭。也有人認為白鯨是宇宙創造的神秘的象徵，甚至去探討為什麼是白，白代表什麼？是純潔，是高貴？是恐懼？還是邪惡？此一象徵的意義無法確定，只表現出一種高度的曖昧。（姚一葦，1985：145-146）

如果把象徵作為一種修辭的方法，在中國的文學中以詩最為普遍，《詩經》中有「興」的方法。《文心雕龍・比興》說「觀夫興之託喻，婉而成章……故發注而後見」，如把「貞一」「有別」等抽象概念，透過「關雎」「尸鳩」等具體意象表達，這種「興」就是我們說的象徵；而「明而未融，故發注而後見」，則說明了象徵高度的曖昧性。從《詩經》到詩歌，在意象的形式與內容上更為豐富和複雜，所以有關象徵的意義我們也會從形式和取義上去作探討。如白萩〈雁〉「我們仍然活著。仍要繼續飛行……而冷冷的雲翳／冷冷地注視著我們」（白萩，1969：16-17），則顯現心理意象，這隻雁背負家族的重大包袱而仍然活著。仍然要飛行是生命中絕大的無奈，有這「不願被出生」的悲哀，暗示著早日死了好，前途只是一條地平線。以這首詩來象徵臺灣島的無奈。（蕭蕭，2007：198-199）

文學意象的象徵義，運用具體可以感受的文字符號表達內心世界抽象的真實情感，這些文字符號含蓄曲折，能使人產生神秘的聯想。文學與繪畫都是運用這種具體的形象或符號來表現概括的思想情感，使欣賞者可以感知。但是象徵的形象與被象徵的內容之間往往沒有必然的內在聯繫，只是透過人的想像還是可以表現出一種讓人可以理解的關係。如明末清初戴名世詩：「奪朱非正色，胡乃亦稱王」，朱在顏色中是紅，詩中的朱可以稱為顏色，它的本意是象徵明朝，明朝朱元璋開始及其子當政，意思是說滿人是被稱為胡人，奪去明朝的江山，並非正統。在繪畫上，南宋鄭思肖的〈無根蘭〉不像真的蘭花，象徵他的亡國之痛；明末清初的遺老八大山人畫的鳥，方眼眶無眼珠，眼珠也稱作瞳仁，仁與人諧音，很符合目中無人的說法，意指滿人是野蠻人，不在漢人眼下，主要是象徵他的故國的哀痛。（孫旗，1987：187-189）這些心理意象，都藉由象徵義傳達情感。

繪畫意象表達形式與文學意象不同，但是表達的象徵義的作用是相同的。以 Vincent Willem van Gogh 畫作為例，Vincent Willem van Gogh 臨摹米勒的播種者，播種者的形象是 Vincent Willem van Gogh 心中想要表達的主題，除了象徵鄉間勤勞辛勤工作的農民以外，也指涉《聖經》福音書對信仰傳福音的寓言。Vincent Willem van Gogh 常以工人階級作

為題材，食薯者就是這個時代最具代表性的作品。Vincent Willem van Gogh 曾經在書信中曾經表達想法，這些在燈下吃著馬鈴薯的人，他們拿馬鈴薯的手就是辛勤耕耘土地的那雙手，這頓餐也是他們努力誠實賺來的。這幅畫陰暗沈重、虔誠、心存感恩，有如領受上帝的聖餐。四朵向日葵是 Vincent Willem van Gogh 出色的作品，花蕊有如波浪起伏的麥田，巨大的花蕊配合鮮豔如火焰的花瓣，是太陽形體的再現，也是心中熱情的源頭。熾熱燃燒的向日葵象徵 Vincent Willem van Gogh 一股亟欲迸發、旺盛的藝術生命力。Vincent Willem van Gogh 咄咄逼人又詭異美麗的星夜咖啡館，他在信中描述這幅畫：我嘗試用紅色和綠色表達人性赤裸裸的的熱情，房間混雜著血紅色和深黃色，中間還有一座綠色的撞球檯；四盞澄黃色的燈散發出綠色的光芒，四處可見顏色的對比及衝突。正因如此強烈衝突的色彩，讓人感受到夜晚時刻的人性狀態：赤裸、迷惑、詭異的特質。Vincent Willem van Gogh 脫離印象派的技法，企圖以心靈感受描繪周遭環境，發展個人獨特的風格。大膽的配色、厚塗技法、明顯線條痕跡，藉以表達內心強烈的感受。Vincent Willem van Gogh 住進療養院，所繪畫的鳶尾花，由土地生長的鳶尾花顯得蓬勃生氣，充滿生機，代表心中的希望與愛；還有一幅〈好的撒馬利亞人〉，這個故事典故是源自《新約聖經・路加福音》中耶穌基督講述的故事，撒馬利亞人在當時被猶太人認為是不信的外邦人，耶穌主要是在告誡人，鑑別人心的標準，不是種族、身分、地位，在乎的是人心。在 Vincent Willem van Gogh 的心中，弟弟 Theo van Gogh 就是在苦難中與他同在的〈好的撒馬利亞人〉。最後 Vincent Willem van Gogh 的麥田群鴉，是 Vincent Willem van Gogh 心靈痛苦掙扎的象徵，黑色群鴉彷彿死神的召喚，他是向絕望向疾病投降？還是讓自己歸於永恆安息？不得而知。

　　象徵義在文學意象和繪畫意象的相同處，都是以符號來表現，差別在於一是文字符號，一是線條、色彩等符號。另外，文學意象與繪畫意象在象徵義的表現上都具有暗示性，而這種暗示性又不必然是一種約定成俗的關係，欣賞者可以從中去獲取更多解釋的可能，所以除了暗示性以外，在意象的解讀上有更多的豐富與曖昧，也就是有更多的可能。本研究所舉出的一些例子，說明文學意象的象徵義可以以詞句或內容的取

義方式去理解，而繪畫意象的象徵義也可以以線條或色彩單獨的表現或整個構圖的表現去理解。漢民族和希伯來民族及基督教的終極信仰，衍生出來的觀念系統所產生的認知體系如神話、傳說和哲學知識大不相同，因此受到不同世界觀的影響，象徵物本身的取用會有不同，而這解釋的意義會受到各世界觀所體現的文化意象的影響而有不同。

第三節　衍義的異同

　　意象以比喻、象徵的方式表現，都是在表達創作者心中所想要表達的思想、情感。意象在本質上不是靜態的，而是一種可以激起情緒上的流動，引發我們心中相對應的感性經驗。在文學意象裡，文學語言的潛在情緒一部分是來自於聲音，構詞上的聲音也隱喻或象徵某些情感，靠著節奏、韻律使意象呈現更多方面的發展。意象因節奏、韻律而伸展衍義。在氣化觀型的東方文化來說是要表達精神生命，一種生生不息的生命哲學；而在創造觀型的西方文化來說也是表現永遠活躍，向上噴發的生命動力。

　　詩歌的美學特徵透過明顯的節奏得到局部的張揚，一首詩同時也是一曲音樂的作品。美國當代美學家 Susanne K. Lenger 在《藝術問題》指出「詩中的韻律和節奏自然是由詩中的聲音構成，它們是構成詩這種藝術的傳統要素；意象則是詩句所表達的意義的必然副產品。」（Susanne K. Lenger，1983：140）這也說明文學意象因節奏而衍義，節奏可能是詩歌創作時已經產生；也可能是二度創作，就是欣賞詩歌時，因個別情緒的波動而自然產生。大自然的晝夜寒暑，新陳代謝，本身就富有節奏，而且生生不息。人生長在天地之間，節奏的產生是人極其自然的反應，它可以使得許多動作得到協調，而協調後的表現自然會產生一種美感。音樂演奏必然會有節奏感出現，聲音的長短、停頓，都帶來情感的傳達。音樂演奏時，表演者心中對於所要表演的音樂已有明確的節奏感來詮釋，所以節奏才會呈現在所演奏的音樂作品之中。這是演奏者內在的節奏外化的現象，正如《禮記‧樂記》所說的：「凡音之起，由人心升也。

人心之動，物使之然也。」相同的節奏在詩歌中如何產生？詩人在意象
傳達，想要尋覓詩句文字符號時，節奏的樣式已經同時形成，詩人會同
時滿足文字與節奏的樣式，然後呈現出作品。詩歌與音樂相同，節奏感
先詩句而產生，這與文字符號相同都是表達情感的材料，甚至是使情緒
美化的重要工具。情緒本身就是一個波動的狀態，所以節奏自然而然就
成為一種情緒外化的表現。文學意象是情感的傳達，除了文字的使用產
生字義的效果傳達感情之外，字音節奏的運用也促成情緒的引發，甚至
有加強意象美感的作用。前者所提到的二次創作，是欣賞者的情感作用。
誦讀作品時，能加強心中的情緒作用，更可能做出多樣的聯想，產生美
感。文學意象除了比喻、象徵所產生的美感之外，另一重要的美感特徵
則隱藏在聲音之中，而且這聲音的美感傳達也特別富有意義。如白居易
〈琵琶行〉寫琵琶女高超的演奏技巧和她淒涼的身世，其實是抒發他個
人在政治上受到打壓，遭到貶斥的淒涼抑鬱之情。詩中「轉軸撥絃兩三
聲」表現正式演出前的調絃試音；「絃絃掩抑聲聲思」寫到曲調悲創；
「低眉信手續續彈」寫出樂音舒緩的行板，再從「大絃嘈嘈如急雨」到
「四絃一聲如裂帛」寫出琵琶樂音的音樂意象，由快速到緩慢、到細弱
到無聲，到突然而起的急風暴雨，到最後一刻忽然而止。詩人用了一連
串生動的比喻，使比較抽象的音樂形象一下子變成視覺形象，如落玉盤
的大珠小珠，流轉花間的間關鶯語，有水流冰下的絲絲細細，有細到無
聲勝有聲，有突然而起的銀瓶乍裂、鐵騎金戈，使聽者時而悲戚，時而
舒緩、時而心曠神怡，時而驚心動魄。（韓兆琦，2012）雖然是文字的
敘述，但是將生理意象、心理意象、社會意象與聲音做出完美的結合，
在誦讀此詩時，聲音節奏的美完全表露，詩人心中波動的情緒與憂鬱凝
滯的情緒從文字意象衍義出來。這不僅是從詩歌表面的外在節奏韻律顯
現，更顯現在內在情緒抒發的韻律表現。

　　詩歌外在的韻律不是表現意象音樂美感的關鍵因素，固然外在顯現
的節奏韻律能有加強的效果，但是並不是必要的因素，如果詩的意象能
引起他人共感，那麼詩的節奏、韻律自然也會被一起呈現出來。現代創
作的許多新詩不押韻，也不講求段落和字數的統一，字數和韻隨著情緒
的流轉而有不同安排，就像斷裂的散文，但是不注重外在韻律的統一，

可能更開放的自然成韻，也能隨著要表達的內在情緒而能呈現出情緒韻律的美感。如席慕容的〈惑〉「我難道是真的愛著你嗎／難道　難道不是／在愛著那不復返的青春／那一朵／還沒開過就枯萎了的花／和那倉促的一個夏季／那一張／還沒著色就廢棄了的畫／和那不經心的一次別離／我難道是真的愛著你嗎／不然　不然怎麼會／愛上／那麼不堪的青春」（席慕容，1983：42-43），首尾兩段重複的「青春」，「那一朵」「那一張」再一次出現，「花」「畫」「季」「離」的協韻，讓詩聲色俱美。（蕭蕭，2007：74-76）另外，席慕容〈一棵開花的樹〉：「如何讓你遇見了我／在我最美麗的<u>時刻</u>　為<u>這</u>／我已在佛前　求了五百年／求它讓我們結一段塵<u>緣</u>／佛於是把我們化作一棵<u>樹</u>／長在你們必經的路<u>旁</u>／陽光下慎重地開滿了<u>花</u>／朵朵都是我前世的盼<u>望</u>／當我走近　請你細<u>聽</u>／那顫抖的葉是我等待的熱<u>情</u>／而當你無視地走過／在你身後落了一地的／朋友啊　那不是花瓣／是我凋零的<u>心</u>」，此詩從開韻尾換到陽聲韻、在換回響度較低的元音-i-，共換了三次韻（詩中文字畫線處）。（周慶華等，2009：91-92）「陽光下慎重地開滿了花」的花樹設計，「五百年」的誇飾，是讓人不敢聯想的、脫俗的美，就一支出塵不染的荷，引人想望接近又不敢相親。（蕭蕭，2007：80）生理意象的脫俗之美，心理意象的含蓄之情愛，隨著韻律整首詩的情緒的蘊蓄及起伏自然表現出來。

又如徐志摩〈落葉小唱〉「一陣聲響轉上了階沿／（我正挨近著夢鄉邊；）／這準是她的腳步了，我想——／在這深夜！／一聲剝啄在我的窗上／（我正靠緊著睡鄉旁；）／這準是她來鬧著玩——你看，／我偏不張惶！／一個聲息貼近我的床，／我說（一半是睡夢，一半是迷惘：）——／「你總不能明白我，你又何苦／多叫我心傷！」／一聲喟息落在我的枕邊／（我已在夢鄉裡留戀；）／「我負了你！」你說——你的熱淚／燙著我的臉！／這音響惱著我的夢魂／（落葉在庭前舞，一陣，又一陣；）／夢完了，／呵，回復清醒；／惱人的——／卻只是秋聲！」充滿想像與熱情，在熱情之中一唱三嘆，情意隨著詩的音韻節奏聲聲唱出，整篇以聲音的意象貫穿，主角在夢中似睡似醒，與落葉的聲響交融，塑造一個似真似假、若實若虛的情境，同時也述說著作者極度渴望卻始

終無望的悵然情懷。（李翠瑛，2006：55-56）這首詩每段都以落葉的聲音為首，進行聲音的摹寫，如「一陣聲響」「一陣剝啄」「一個聲息」「一聲唉息」，讓聲音如同一個如影隨形的人影，慢慢由屋外進入屋內，由遠而近，近而更近，詩的節奏、韻律在心中升起，描寫出情感的轉折與變化。

　　吳晟寫了一首〈雨季〉：「抽抽菸吧／喝喝燒酒吧／伊娘──這款天氣／開講開講吧逗逗別人家的小娘兒吧／……」，這首詩分為四節，每節最末一句都以「伊娘──」開頭，伊娘──這款天氣；伊娘──這款日子；伊娘──這款人生；伊娘──總是要活下去。」吳晟自己說明「伊娘」沒有任何指涉，單純是一種發語詞、感嘆詞，可以隨聲調變化表露不同的情緒。倘若是音調壓低，如「伊娘──這款人生」是無奈、怨嘆；等同唉；倘若是音調上揚，「伊娘，怎樣」是挑釁，不服；如「伊娘──這款人」是憤慨、不平；倘若是音調平平，如「依娘，人生海海」，則是些許唱嘆又有些看開的人生哲理。詩的意境貴在含蓄，語言的收放有很大的差異。（吳晟，2012）詩雖然以文字呈現，但是在語調的朗誦不同，不管是作者自己寫詩所暗藏的語調，或是讀者所聯想的語調，都有不同心理意象的喻義。

　　文學借用外在的形式所產生的節奏、韻律感或由內在意象傳達的情感所衍義的韻律感，都是求得情感上的和諧然後表現在作品上。繪畫意象中也有這樣的相同點，這種有規律的輕重強弱起伏在人心的作用也可以表現在繪畫裡。在第五章第四節中提到一切藝術都有趨向於音樂的狀態。如中國畫的氣韻生動就是生命的節奏或是有節奏的生命，繪畫中的氣韻就是給人音樂的效果，生動就是指藝術品中呈現出鳶飛魚躍、活潑玲瓏的內在生命的動態美。（黃越華，2004：38-39）在繪畫作品中，畫面形狀的起伏、呼應、秩序和規律的紋理等，都帶給人豐富的節奏美感。

　　藝術節奏是畫家審美情趣的動態表現。節奏在表現的形式上有各式各樣，例如線的長短、粗細，線與線的相接或相呼應。直線和曲線所表達的線條意象不同，例如直線較為直接有剛毅的感覺，曲線則較為圓滑。直線的排列不同，也有不同的節奏。如果是直線的排列有嚴謹的感覺，放射的排列則有擴張、動感；水平與垂直的排列也有不同的情緒表達，

如安靜、崇高、不同的美感。線表現在物象的形象上，物象就會呈現出不同的情感。有些線隱藏在構圖之中，形成不同的構圖畫面，如水平構圖、垂直構圖、S 形構圖又產生不同的美感。這些美感的形成都是來自於線所產生的節奏所帶來的。中國畫中，線的粗細、疾徐、乾濕都有不同，所以能產生不同的節奏、韻律的美。這種線條意象所傳達出來的並不是靜止的，而是有韻律的，這樣的韻律使整個畫面具有動態性。動態可以產生許多不同的情緒效果，使得意象更進一層。中國畫最後趨向於水墨無聲的音樂，是在擺脫有形的色相，擺脫一切形的束負，產生氣韻生動的音樂節奏效果。中國畫裡的構圖意象不是只有比喻或是象徵什麼而已，它那種構圖不依據透視法的表現，而顯現一實一虛的空間節奏，整幅畫面猶如音樂的樂奏，筆墨的皴、擦、點、染，更使畫家從刻畫的形體中脫出，表現心靈的情韻。所以意象不是靜止的情景交融，而是加入了動態的時間意識，表現出生命的精神。

西方畫家表現自然界的實物，色彩在明度、彩度、形狀、色相上的變化產生規律、秩序、協調與衝突的節奏感，繪畫中的實物也因光影的變化而呈現。這種光影所產生的明暗對比，就像旋律一般在欣賞者心中產生動態美。第五章第四節提到的 Claude Monet 的〈日出印象〉橘紅色的光影閃爍在銀色的海面上，這種光影、明暗就顯現出節奏感。Vincent Willem van Gogh〈向日葵〉黃色調的花與陶罐，褐色的桌布與藍色的背景，對比中也富有極強的節奏感。

藝術的節奏感產生的基礎是大自然是一個富有節奏的混合體，日有陰陽，月有圓缺，年有四時，萬物有榮枯生死。人也是有一個生命的節奏存在，生理和心理的節奏自然顯現在藝術之中。中國畫以線條表現出節奏，西方畫以色彩表現節奏，二者繪畫的形式上雖然有些差異，但是都是情感意象在創作者心中自然生成；二者都產生協調的審美感受。

文學裡節奏意象是結合在心理意象、生理意象和社會意象，不能割裂獨立觀察，它不是只有形式或內容上靜止的傳達，它是情感的傳達，由流動的情緒所產生所衍生的感受。繪畫的節奏意象是結合在構圖意象、線條意象、色彩意象裡，同樣的也不是形式或內容上的靜止傳達，而是在創作和觀看時，因線條、色彩、構圖所產生的諧和、對比，在內

心激盪產生的。中西文學意象所蘊藏的韻律、節奏都受到中西方世界觀的影響有所不同，但是都是表現出有生命的節奏。

文學需要時間去理解文字的意義及所指出的意象，尤其閱讀時必須依文章順序，依時間完成，所以節奏、韻律的形成有時間的因素。繪畫則是視覺的獲取，節奏感在創作或欣賞整體作品時在內心直接生成。二者在差異上，文學意象比繪畫意象顯得更具動態。文字符號除意義的指向外，本身還有讀音，朗誦時更顯出豐富的韻律美感；圖畫中的線條與色彩、構圖，則需凝神觀意，所有的韻律與節奏在內心升起變化。但是視覺與聽覺二者之間有很大的差異，繪畫在視覺直接呈現；文學則靠著語音的助陣，藉由反覆的迴旋激盪，而有不同的效果。或許應該說文學更接近音樂。

文學與繪畫的節奏呈現的差異性源自於二者表現的形式不同（一是文字符號；一是有線條、色彩所構成的圖像），表達的內容隨著形式不同也有不同（一是文學內容如詩歌、散文；一是繪畫內容，如山水畫、實物寫實）。從外在的韻律來看，表現也會有很大的差異（如前述文學的節奏感表現及中西繪畫的節奏感表現），但是就內在情感所表達的節奏韻律則為一致，就是以生命節奏為表現的情感，它不是凸出於生理意象、心理意象、社會意象、構圖意象、線條意象、色彩意象之外，而是與之結合而生起的動態情感。它能解除原來以借喻義、象徵而表達的侷限，而使得意象隨情感的流轉而豐富聯想的可能性。

第四節　辯證義的異同

辯證法是一種化解不同意見的辯論方法，人們希望透過有充分理由的對話建立起對事物真理的認知。辯證法以問答進行，是關於對立統一、普遍聯繫和變化發展的哲學學說。它源自於希臘語 dialego，意思是談話、論戰的技藝，也是一種邏輯論證的形式。現在用於包括思維、自然和歷史三個領域中一種哲學進化的概念，也用來指和形上學相對立的一種世界觀和方法論。Socrates、Plato 是古代辯證法的代表人物，他們多以唯

心主義為出發點，包含許多合理的辯證核心，例如真理總是具體的，具有相對性的，在一定的條件下可以向反面轉化。在中國許多古代的學派也有許多辯證法的思想，如道家思想，《老子》的名言「有無相生，難易相成，長短相較」，《易經》中「以柔克剛」、「陰陽相互轉化」、「萬物生生不息」的理念。儒家的「中庸之道」、「過猶不及」都闡述了事物是相對的，事物是運動、變化、發展的。世上除了變化本身以外沒有絕對和一成不變的事物。唯心辯證法，Friedrich Hegel 把它看作是一種概念，而這概念是它自己固有的矛盾雙方衝突的結果。（維基百科，2012d）Friedrich Friedrich Hegel 認為世界歷史的進程由心的「正、反、合」的「對反、重複、超越」原則所支配。另外，馬克思主義哲學則認為唯物辯證法是關於自然、社會和思維的一般科學。唯物辯證法用普遍聯繫的觀點看待世界和歷史，認為世界是一個有機的整體，認為世界上的一切事物處於相互影響、相互作用、相互制約之中，反對以片面和孤立的觀點看物體。矛盾（就是對立統一）是事物普遍聯繫的根本內容，所謂「矛盾」在辯證法中是指「事物內部或事物之間的對立統一的辯證關係」；矛盾的雙方總是「相比較而存在，相鬥爭而發展的」，一切存在的事物都由既相互對立、又相互統一的一對矛盾組合而成。其實這對立統一的思想也是來自 Friedrich Hegel，其中辯證否定觀的否定之否定的原理就是 Friedrich Hegel 的「正－反－合」三階段論，「正」態事物由於內部矛盾的發展，會過渡到反面，成為「反」階段，這是第一個否定；再由反階段再過渡到它的反面，是為否定之否定，經過否定之否定後，事物顯然回到「正」態。在討論的範疇裡，現象和本質、內容和形式、原因和結果、偶然性和必然性、可能性和現實性是辯證統一的。（維基百科，2012e）Friedrich Hegel 認為美是理念的感性顯現，理念是絕對的，不是一個呆滯、孤立的客體，感性的顯現則是理念的客體外在化或客觀化，藝術是心靈的再生，心靈才是真實完美。Friedrich Hegel 也談到藝術的死亡，其實就是一種信仰的崩解，他的藝術哲學是解構／再建構既有信仰和新信仰，藝術死亡是個體意識的覺醒和思想的解放。

　　從古代的樸素辯證法到唯心辯證法、唯物辯證法，顯現辯證普遍存在自然、社會和人們的思維之中；而文學與藝術也存在生活之中，創作

時自然將情感、思想以辯證思維外化為意象顯現。以最早的樸素辯證法觀點來看，古典的詩歌在形式與內容上都有運用動、靜交替，虛、實結合，達到和諧統一的境界。以杜甫〈絕句四首〉之三為例：「兩個黃鸝鳴翠柳，一行白鷺上青天。窗含西嶺千秋雪，門泊東吳萬里船。」其中「黃鸝鳴叫」、「白鷺飛天」是動態顯現，而「雪」、「船」都是靜止不動，就所引起的生理意象的描寫，可以看出動靜相宜富美感的畫面。這是一種正反對比的應用。李商隱〈北齊二首〉之一：「小憐玉體橫陳夜，已報周師入晉陽」，這也是正反面材料的應用，小憐進御是正面材料，周師攻陷晉陽是反面材料，將兩個不同時期的事件連結在一起，構成強烈的反差。（仇小屏，2006：299）從詩的形式觀察這是正、反對比的應用，目的也在產生更一層次的諧和統一，彰顯意象的美感。

　　唐宋詩人常以禪入詩，也看得到辯證的思考。禪是一種體驗，一種生活，就在生活的周遭。禪宗的本質是離語言相，離文字相，但是參禪學佛，吟詩寫文又不能不使用語言思考、不能不用文字書寫，因此常要正說、反說兼陳，或者在言說之後，忽然棒打、叱喝，從中認得自己的自性。這種二道相因的思維方式就是「正」、「反」並陳，在「有」「無」之間來往探索，因而領悟道理。（蕭蕭，2004：111）現代詩也常有「正」「反」結合使用的思維方式，洛夫〈絕句十三帖──第一帖〉：「玫瑰枯萎時才想起被捧的日子／落葉則習慣在火中沈思」，可以用「正」、「反」、「合」去理清詩人的思維，「玫瑰枯萎」為正，「被捧著的日子」為反，「落葉則習慣在火中沈思」為合。周夢蝶〈行到水窮處〉：「行到水窮處／不見窮，不見水──／確有一片幽香／冷冷在目，在耳，在衣。」可以解析「行到水窮處」為正，「不見窮，不見水──」為反，「冷冷在目，在耳，在衣。」為合，呈現出「無住」的美學。（同上，120）如同周夢蝶解說王維「行到水窮處，坐看雲起時」，他認為表面看這兩句話寫水和雲，好像沒有深意，事實不然，水和雲這兩種東西是個象徵，是個動象，也可以說是生命的象徵，雲是動的，水是動的，生命也是動的，所以他拿雲和水來象徵生命。水流到不能再流的盡處，雲剛剛升起，這是說最高真理，生命的盡頭也是生命的開始，生命的開始也是生命的盡頭。這是唯心辯證的提升。（同上，138-139）

　　不管是詩形式的鋪陳，或是內容喻義的呈現，都從「正」、「反」、「合」中，辯證得到更深一層的意義。上面所敘述的是模象與塑象所使用的辯證方式，到了後現代詩歌，隨者文字意義的解構，創作也有可觀處。後現代所嘗試「以解構為創新」的作法，對原受「傳統深重制約」的非西方社會來說，引為自我瓦解的動力，顯然要比現代激勵大家去創新形象或創新情境來的容易；以致於後現代一出現，很快就普遍感染到非西方社會。（周慶華，2011：143）後現代的知識發展得到突破，各種系統的看法紛紛出籠，社會的價值觀及生活形態朝向多元主義邁進，在資訊的重組和再生之間，大家發現「內容與形式」的關係也可以解構。許多資訊都可以相互交流、重組再生。（羅青，1989：316-317）後現代的解構思潮是解構「邏各斯」（logos）中心起家，極力於破斥西方古來「語言」有特定表意的信賴誤失，本來語言符號一旦被選定，它就有內涵和外延等意義可以指稱，二十世紀初，結構語言學的興起，主張語言是自我指涉的，受到這樣的啟發，文學批評界建立起結構主義的流派，把原有的語言和言語對列的觀念，轉換成文學的「意象」、「事件」等組合和選擇，它們可以重新組合成同結構而不同題材的故事。接著再次發展為後結構主義的語義「轉折」，轉向對整個文本相互指涉的關懷，而形成各文本在相互對話或戲謔或爭辯的繁複景象。最後是解構主義的消解，主要是消解一切的結構體（包含傳統的邏各斯中心和先前相關結構主義的結構觀念等），而防止「意義」被壟斷或不當「權威」宰制。它從意符的延異起論，而後推及文本的無盡指涉現象，來佐證解構的必要性。其實最後大家又發現解構主義本身又成了新的邏各斯中心，它所蘊含的自我解構也使得它在解構別人時不具效力（也就是「延異」本身也要延異，這樣的解構主義就沒有理由說別人所使用語言的意涵不確定或無限延後）。（周慶華，2011：143-150）不過文學上的詩在意象傳達的思想、情感上卻因此有一番新的樣貌，後現代主義者沒有具體的目標，如果有就是「去中心化」與「去正當性」，這種「去」是去除二元的對立，但是又與道家的泯除界線、回歸渾然不同，後現代的網絡以肆意連結，刻意戲耍，讓二元之間的關係不確然、也不確定。（蕭蕭，2012：25）

如羅青的〈吃西瓜的六種方法〉：

　　第五種　　西瓜的血統

　　沒人會誤會西瓜是隕石
　　西瓜星星，是完全不相干的
　　然我們卻不能否認地球是，星的一種
　　故而也就難以否認，西瓜具有
　　星星的血統

　　因為，西瓜和地球不止是有
　　父母子女的關係，而且還有
　　兄弟妹的感情──那感情
　　就好像月亮跟太陽太陽跟我們我們跟月亮的
　　一，樣

　　第四種　　西瓜的籍貫

　　我們住在地球外面，顯然
　　顯然，他們住在西瓜裡面
　　我們東奔西走，死皮賴臉的
　　想住在外面，把光明消化成黑暗
　　包裹我們，包裹冰冷而渴求溫暖的我們

　　他們禪坐不動，專心一意的
　　在裡面，把黑暗塑成具體而冷靜的熱情
　　不斷求自我充實，自我發展
　　而我們終究免不了，要被趕入地球裡面
　　而他們遲早也會，衝刺到西瓜外面

　　第三種　　西瓜的哲學

　　西瓜的哲學史
　　比地球短，比我們長

非禮勿視勿聽勿言，勿為——
而治的西瓜與西瓜
老死不相往來

不羨慕卵石，不輕視雞蛋
非胎生非卵生的西瓜
亦能明白死裡求生的道理
所以，西瓜不怕侵略，更不懼
死亡

第二種　西瓜的版圖

如果我們敲破了一個西瓜
那純粹是為了，嫉妒
敲破西瓜就等於敲碎一個圓圓的夜
就等於敲落了所有的，星，星
敲爛了一個完整的宇宙

而其結果，卻總使我們更加
嫉妒，因為這樣一來
隕石和瓜子的關係，瓜子和宇宙的交情
又將會更清楚，更尖銳的
重新撞入我們的，版圖

第一種　吃了再說（羅青，2002：186-189）

以這首詩而言，處處顯露戲弄讀者的伎倆，題目是〈吃西瓜的六種方法〉，但是第一行卻從「第五種　西瓜的血統」寫起，讀者遍尋不著「第六種」吃法，這是「作者已死」的理論實踐，留給讀者參與的空間。（蕭蕭，2012：36）這首詩在形式上解構了詩題和內文的相應度（除了「第一種　吃了再說」跟吃西瓜的方法有關，其餘表面看來都不相涉）；而在技巧上則解構數量（詩題說吃西瓜的方法有六種，但是內文只出現五種）、排序（不按一般順序排列）和標點符號的使用方式（內文任意

加標點，有別於平常用法），它在解構後又建構了一些東西（如暗示讀者不妨品賞西瓜的血統、籍貫、哲學和版圖等，而後才享用它，可能比較有「滋味」，或者讀者想要怎樣吃西瓜，所保留「第六種」可以自己去決定）。（周慶華，2011：152-153）詩的解構，讓詩留下許多辯證的空間，如作者的想法與讀者的參與思考，但是不管運用怎樣的形式與內容，最後都不免要借助意象的重組來徵候所要解構一切事件或觀念的（支離破碎）的狀況，這是詩作為文學的一環所明顯沒有遭到解構的。換句話說，後現代詩雖然解構了很多東西，唯一沒有解構的是自己。（同上，166）只是意象所傳達的情感，因為解構後，重新塑造新的意象，而這其中的意義就在辯證之中不停的轉換，表達出不同的想法和情感。周慶華的〈看二二八自傳〉（同上，153-156）內文中數字取代文字消解悲情，但是數字一直存在，卻也無法完全消解悲情，數字代表的是同情，還是厭煩，可以有許多不同的解讀。

　　以語言的特定表義或語言的自我指涉，重新安排對列的方式，或是消解一切的形式，重新建構，都使得意象在正反或多元的意義下，透過辯證得到新解。例如古典詩運用文字的固定意義，在形式安排中以正反、虛實表現出張力，在正反的意義下得出新解，後現代詩則解構一切後再建構新的意義，都使得意象呈現出新的面貌。

　　在繪畫方面，寫實繪畫在構圖上、線條上、色彩上都求取真實的模仿，但是為了求取情感上的表達，在繪畫裡也會運用正反、虛實的搭配，呈現出主題，或者提示要表達的情感。在構圖上使用透視法和黃金比例達到美感的獲取，或者使用構圖畫面比例大小凸顯主題。在線條上粗、細線條安排上，以直線、曲線交互運用讓人產生美感。在色彩上運用相近色或對比色產生心理上的變化以產生美感。這些應用，在觀賞者的心裡都產生落差後又歸於統一的美感。不過，這些意象都被統合在畫裡，可以經由個人內心的感應而獲取。現代繪畫從模仿轉為畫家主觀的情感表達，但是都還不脫離主題意義的傳達；到了後現代繪畫後，這些繪畫的基本規則被打破了，許多繪畫的元素被支解或並置在畫裡，其中的意象不得不經由辯證思考後而獲取。超現實主義受到弗洛依德的精神分析學影響和 Henri Bergson 的直覺主義的影響，強調直覺和下意識，對傳統

藝術有了很大的影響，藝術上的表現以探索潛意識的矛盾為主，如生與死，過去和未來等。超現實繪畫為了表現與真實世界的扭取或矛盾，它們也採取精細而寫實的手法來表現超現實的世界，甚至出現幽默的效果。（維基百科，2012f）例如 Salvador Dalí 的作品〈記憶的堅持〉，雖然 Salvador Dalí 自己對於這幅畫的由來做過許多說明，但是也沒解開欣賞者心中的謎，作品中蘊含的意義，大家都有不同的看法。癱軟的時鐘掛在樹上，或搭在平臺上，或披在怪物的被上，好像這些時鐘時間太久了，已經疲憊不堪，時間的流逝對於人活在物質世界中，有強迫性的逼迫作用。超現實的繪畫表面看起來是一種對現實的扭曲，但是傳達出的意象卻能表達出人生命中的情感，這種現實反常的表達，卻也帶出真實描繪心理的效果，頗符合中國古典「反常合道」的想法。這種對於畫面的解構，讓畫裡的物件不按寫實的方式排列，也沒有透視法的約束，看起來是分裂的，卻又可以找到一些相關的意涵。在意象的取義上，頗有辯證思考的空間。這樣子的繪畫也相當於接近詩的效果。反現實的表達，境界有如禪宗的表達，在「正」、「反」與「有」、「無」之間往返，在矛盾中找出真理，表面看起來是荒謬的卻能傳達真實的情感描繪。

　　就詩和繪畫的意象辯證形式來說，二者都運用符號，詩運用文字，繪畫運用圖像表達。差別在於詩使用文字的延異效果很強，形成意符不斷的追蹤，造成意義無盡的指涉，而後文本也演成相互指涉，造成意象的繁複。如徐志摩〈再別康橋〉「我揮一揮衣袖，不帶走一片雲彩」發現裡面隱含有灑脫的心境，為自然主義或道家思想所滲透，又為虛無主義或反理想主義所滲透。（周慶華，2011：149）而繪畫傳統的寫實特色，符號所蘊藏的美學本質被隱藏起來，如果要積極的賦予它美感的意義，必須在具體的形象上做出一些變化，例如將光影的效果摒棄，將繪畫完全平面化，所繪出的形象在演變後，所具有的意義並不像文字一般可以無盡的延異。再者繪畫沒有像文字符號、文本有互相指涉的作用，繪畫是在有限的畫布上產生，它是有一個周圍的限制，所有的圖像都必須匯集在方框之內，意象辯證的傳達只限制在畫面所產生意義。

　　不管是文學還是繪畫，作者都是想傳達思想和情感給讀者或欣賞者。文學所產生的形式可詳盡描述，也可以化繁為簡。繪畫則儘量化繁

為簡，以視覺的經驗直接接受了解意涵。傳統繪畫寫實表現讓人有如置身其中，因而獲取美感，進入超現實繪畫又希望欣賞者能在直覺參與中發現特別的意象。在獲取意義的時間上，文學長於繪畫，也就是文學經過對文字努力辯思更能有機會獲取繁複意象。而繪畫就是在直覺下，有短時間的經驗和偶發性的效果。

就文學與繪畫二者的解構力道來說，詩強過繪畫的表現，詩在產生時意象已在創作者的內心完成，這不是強為創作的一種拼貼效果，如果要進行辯證獲取新意，依然有脈絡可尋。而繪畫在創作前想保有繪畫者的意象表達，又能有空間讓其他人從中獲取新意，不是一件容易達成的任務，如同 Salvador Dalí〈記憶的堅持〉，他也僅能說出創作的緣由。這種在混雜想法下的創作，作者本身都很難自圓其說，其他人想介入欣賞並強說意義，恐落入支離破碎的狀況。

就表現的內容來說，文學所表現的可以有唯心辯證的產出，也可以有唯物辯證的產出，完全是主題構思與材料選擇的應用。例如電影《蝴蝶》的故事，老人與女孩在山上尋找依莎貝拉，二人在路上不斷的衝突，最後二人都尋找到心中的依莎貝拉：老人找回對兒子的愛，女孩找到對母親的愛。這是正反辯證後理念的提升，是唯心辯證的模式。另一電影故事《那山那人那狗》則是唯物辯證的模式，父子兩人在送信的路上，不斷的衝突化解，找到對彼此的了解，這是從對立到統一的發展模式。繪畫的表現意義中，唯心辯證的想法和唯物辯證的想法會在畫中相互作用，首先構圖、線條、色彩在畫面中安排布局，藉由對比與調和後，產生統一的畫面（唯物辯證）；而畫所代表的美感的意象是由畫面所產生的效果，傳達在人心中而產生的，這是在人內心經由辯證而上升的美感理念（唯心辯證），二者是相輔相成、相互制約的。

文學與繪畫的辯證義，形式上有文字與圖像符號所產生效果不同，所獲取意義的經驗時間不同。在內容上文學有唯心辯證和唯物辯證不同的取向，而繪畫是二者相輔相成，先具象再從「象」中提升「意」。文學與繪畫因為形式與內容的表達差異，在解構的力道上因此不同，在意象的獲取上也就有多寡和層次上的差別。

第八章　相關比較成果在語文教學上的應用

第一節　藉以提升閱讀教學的美感效應

　　以閱讀教學來說，我們可以將「閱讀教學」拆成「閱讀」與「教學」，先釐清「閱讀」什麼。在本研究中所探求的文學與藝術，就是我們閱讀的材料，這二者都是符號所構成。一是文章或作品，是書面語。一是繪畫，是類語言的符號，是我們運用顏料去呈現的作品。而本研究所探討的文學與藝術的意象分析及其差異，就是我們在閱讀時可以使力的地方。藉由這樣的了解，讓我們在指導學生時，可以更了解我們所要教導的目的與如何運用教學的策略去達成。

　　「教學」一詞，以「教」與「學」分立來看，有時偏重在「教」，有時偏重在「學」。如果以「教學」整個詞來看，意思是教導人來學習。但是這二者都不脫離「經驗傳授」。閱讀教學就可以看成閱讀經驗的傳授，也就是教師對學生在如何閱讀語文這個範圍的啟發和教導。（周慶華，2007a：5）這其中必須要有一個好的方法可以達成目的，所以我們就必須回到有關語文的知識經驗或規範經驗或審美經驗，然後透過描述／詮釋／評價的方法來進行。（同上，8）本節所探討的重點在於提升審美經驗，所以在閱讀語文的知識經驗或規範經驗部分就略去不談，但是審美經驗的達成，部分也必須由前者的支持才能有更好效果。

　　閱讀教學在語文教學裡是相當重要的一部分，在傳統的課程設計上基本上是依循泰勒法則（Tyler rationale）：「目標選擇－教材選擇－教學實施－評鑑」的工學模式，此模式的課程在閱讀教學裡是希望由人類精神遺產中篩選出「文化財」，從中再精選出「教育材」，並予以編排以傳授下一代。（中華民國課程與教學學會主編，1999：32）這與前面所談到的「閱讀教學可以看成是閱讀經驗的傳授」，實施並沒有不符合的地方。就本研究所關注在閱讀教學美感這一部分，關鍵在於目標選擇、

教材選擇、教學實施是否能提升閱讀後的美感經驗，評鑑的部分是否能多元選擇，讓學生有創新思考的機會。其實這其中已經隱含從現代課程跨到後現代課程的轉折，後現代課程認為泰勒法則太過看中教學目標的優位性，要求經驗、方法和評量都必須符合目標的中心，忽略了經驗的反省性和擴展，以課程設計而言應多注重循環性，學習過程中的任何測驗、報告或作業都是另一個探索、研究與討論的開始。（同上，36）想要提升學生的閱讀美感經驗，除了教師自己廣闊的經驗傳授外，也必須注重學生歧異多元的想法，才能完成。目前閱讀教學的實施在九年一貫的閱讀能力指標中對於閱讀美感經驗的提升並沒有太多的幫助，例如指標中有「能掌握閱讀的基本技巧」、「能流暢朗讀文章表達的感受」、「能欣賞作品的寫作風格、特色與修辭技巧」、「能經由朗讀、美讀與吟唱作品，體會文學的美感」，這些「能怎麼樣」似乎對於教學只是一個提示作用而已，教師還是需要自己多思考，自己先設定好閱讀教學的層次、釐清閱讀的性質再選擇教材，並據此安排彈性的教學拓展學生的經驗。

　　一般性的閱讀教學，大概都是依據文體的分類進行教學，也就是教學各類文體的閱讀，例如記敘文的閱讀、說明文的閱讀、詩歌的閱讀、小說的閱讀等等，實施的方法不外乎介紹讀物、共同閱讀、課後講述、討論讀物內容等等。（羅秋昭，2006：171-183）在提升美感經驗的閱讀教學可以設定在先閱讀後教學的層次，也就是教師本身先充實閱讀的經驗，再設想學習者的狀況，然後按部就班去引導學習者重現自己的學習過程，也就是經驗的異己再現。（周慶華，2007a：49）。

　　提升閱讀教學的美感經驗在閱讀文體的選擇上，以抒情性的文體較為適合，抒情性的文體包括歌謠、抒情詩與抒情散文。如果要進一步對這些文章有更近一層的透析，則必須去了解文章中意象的美感是如何形成及表現，也就是在第三章所探討的意象的類型與功能、意象的伸展情況。這些都不是初次閱讀或閱讀未深的人所能察覺的。

　　就文體的選擇上，教學者必須了解文體依演變的方向有前現代文體、現代文體與後現代文體（包含網路時代文體），這些文體在美感的類型表現就有所不同，從前現代到網路時代可以分為優美、崇高、悲壯、

滑稽、怪誕、諧擬、拼貼、多向、互動等類型，這些美感類型都分別顯現在不同時代的文體，如前現代文體表現的模象美（優美、崇高、悲壯），現代文體表現的造象美（滑稽、怪誕），後現代文體表現的語言遊戲美（諧擬、拼貼）及網路時代文體表現的超鏈結美（多向、互動）。而這些美感類型上升到文化影響的範圍，又必須注意三大文化系統所生的影響。這三大文化系統有不同的寫實（模象）表現：創造觀型文化中的寫實主要是在模寫人／神衝突形象的「敘事寫實」；氣化觀型文化中的寫實主要是在模寫內感外應的形象的「抒情寫實」；緣起觀型文化中的寫實主要是在模寫種種逆緣起的形象的「解離寫實」。（周慶華，2007b：13）這三大文化系統做出不同的文學表現所生成的文學情感是不同的，如挑戰自然／媲美上帝（創造觀型文化）、諧和自然／縮結人情（氣化觀型文化）、自證涅槃／倒駕慈航（緣起觀型文化）所衍生出來的喜、怒、哀、懼、愛、惡、欲是有質性上的差異。我們在教導閱讀時必須從選教學材料到描述、詮釋教學材料時要小心區別，小心因應才能有見識與心得，也才能將自己的經驗再現，傳達給學生了解。例如格林童話中的〈白雪公主〉文中擬人且聯想翩翩的寫法，為西方創造觀型文化傳統所有媲美上帝「造物」能耐的一種舉措。其中「魔鏡」、「毒蘋果」、「七矮人」、「鐵鞋」等生動意象的塑造和王后毒害白雪公主、七矮人解救白雪公主、王子獲得美人歸、王后遭到報應等曲折情節的經營，所見的審美感興則介於悲壯和怪誕之間。（周慶華，2007a：57）

　　上述九種美感類型可以作為教學時引導學生分辨並建立美感經驗、了解作品風格的依據。風格總是關連形式和意義，本研究提出的意象分類（生理意象、心理意象、社會意象、文化意象）可以交互搭配運用。例如教學崔顥〈黃鶴樓〉「昔人已乘黃鶴去，此地空餘黃鶴樓。黃鶴一去不復返，白雲千載空悠悠。晴川歷歷漢陽樹，芳草萋萋鸚鵡洲。日暮鄉關何處是，煙波江上使人愁」，這是一首描景、寫情、寓事的詩。中國氣化觀的影響下所引發的模象美，以生理意象的呈現有黃鶴，「黃鶴」二字再三出現，頗有氣勢，隱含崇高、悲壯的美，「黃鶴一去不復返」引自仙人乘黃鶴過此，本來就是虛無的事，現在拿來比喻隱藏著歲月不在的意思。那白雲悠悠、仙去樓空已有愁悵的感覺，加上從黃鶴樓上眺

望漢陽城、鸚鵡洲更增添世事茫茫的感受，這是心理意象描繪哀愁的心情。這哀愁的的心情，因詩句中從「白雲悠悠」到「晴川草樹，歷歷在目」，由暗到明更增添張力。最後兩句「日暮鄉關何處是？煙波江上使人愁」又重回渺茫不可知的狀態。教學者先有一番想法後，在引導時自然能提高對美感的意識。杜甫〈絕句〉「兩個黃鸝鳴翠柳，一行白鷺上青天。窗含西嶺千秋雪，門泊東吳萬里船」，這也是一首寫景的詩，黃鸝、翠柳、白鷺、青天、雪構成色彩鮮豔對比的圖畫。詩中所指出的空間有上（白鷺）有下（黃鸝）有近（船）有遠（雪）。這在教學上除了上面所說的氣化觀型的模象美感所指出的優美風格生理意象，也可以相通於構圖與色彩意象，表現出優美繪畫意象。再進一步引導春天帶來的景象造成心理的情感變化。「門泊東吳萬里船」暗示著心理所想著的事，要不要去東吳？抒發詩人熱愛祖國山河及喜悅的情感。這樣教學引導除了指出生理意象的優美和心理意象的喜悅，也指出文字色彩意象所帶來的希望感受。

美感除了比喻形式促成之外，也有象徵的形式，這在第七章象徵義中已經提及，這是表義的一種方式，清楚象徵的作用，就能更深一層挖掘美感。白萩〈雁〉（見第七章第二節）作品，這隻雁的前途只是一條地平線，以這首詩來象徵臺灣島的無奈。當然學生也可以有自我的創見挖掘其他不同的象徵意涵，在這過程中擴大了美的領悟。

西方詩歌所展現的創新也必須在教學中觸及，讓學生更能馳騁想像力。舉例來說：

十四行詩（二）　　莎士比亞

四十個冬天將圍攻你的額角，

將在你美的田地裡挖淺溝深渠，

你青春的錦袍，如今教多少人傾倒。

將變成一堆破爛，值一片空虛。

那時候有人會問：「你的美質——

你少壯時代的寶貝，如今在何方？」

回答是：在你那雙深陷的眼睛裡。

只有貪慾的恥辱，浪費的讚賞。
要是你回答說：「我這美麗的小孩
將會完成我，我老了可以交賬——」
從而讓後代把美麗繼承下來，
那你就活用了美，該大受頌揚！
你老了，你的美應當恢復青春，
你的血一度冷了，該再度沸騰。（方平等譯，2000：216）

　　整首詩顯得聯想翩翩，光是前四句就遍採隱喻、換喻、借喻和諷喻等技巧。這是創造觀型的模象美的情感發揮，西方人創作的作品是詩性思維，不像氣化觀型的創作是「以物喻志」，而是馳騁想像力，更長於象徵，使得作品不再只有一種面貌。（周慶華，2009：10-11）這從前代寫實的模象寫實，進入「造象」階段，教學時可以從寫作修辭技巧探索其中的變化，及引導學生思考詩中喻義及象徵義，擴大想像空間，從而產生美感。

　　前現代、現代文體中模象寫實風格和造象的新寫實風格，使用不同的塑像方式，在技巧呈現上使用喻義或象徵的方式使意象顯出。所以喻義、象徵形成的技巧及作用都應深入剖析探討。另外，節奏、韻律也是美感的重要環節，詩中的文字排列、聲音押韻能進入心中激盪美感，結合文字意義後使得情緒更為顯出，如白居易〈琵琶行〉、席慕容〈一棵開花的樹〉（見第七章第三節），詩中內在的詩意及外在的韻律（聲韻）在教學中也作為教材，一定有助於提升美感的學習經驗。這些在教學者心中先有預見，再步步引導，可以見到成效，使用的方式是講述或者是討論，都可以視情況而定，斟酌使用。

　　現代文體中的滑稽、怪誕已快進入語言遊戲的階段；至於後現代文體中的諧擬、拼貼風格，則是反造象美的呈現，其目的是希望以解構作為創新，教學時也應引為教材擴大視野，周慶華的〈仿連連看〉（見第六章第三節）文字呈現破除以往單線持續發展的相互關係，所以閱讀時必須重新解讀這上下文的關係，重新組成新的意義，以這樣類型的文章

觸發學生的思考，畢竟美學也不是單線的邏輯思考，美感是一種體悟，在解構文體後，可能有新的經驗替代而成。

最後是文字呈現的跨界，圖像詩將文字排列成圖案也成為一種美感的新體驗，如陳黎〈戰爭交響曲〉呈現意象、節奏與圖像作用（見第六章第一節），詹冰的〈水牛圖〉在字義、圖象呈現上都有牛的形象和心情（見第六章第三節）。網路詩結合多媒體的樣式，這已經突破單一媒材的表現方式，讓意象呈現有多方的轉變，企圖連結圖像與音樂，但這是外顯形式的突破，也造成文類的泯滅，是否能引起讀者心中的共鳴，還是得由大家來評價一番。《妙繆廟》的作品前衛性和創新性都非常高，作品大概分為幾個類型：一是靜態的具象詩，以文字構成圖畫，或支解、重新排列文字，而形成新的意義；二是以純文字構成的虛擬音樂，提醒讀者傾聽在虛擬空間的文字，也可以引發讀者自行構念一首音樂；三是動態的具象詩，完全沒有動用到文字，但是絕對飽含詩意；四是多媒體的裝置藝術，以動畫拼貼出「現代感」。（周慶華等，2009：242-243）這些可以引為教材，觸發學生經驗。

不管是什麼時代的作品，閱讀時都需要辯證思考，才能觸及深層的美感。在文學作品裡存在著形式上的二元結構，在意義上都有辯證的空間，辯證不只是否定的否定的過程，不是對立面的統一而已，而是將對立面透過互為前提、彼此包含的作法加以提升，如此思考便能從形式和意義中，建立美感。第七章第四節辯證義的解析（形式與意義的辯證、詩的解構），可以作為教學上的參考。

「藉以提升閱讀教學的美感效應」的憑藉是教學者的特別識見，想要學生閱讀產生美感，不是靠學生偶然的思考，教學者不妨以上述美感類型為標準，取材各類文章，作為案例，學生可以藉此擴充經驗，經驗豐富之後，自然能提升為自己的美感直覺，心靈因此而獲得愉悅的感受。

以下就意象教學實際舉例：

（一）生理性意象

傘　　蓉子

鳥翅初撲
幅幅相連　以蝙蝠弧形的雙翼
連成一個無懈可擊的圓（李翠瑛，2006：42 引）

這是一個現實事物，發揮想像與聯想，傘的意象像鳥翅初撲，鳥翅又像蝙蝠弧形的雙翼環繞的一個圓，這是詩人從傘所創造的意象，把傘與鳥的形象結合在一起。

教學活動列舉：

1. 教學時可以先出示這首詩，只提示詩的內容，不提示詩的題目，先問學生這首詩在說些什麼？（如果不是上述解說也可以）
2. 問「鳥翅初撲」的樣子？你有什麼感覺？（例如優美、有力、生氣等）如果有學生可以當場表演更好。
3. 問鳥翅與蝙蝠的雙翼有何類似？
4. 幅幅相連造成一個圓。「圓」無懈可擊為什麼？
5. 本詩是傘近似於鳥的雙翅，鳥的雙翅又近似於蝙蝠的雙翼。學生也舉三種形體相近似的東西，試著作一首詩，然後大家互相討論。

此活動注重在物形體相似性的聯想和物體帶給人什麼情緒的感受。

（二）心理性意象

寂寞　　瘂弦

一隊隊的書籍們
從書齋裏跳出來
抖一抖身上的灰塵
自己吟哦給自己聽起來（李翠瑛，2006：46 引）

教學活動列舉：

1. 教學時可以先出示這首詩，只提示詩的內容，不提示詩的題目，先問學生這首詩在說些什麼？（如果不是上述解說也可以）
2. 書籍為什麼要自己跳出來？
3. 為什麼要抖掉灰塵？
4. 書自己為什麼吟哦給自己聽？
5. 自己寂寞時，都想做些什麼？
6. 用一句詩語來說出「寂寞」？（分享討論）

老師續上題再舉例：

蛇　　馮至

我的寂寞是一條長蛇，
冰冷的沒有言語－
姑娘，你萬一夢到它時，
千萬啊，莫要悚懼！（李翠瑛，2006：64 引）

教學活動列舉：

1. 用「冰冷地沒有言語」還是用「靜靜的沒有言語」，哪一句較好？
2. 你什麼時候會「無語」？

接連上述譬喻方式和寂寞的意象經營再閱讀一首洛夫〈子夜讀信〉，詩從暗喻開始。

（三）社會性意象

子夜讀信　　洛夫

子夜的燈
是一條未穿衣裳的
小河
你的信像一尾魚游來
讀水的溫度

　　讀你額頭上動人的鱗片

　　讀江河如讀一面鏡

　　讀鏡中你的笑

　　如讀泡沫（李翠瑛，2006：97-98 引）

教學活動列舉：

1. 子夜的燈／是一條未穿衣裳的小河是用什麼修辭法？
2. 你的信像一尾魚游來是用什麼修辭法？
3. 讀水的溫度／讀你額頭上動人的鱗片／讀江河如讀一面鏡／讀鏡中你的笑是用什麼修辭法？
4. 子夜的燈是一條小河和子夜的燈是一條未穿衣裳的小河有什麼不同？
5. 為什麼用小河來譬喻燈？
6. 讀水的溫度／讀你額頭上動人的鱗片／讀江河如讀一面鏡／讀鏡中你為什麼用排比的方式鋪陳？
7. 各代表信的內容、感情是如何？
8. 如讀泡沫中泡沫和魚有什麼關連？
9. 如讀泡沫代表「鏡中的你」是真實或是虛幻？
10. 你夜裡有讀過信嗎？感覺如何？（分享討論）

　　這樣閱讀詩的方法，一方面增進學生的想像；一方面也閱讀作者的想像；更重要的是要閱讀自己的經驗，自己深刻閱讀自己的情感，日後在寫作時才有可能發抒。讓相關意象的認知和感受轉成語文說寫作所需的資源。（邱耀平，2009）

第二節　強化說話教學的創意表現

　　說話教學在一般性的指導在形式上都要求學生說話時聲音適中、先想後說、考慮說話的場合及注意說話時的禮貌，在內容上指導注意學習者在語音、語詞、語法與思想情感的部分。教育部頒布的九年一貫能力

指標在說話能力也僅是提示的效果，如正確發音說標準的國語／能有禮貌表達意見／能生動活潑的敘述故事／能把握說話的主題／能充分表達意見／能合適表達語言／能表現良好的言談、能把握說話的重點充分溝通／能發揮說話技巧／能運用多種溝通模式／能以優雅語言表達意見／能自然從容發表、討論和演說。（教育部，2003：23-25）一般性而言要達到這樣的目標，課程的安排上就是將語音、語詞、語法方面在課文朗讀時給予適當指導，或者提供說話的機會例如朗讀、說故事、演講等，由學生準備資料，將平時習得的技巧加以呈現。從這樣的觀點來看，平時對於文章的閱讀能力是能將「說話」做得好的一個基礎，因為了解文章的意義才能在「說話」這項目裡的語詞、語法呈現正確。正確語音的讀法是另一個訓練的項目，以確保聽眾能聽得懂說話者所說的話。所以本節所討論的說話教學應該放在閱讀教學的架構裡，也就是說者必須去完全理解自己想說的話正確的意思；並且考慮放在特定的情境之下，也能保證自己所說的話有效。這就牽涉用語在語境之下適當與否。舉例來說，同樣一句話使用不同的語音表達，意思完全不同：「吃飯」使用請求的語氣音調和命令的語氣音調，意思完全不同。第七章第三節提到吳晟自己說明〈雨季〉這首詩中「伊娘」沒有任何指涉，單純是一種發語詞、感嘆詞，可以隨聲調變化表露不同的情緒。這也說明正確的語音，還需配合正確的語調才能表達正確的意思。

　　正確的說話還不足以表現出美感，要將美感表現出來，有兩方面需要注意，一是說什麼，二是怎麼說。「說什麼」又可以區分「在什麼場合說」和「內容」，至於「怎麼說」是強調如何表現美感。「場合」可以是日常生活的場合、演說的場合或者是戲劇表演的場合，「內容」就隨著場合使用的不同而選擇。「怎麼說」是呈現情感的不同。「內容」有描述、詮釋、評價等層次和相對應場合所選擇的形式，這也是一種文本的表現方式，所以說話教學必須與閱讀教學一起相互提升。「在什麼場合說」在教學上相對就是可以教學的項目，也是我們思考可以讓學生學習美感表達經驗的方式，在這練習的方式讓學生學習如呈現美感，這是「怎麼說」的部分。

　　以國語科教學來說，朗讀的部分是透徹了解文章意義的一個方式，如果朗讀時能帶有情感的詮釋文章所要傳達的意境，就有美感呈現。朗讀加強文字的魔力，聲音中帶有感情，也是再創作，每個人對於文章描述和詮釋的層次有差別，表現也不相同，所以說話的創意表現也可以發揮在朗讀之中。朗讀是讀出一篇文章，對象的詮釋就是這一篇文章，在創意的發揮上也比較有限。

　　如果要增進學生說話的美感經驗，以上面所說的觀點採用說故事和戲劇表演最能強化說話教學的創意表現，這二者可以個人即興創作，也可以全體學生共參與，藉由教師的指導教學及學生共同的討論都會得到不錯的成果。（周慶華，2007a：66）就形式來看，說故事可以純口述，也可以加上道具（如圖畫、器物、布偶、模型、照片、簡報、電子書……等等）的輔助，全看現場需要而定。說故事也除了純敘述外，還能夾雜議論；後者雖然在某些狀況下（如面對直接接受故事有障礙的聽眾或聽眾主動要求附帶解釋故事）有它的必要性，但是整體上因為缺乏美感而比較不被看好。（何三本，1995：173-174）此外，說故事可以單語（一個人說），也可以多人合說以及劇場性的安排。劇場性的安排分為讀者劇場、故事劇場和室內劇場。讀者劇場是由兩個或兩個以上的朗讀者，作戲劇、散文或詩歌的口語表現，必要時將角色性格化、敘述、各種素材作整體組合，以發展出朗讀者和觀眾一種特殊的關係為目標。它表現的方式是讓演員朗讀者，從頭到尾都在舞臺或固定的區位上，以搭配少許的身體動作、簡單的姿勢及臉部表情，朗讀出所設計的各個部分。故事劇場它比讀者劇場更口語化，敘事者的說明是由角色所分攤。因此，劇中人物有時候會以第三種的身分，用旁白或獨白來敘述一些情況，演員往往需要穿著劇裝，當敘述時其他演員還可以表演啞劇動作；同時將歌舞、音樂作搭配演出，是較具動態的一種故事敘述表演。室內劇場是鑑於室內音樂和觀眾之間的密切關係。而將它運用到語言教學，以期藉由敘述者的敘述內容拓展人際之間的關係。它在說故事中，著重於人物行為動機的動作表現，敘述的內容必須十分完整；敘述者可以融入故事內擔任某一個角色，或者以作者的身分用旁白對觀眾講話，演員除了對

話也需要作簡單的動作。（張曉華，1999：243-265）以上這些表演的形態都有一些類似處，教學時不妨多元採用，提高學生興趣及經驗。

　　說故事練習進行前，都必須先作文本的分析，確定表演者都能完全了解故事的意思。如果是多人參加的讀者劇場，還得將文本依照不同的參加者訂出旁白或角色，再重寫劇本。這劇本除了符合表演者的閱讀能力外，還需注意是否能將情感呈現出來。一般而言，讀者劇場是以大聲朗讀的方式表現，不是死記臺詞，注重的是聲音表情，而不是表演和手勢。也就是使用最少的道具和肢體語言，並且將重點放在朗讀者如何透過他們的朗讀來詮釋文本的意思。（維基百科，2012g）所以這樣的說話練習與閱讀是相互關連的，而在文本的理解與情感的表達就藉由意象情感在文本中呈現的類型、方式及表義等方面去深入，真正了解文本後由說話者去詮釋意義和情感。朗讀的語調、語氣是情感呈現的關鍵。意象情感的傳達以閱讀為基礎才能完成。說話練習以不同的方式呈現出閱讀的成果。

　　另一可以加強美感經驗學習的方式是戲劇表演。以舞臺劇為例，舞臺劇就是演故事，但是演故事在劇場化的過程中是「表演」不是「口述」，所以戲劇有人認為它是綜合藝術。（周慶華，2007a：67）在中國也有戲曲的表演，以詩歌為本質，密切配合音樂、舞蹈，加上雜技，而以講唱文學的敘述的象徵方式，透過徘優以代言體搬演而表現出來的綜合藝術。（曾永義，1986：7）戲劇和文學的相關處就在於劇本，所以戲劇文學通常指戲劇劇本，更狹義來說戲劇劇本也專指話劇劇本，一些簡單提供學生練習的劇本在國語課本也常出現。戲劇文學有兩個特點，一是它作為文學作品，應當具備一般敘事性作品共同要求，諸如塑造典型的形象，揭示深刻的主題，以及結構的完整性、統一性等等，並應當具有獨立的欣賞（閱讀）價值；二是它作為戲劇演出的基礎，只有透過演出，才能表現出它的全部價值，它又受到舞臺演出的制約，必須符合舞臺藝術的要求。戲劇是綜合藝術，劇本是整體演出的基礎，但居於中心地位的是演員的表演。如上面所說在中西方的戲劇表演，有動作、舞蹈、歌唱。劇本同小說一樣是使用語言（文字）寫成的，小說中語言的重要性能是敘述和描寫，劇本則是靠人物透過全身的動作性進行表現。劇本通

常包括兩個部分：一是劇作家的舞臺提示，其中包括對動作展開的時間和具體的物質環境說明，對人物外部動作、靜止動作的提示和對人物臺詞的心理情緒的提示；一是人物自身的臺詞，其中包括對話（對唱）、獨白（獨唱）、旁白（旁唱）等，這些都是人物心理動作的外現方式。戲劇衝突是戲劇藝術最基本的審美特徵，戲劇衝突有劇中人之間的抵觸、矛盾和鬥爭。這種情節表現的形式有直接衝突、社會環境衝突和外部衝突和內心衝突，所以在創作劇本時就得設置這些特定場面和衝突情節，發展出扣人心絃過程。（互動百科，2012）就表演者來說，情感的表現就相當重要，透過對劇本的了解，表現出人物自身的語言和動作才能完整的詮釋情感。說話教學如果尋求創意的表現，則以此作為課程，將閱讀的意象體悟帶進表演中，也尋求個人體驗情感的獨特性與其他表演者一起討論，找到最佳的美感體驗。

　　在說話教學方面，以戲劇的表演比較符合學生可以達成的能力。為了避免學生有挫折感，可以由教師引導學生根據現有的文學或者故事，去創作即興表演，重點不在於表演的成就，而在於表演的過程中是否獲得美感的經驗與美感的提升。創作性的戲劇教學活動可依以下幾個項目練習：（一）想像劇中人物的個性、衝突的場面、動作的模擬、對白的語調；（二）練習表現劇中人物正確的動作與舉止；（三）練習自己身體的姿態、表情，傳達正確的情感；（四）討論劇中人物的角色擴充經驗；（五）討論故事，並建構新故事以激勵想像力。

　　戲劇是行動的藝術，它在有限的舞臺內迅速的展開人物的行動，以此揭示人物的思想、性格、感情。劇本的臺詞幾項特點則能成為強化說話的美感教學：（一）臺詞具備動作的特性，因此能推動劇情進展；而且臺詞的動作性更在於它能夠揭示人物豐富複雜的內心活動。一般而言有兩種表現方式，一是直抒胸臆，一是潛臺詞。直抒胸臆的臺詞透過獨白來進行，潛臺詞則含有複雜隱密的未盡之言與言外之意，它可以具體表現為一語雙關，欲言又止、意在言外、言簡意賅等多種形式；（二）臺詞能塑造人物的形象，能表現人物的內心感情；（三）臺詞有詩的特質、詩的力量，這不是表示臺詞要運用詩體，而是要讓詩意滲透在其中，這樣才有富有感染力；（四）臺詞以口語化呈現，讓觀眾容易了解。（百

度百科，2012b）戲劇表演同樣以閱讀經驗為基礎，正確的理解文本（劇本），並且注重情感的表現，而文學中的意象探討有關生理意象、心理意象、社會意象類別認識與呈現情感文字（對白）隱藏的喻義（隱藏在對白中的潛藏意思）可以作為表演的基礎，進一步表現在劇中的言語和動作中。這樣進行說話教學，就能有情意多方面的體驗效果，而不只是練習說說話而已。

第三節　全面引為改造寫作教學的最新經驗

　　寫作是人類有意識地使用語言和文字來紀錄資訊、表達意向。寫作是人類表現無窮創作力的方法之一。這些作品我們可以稱為文學，而作品的情節可以是虛構或紀實，也可以表現各式長短的文章、詩詞、歌賦、劇本、書信等（維基百科，2012h）寫作有現實和理想上的需求，「現實」是緣於人類創造的成果多藉由寫作呈現，而「理想」則在於每一世的成就都有益於另一世的榮光。寫作可以將現世的成就世世流轉，這種寫作實踐成為自我提升的志業與促進文化創造的理想。（周慶華，2004c：9-10）所以寫作教學就成為「促動力」的角色。

　　以寫作教學在現在的教學現況來說，就教育部的九年一貫課程綱要國語文實施的寫作能力分段能力指標合列出二十七項，舉出其中幾項：能認識各種文體的寫作要點，並練習寫作；能分辨並欣賞作品中的修辭技巧；能認識各種文體，並練習不同類型的寫作；能運用各種表達方式練習寫作；能把握修辭的特性並加以練習及運用；能靈活運用修辭技巧，讓作品更加精緻感人；能發揮思考及創造的能力，使作品具有獨特的風格。（教育部，2003：35-38）這些能力指標大概也是希望指導學生能學習敘述、描寫、說明、議論等表達技巧，以及練習從審題、立意、選材、安排短落與組織等步驟習寫作文。教師也會依此發展出一些以認知結構為主的寫作教學策略，例如教導學生作文的體裁、作文的步驟、作文的開端結尾、作文的修辭基礎與技巧。並發展出一些輔助寫作的策略，如看圖作文、聽寫作文、接續寫作、擴寫、縮寫、改寫等，並以引導式寫

作與命題式寫作指導學生把握主旨，了解寫作步驟，並期望能發揮想像與創作的能力。

　　一般性的寫作教學會依此前進，例如寫前構思、設計、寫作、回顧與修訂。如果會有不同一般作品的創作出現，是因為不同的經驗介入寫作所造成。這些經驗包括社會經驗、生活經驗、閱讀經驗、指導者的經驗。先從基本的寫作談起：寫作在整體上可以比擬工廠的系統化生產，這種系統化的生產，由原料／題材的輸入，經過製造／寫作的轉換，而有產品／作品的輸出。這所輸出的產品／作品，還可以有改造／蛻化的二度轉換，而造成新產品／綜合藝術品的二度輸出的事實。（周慶華，2004c：4-5）當中細微的變化的情況，以圖示說明：

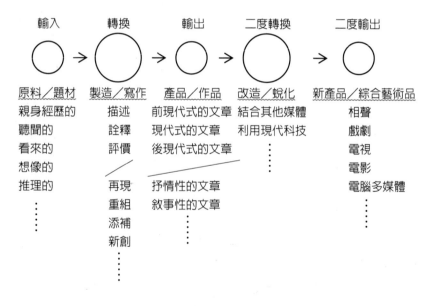

圖 8-3-1　寫作輸出（周慶華，2004c：5）

　　其中原料／題材的輸入是與生活經驗、閱讀經驗相關，閱讀經驗更可以無限擴充，如果閱讀時能以不同的見地而有不同的層次發覺文本的意涵，則有更好的原料可以輸入，這也就需要借重閱讀的美感經驗形成效果。製造／寫作的描述、詮釋、評價，除了生活體驗、社會經驗外，

也是首重閱讀作品的經驗分析，對於別人作品的閱讀經驗可以轉為寫作的經驗。所以寫作教學不可忽視閱讀的經驗。在作品形成後的前現代文體、現代文體、後現代文體差異性以及西方與非西方等不同文化所造成的差異性，需要有創造性寫作經驗的人引導，才有局部創新或完全創新的可能。（周慶華，2004c：5）創造性的寫作教學不是教學過程技術的問題，寫作的過程模式只是一個可用的媒介，能否改造教學得看教學者是否有強烈寫作志業及理想的目標。如果教學者有相關的創造寫作的「識見」及有踐履寫作的「本事」，再配合相關的教學方法，則有改造寫作教學經驗的可能。（同上，12-13）

　　文學作品的體式分為敘事性文體和抒情性文體，敘事性文體包括神話、傳說、敘事詩、傳記、敘事散文、小說、戲劇等。抒情性文體包括歌謠、抒情詩、抒情散文。教學寫作也需以此為類型，先決定文體再進行。本研究想強化的寫作教學經驗在意象美感的呈現，所以教學的文章趨向於抒情性的文體，在形式上注重意象和韻律的安排；在技巧上注重意象的安置（比喻／象徵）和韻律的經營；在風格上就有優美、崇高、悲壯、滑稽、怪誕、諧擬、拼貼、多向、互動的區別。本研究從文學意象的類型、呈現的方式、表義的方式都在此範圍內作分析，相關獲得的經驗可以提供寫作教學上的參考。了解以文學意象裡的生理意象、心理意象、社會意象的類型所產生的美感作用，一方面增進學生閱讀體驗，作為創作的基礎。也就是對於寫作的原料或題材中所需親身經歷的經驗（聽聞的、看來的、或想像的）有辨析及後設認知作用。一方面在教學寫作時，對於示例的分析，以作為對學生寫作的原則提示。如果學生能更近一層直接領悟寫出有創意的作品，教師可以順勢引為範例，作為教學成功的例子。

　　詩是抒情性文體的大宗，先以寫詩的活動為例。教學詩的寫作，先從閱讀詩做起，本研究在各類的意象欣賞中舉了一些例子可以作為教學上的參考例子，如周慶華〈夜釣〉詩中生理意象傳達優美的情感（見第四章第一節），「湖面浮著天上的淡光」多麼靜止且優美的畫面。教學時不是要學生說出詩中的意思，而是要去感悟那種純淨的美。接著讓學生說說自己的生活體驗，例如夜晚時有哪些景色、對夜晚的感覺。讀過

的文章、句子有哪些是描寫夜晚的景色。同學互相交流之中會引發對夜晚景色深入的觀察，及互相交換閱讀的經驗。接著討論作品中的形式與風格，先由學生自由發表看法後再藉由深入的提問引導經驗，目的是教師先不以自己的經驗強行介入，而由學生直覺的發表以確保創造力存在。爾後的深入提問是教師對閱讀的經驗本事，藉此引導學生看見沒有發掘的美感，如作者如何描寫風、淡光、月、釣竿？風和淡光是寫實的描寫嗎？風和淡光有什麼關係？動（風）與靜（淡光）的對比安排能呈現比較好的美感嗎？強烈（猛抽晃動）與和緩（微醉）並置引起心理上哪些感受？為什麼用「微醉」形容月光？這首詩使用哪些修辭的技巧？你怎麼朗讀這首詩？詩人在這夜晚的心情怎樣？以上是閱讀的體悟，沒有正確的答案，重要的是學生美感的啟發。

對於周遭的事物仔細的觀察和深切的體悟，才有機會產生好的作品。但是產生好作品一種是直覺的形成好作品，一種是有意識的運用技巧而形成好作品，大抵「讀書破萬卷，下筆如有神」，熟能生巧是必然的。一開始寫作對於沒有經驗的人是困難的，需要教學者刺激引發經驗，如果加上「樂趣」就更能持久了。Hermann Hesse 說：「寫一首壞詩的樂趣甚於讀一首好詩。」他的意思是：作一個蹩腳的作者勝過當一名高明的讀者。能將自己不滿的情緒抒發，藉詩詞隱藏自己的情感，加入許多奇特獨創的想像讓創造力「裸露化」，這是夢想也是樂趣，畢竟讀詩是讀別人的夢，即使有共鳴或洗滌，觸及的也只是自身心靈的一部分。寫詩則不然，它是自己的夢，是從自己內在出發，是直接的、是痛點的自我內療。（白靈，2006a：9）學生雖是從個人的生活體驗及閱讀經驗出發，教學者還是有提升學生的經驗的作用，透過教學的策略及實作提升美感化為作品，例如詩的寫作教學：

（一）練習一些比喻的遊戲。寫詩要將情感思想加以形象化、具體化，也是將情感意象化。一開始要學生馬上將心情、感觸以意象顯現是困難的，教學者可以反過來，先從具體化的物象引學生思考、創作。以「傘」為例子提問學生，看到「傘」，你怎麼形容「傘」？學生的答案可能五花八門、天馬行空。如花傘、像樹一樣的傘、天空像傘、天空是傘、荷葉傘、傘的眼淚、夏季的大陽傘。為了擴充學生的經驗，教師可

以提示從傘的顏色、傘的形狀、傘的心情、傘的功能去聯想。答案又會增加許多，如孤獨的傘、沙灘的小陽傘、雷雨打在破傘、小丑是傘。從意象的類型觀察，以上學生的回答包含了生理的意象（如夏季的大洋傘）、心理的意象（傘的眼淚）、社會意象（小丑是傘），學生敘述的文字也已經有明喻、隱喻的用法，如天空是傘、天空像傘、小丑是傘，或是象徵的初步呈現如雷雨打在破傘（這部分要看後文如何發展）。接著再鼓勵使用奇特或不相干的語詞作連結，並作擴充。這部分是鼓勵「陌生語」的顯現，如大雨過／枯萎的傘……、陽光下的女孩傘傘動人……有些句子初看起來不怎樣，但是經過集思廣益可以獲得不錯的效果。應該鼓勵再從一句詩再開始接續創作。因為每個人的想像力是沒有一定的順序，不妨讓自己的想法趨於穩定時繼續接寫。改造寫作的新經驗，陌生語、反義語和矛盾語是教學的重點，例如周慶華〈夜釣〉「一彎微醉的月」，「微醉的月」隱含什麼情感？作者有他的想法，讀者憑著自己的體驗也有一番滋味。學生稍微用心就能寫出好句子，例如寧靜的燈、月光趺進心中。一句話還無法表現出奇情，幾句連續後，就有一番不同的風貌。具有形式變化的詩句，都是奇語組合，實虛相配的結果。如「微醉」是虛，「月」是實。

（二）詞句意義聯想，有些是相類似，有些是接近，有些是對比，例如蠟燭類似毛筆、火炬、燈籠。蠟燭接近蠟淚、窗臺、火柴、紅色。蠟淚類似垂淚、淌血、捨身。垂淚又接近惜別、傷心、痛哭。（白靈，2006a：28）指導學生組合這些聯想。這些聯想可以組合成淌血的蠟淚、惜別的窗臺、紅色的痛哭等，以聯想來說，還是比較圍繞在主題上，透過這些衍生的辭彙不斷和主題相連結，使情緒在其間出入，因而運轉想像或相關記憶，從而獲得詩句。（同上，28）這樣塑象和輾轉示象的方式，也有讓大家玩味的餘地。

（三）分析一些句子，練習比喻的表達。學生有一些構想，總是需要使用句子表達，教學者舉出一些例子供學生分辨，例如以「靈魂」與「百合花」互比。靈魂像一朵百合花（明喻）；靈魂是一朵百合花（隱喻）；靈魂，一朵百合花（略喻）；靈魂的百合花（擬物）；百合花的靈魂（擬人），再轉為詩句試作，如我的靈魂啊／彷彿陰影裡的百合花

（明喻）；我的靈魂啊／是陰影裡的百合花（隱喻）；我的靈魂啊／陰影裡的百合花（略喻）；陰影裡的百合花／一朵白而憂鬱的小魂靈（擬人）；白而憂傷，坐在諸陰影中／我靈魂的小百合啊（擬物）。（白靈，2006a：67）

（四）透過聯想和詩句的組合呈現心中的情意。心中的情意是什麼？最難確定，寫詩一開始對於語言都會情有獨鐘，都想擺脫平常的語句，寫出一些奇言佳句來填充。這是從點思考起，最後還是需要掌握全篇的樞紐，寫出情思。

尋字與尋意是詩的形式與內容的表現，如果要有創造性的寫作經驗，「奇情」的表現是必須的。本來已經可以當作高度審美要求「普遍而深刻的情感」部分轉由基進創新「奇特的情感」來充當，將低度審美要求的陌生化語言，繼續往現代式創新與後現代式創新前進。（周慶華，2004c：94）意象與圖畫、韻律節奏多方聯結轉變表現形式，呈現作者與自己、讀者與讀者、作者與讀者之間的意義辯證。引導學生寫作時，注意音樂性的效果，這不只是在用語上語調的配合，更是透過音樂產生更有想像的審美效果。圖象詩的寫作會增進詩空間藝術的功能，但是也不去除詩的閱讀時間性，指導時要注意作品中文字蘊涵的意義，否則就變成文字符號拼圖遊戲。

現代主義表現文字能造象的功能，而後現代主義則以解構為核心，否定語言的功能（語言中的「意符」和「意指」搭連不上，無法達到描述事物、建構圖象的目的），當寫作不過是一種語言遊戲。（周慶華，2004c：23）雖是語言遊戲，呈現作品時還是要有詩的意涵，教學時以具有此效果的詩作作為範例，奠基學生經驗，作為創作的準備，鼓勵學生以反常態或超常態的策略逼進美感。創造性的寫作並不是以後現代文體才算是最新，前現代、現代文體都有機會創作出令人激賞的作品，教學時不妨先以文體的演進模式（前現代、現代、後現代），將範圍「確切」化，以免學生盲目摸索。

尋求意象的過程常常困難而艱苦，苦思很久而不可得，以上提供的方式是先以尋字為開端，慢慢拓展情意，最後仍需意象與文字並進，閱讀作品有助於吸收他人表現意象的內容與方式。另外，閱讀繪畫作品也

有相同的成效，繪畫作品在構圖、線條、色彩的表現方式上相通於文學作品，繪畫作品在表現上也有前現代、現代、後現代的創作風格。繪畫是具象顯示，容易有具體的形象可以討論，學生更容易聚焦美感。繪畫作品所傳達的情感與繪畫各時期表現的方式都能在寫作上轉為經驗運用，這和一般所說的看圖作文所強調的敘事寫作過程不同，它所強調的是畫的思想和情感，思想是單義或多義，情感是多向的，學生從畫作的構圖、線條、色彩去分析畫作的風格，是優美、崇高、悲壯或是滑稽、怪誕、或是諧擬、拼貼或是多向、互動，所呈現的情感轉為學生的美感經驗。中、西方不同的表現形式如單點透視或是多點透視，東方的寫意和西方的寫實都代表不同世界觀文化的作用，可以轉為學生的後設經驗。而畫作中的意義是寫實的敘述還是呈現潛意識的後現代主義，可以轉為學生挖掘思想的經驗。美感經驗超越所有的作品而獨立存在，所以繪畫的意象欣賞有助於成為寫作新經驗。寫作教學著重引發學生的美感經驗，美感經驗來自於學生的生活經驗或是閱讀所生的替代經驗，透過閱讀文學與繪畫可以增添創作的題材與技巧，發揮美感，教師透過閱讀的指導，以新的見識指引配合學生的體悟，則有寫出佳作的機會。

第九章　結論

第一節　要點的回顧

語言是傳達思想的主要工具，然而我們在傳達思想和情感時卻常常受到語言的限制，而無法適切的傳達，尤其作者竭盡所能想表達心中的美感，讀者並不一定能獲得。如何才能將心中的情感表達，意象是重要的關鍵。意象是心中的情感藉由物象表達，所以意象是藝術創作所追求的重點，中國古代鍾嶸《詩品》、劉勰《文心雕龍》、王昌齡《詩格》對意象都有說明，西方 Immanuel Kant《判斷力批判》也使意象走向美學的討論，Benedetto Croce《美學綱要》也表示藝術是把情趣寄託在一個意象裡。意象主義詩派則認為意象是理性和感性的複合體，藝術家的任務是透過直覺捕捉意象。

意象對於藝術創作具有重要的關鍵因素，意象可以使得作者的情意達到更深層次，它可以激發讀者的驚奇，給人深刻的審美感受。尤其在語言難以表達意義與情感的情況下，破除言難盡意的困境，詩性語言更能擴大讀者的聯想及想像能力，能狀難寫之景如在目前，又能含不盡之意見於言外。文學意象化的目的在創造標誌傳達經驗過的感情，讓讀者激發對這標誌的知覺及相映的感性經驗。許多人根據不同的研究取向將意象分類為字面意象和象徵意象，或依與作者內心連結的程度分為自由意象和連結意象，或依想像的特性分為沉潛的意象、牽強的意象、浮誇的意象等，或依表現的手法分為描述性意象、擬情意象、象徵意象，或依內容分為自然意象、歷史意象、現實意象，想藉此深入了解意象的內涵。意象在呈現上，塑造的方式有賦、比、興方式，以明喻、隱喻或象徵等方式傳達情感，本研究以取義的角度將文學意象分類成生理意象、心理意象、社會意象與文化意象，再依此作進一步探討。而藝術意象化的目的也是透過圖象將自我的情感表現出來，傳達給別人。以繪畫為例，

藝術意象呈現的方式是以線條、色彩為媒介，構圖表現出美的形式。在表義的方式上就有再現、表現、象徵等方式，而節奏、韻律則在文學與繪畫意象中也各有表現，在研究中逐一探討。

本研究的目的有三：（一）對於意象有深入的了解；（二）探討「文學」與「藝術」中意象呈現與意象表義方式的異同；（三）「意象」相關研究在語文教學上的應用。研究方法採現象主義、美學、社會學、心理學、文化學的方法。研究範圍以文學和藝術為考察範圍，文學以抒情性文體為主，藝術以繪畫為主。本研究將文學中的意象分為生理意象、心理意象、社會意象與文化意象，並探討生理意象與美、心理意象與情意、社會意象與權力、文化意象與世界觀的關係。繪畫意象則將意象分為構圖意象、線條意象、色彩意象與節奏意象，並探討構圖意象與文學風格、線條意象與文學內語境、色彩意象與文學內外語境、節奏與跨域的關係。

文學意象中生理意象是具體的對象觀察所表現，人從認識自然中升高審美意識，自然萬物都有情意，但是使用同一種「象」確有許多不同意境的表達，而此生理意象則有優美、崇高、悲壯、滑稽、怪誕、諧擬、拼貼、多向、互動等美感類型。心理意象主要是表現內心的情感。人的情緒正面、負面都有，以喜、怒、哀、樂、愛、惡、欲為類型。社會意象是社會人際、權力所表現。人生活在現實社會中，人際關係複雜多變，以性別、階級、族群為類型。文化意象是生活所表現，文學是表現系統，感性表現出人們生活團體的終極信仰、觀念系統和規範系統，文化意象指向終極信仰，以氣化觀型、緣起觀型、創造觀型文化意象作為類型，分別舉例探討其間的關係。

繪畫意象中構圖意象是安排和處理審美客體的位置和關係，以表現構思中預想的形象與審美效果。構圖有規則可循，與比例、規則、和諧的理念有關，都不外乎均衡的法則。中、西方移動視點與透視法表現出不同的世界觀文化。文學風格體現作者對文化總體思考，繪畫中的構圖也是如此，東方緣起觀型文化講求因緣和合，繪畫藝術講求寧靜出世的感覺；氣化觀型講求體會自然的價值，注重人與自然的和諧，在繪畫上注重傳神與氣韻生動。西方的創造觀型文化信守造物主有絕對的支配

力，在構圖上講求「實」，以理性和客觀的態度去理解分析事物，探求物象在視覺上的許多性質，並充分發揮自然物象逼真的效果，一直到 19世紀末 Paul Cézanne、Vincent Willem van Gogh 的出現才否定透視法，到20 世紀初野獸派、立體派、未來派開啟創作的表現。這些中西方構圖強調的形態與文學的風格演進相通，構圖以前現代、現代、後現代的時期演進，東西各有不同。東方緣起觀和氣化觀著重寫意，以隱喻、象徵等方式表現，著重模象、寫實；西方創造觀型文化由模象寫實進展至造象、新寫實乃至後現代解構創新的創作，就風格也有優美、崇高、悲壯、滑稽、怪誕、諧擬、拼貼、多向、互動等美感類型可以敘說。

線條表現出物象的輪廓，線條也有自身的藝術表現。線條的藝術作用包含在整幅作品之中，猶如文學作品中的上下文敘述的內語境作用，表現出作品的意義，也連帶引發情感作用。色彩也是繪畫中重要的手段，整幅畫的主要色調表現情感趨向，色彩的純粹性也彰顯本身的藝術作用，但是整幅畫的色彩也會尋求「和諧性」，一旦主張主要色調，其他顏色的明暗程度就會相對地加以提升或降低。色彩對於畫作的制約作用，有如內語境對於修辭的制約作用，揭示語詞中的言外之意。另外，色調的選用也顯示社會文化對於繪畫的影響，有如外語境顯示社會文化作用對於作品意義的影響。文學與繪畫都屬於表現系統，而不同世界觀的觀念系統統攝一切表現系統的趨向。

音樂是聽覺上的藝術，也是時間延續的藝術。音樂中的節奏作用可以表達音樂的情緒，具有抒情、激情的表現力，而繪畫是靜止的藝術，色彩、線條都不能隨時間流動，但是繪畫透過線條、色塊、形體和明暗的組合，讓它們有規律的反覆和變化，可以引導我們視覺的運動方向和速度，造成節奏性的感受。中國畫的氣韻生動就是表現出節奏的視覺形象，西方的畫作透過線條、色彩在形與色、光影、明暗的交織中產生節奏感。節奏也是詩歌的重要特徵，是是詩歌產生音樂美的重要因素。文學與藝術都有跨節奏、韻律的現象，從內心升起的節奏感，引發美感。

文學意象與藝術意象藉由不同的媒介表現意義，文學意象以語言文字作為表達，藝術意象以構圖、線條、色彩作為表達，但是二者都是要將自己體驗過的情感傳達給別人，所以塑象的作用都相同，都是為了表

達情感和思想。生理意象的美感類型在繪畫中的構圖意象也可以訴說，文學心理意象的情緒表達也可以在繪畫中由線條、色彩呈現出來。詩歌中的節奏傳達並強化生理意象、心理意象、社會意象的美感經驗。意象除了以真實或比喻的方式傳達情感外，文學更以隱喻、象徵的方式輾轉示象破除言不盡意的困難，繪畫雖然也可以經由構圖形式的安排及線條、色彩去引發情感，但是畫面已經採取某種視角而呈現，無法像文學可以具有多種視角觀看的可能，所以比較無法以多種意象並置的方式傳達情感。文學呈現的多種方式在心靈上有類似繪畫、戲劇、音樂呈現的效果，這些表現方式都有提升美感的作用。

　　意象的呈現方式除了直接塑象和以隱喻的方式外，在文學上更以反造象美的方式及解構的方式去創新，除了文字產生的意象美感外，更直接以文字構成圖像來表達圖像所帶來的美感效果。這種多方連結變象的方式是跨越文字的字面意義，甚至消除文字的字面意義，越位為線條、色塊、符碼。網路時代帶來的科技變遷更成為文字呈現意象多方轉變方式的助力，成為與傳統單一文本完全不同的多媒體文本，這是從內隱在文字裡的形式強力轉變到外顯文字的安排形式上，是企圖連結音樂及圖像。繪畫也有創新的轉變，從真實的模仿轉變成為象徵式的呈現，藉由單純化的線條表現純真的感情，將自然的呈現簡化為抽象表現，甚至帶有音樂效果，表現速度與運動現象。超現實主義更以色和形，以無意識自動作用，自由的表達人類的心意，將幻想擴展到藝術世界。文學與藝術的意象呈現使用不同的媒材，但在形式上都表露如何去拼湊異質材料的本事，呈現打破單線持續發展的相互關係，而且有文字符號轉向圖畫符號，圖畫轉向抽象符號的共同想法。節奏意象不因意象的創新方式而消失，依然表現在文學與繪畫各個層面，讓一切藝術都趨向音樂的美感。

　　意象的表義方式在文學上以明喻、隱喻敘述情感。明喻讓人直接了解意思，隱喻讓人有更多的聯想。而繪畫將畫面完整呈現，所以不需要以明喻的方式表達，只須以寫實的方式表達眼前所見。如果有深一層的意義，則由構圖、線條、色彩的呈現去隱喻其他的意義。表現主義的繪畫強調主觀的感知和內在的情緒，Edvard Munch 的〈吶喊〉就是隱喻歷史的發展沒有帶給人心靈的慰藉，反而有更多的困惑。隱喻比明喻隔了

一層，必須透過表面而進入內在，了解所暗指的事物。象徵和比喻都是屬於意在言外，都有喻義的性質，但是象徵更為複雜，所表現的內容與形式之間的關連更為曖昧。象徵首先以神話的方式出現，可以說是一種集體的潛意識，文學與繪畫的表現都會借助象徵而表達內心抽象的情感，各個民族或不同宗教信仰的人所取用的象徵物會有不同，都會受到不同世界觀文化的影響而呈現不同的情感。

意象表達的情感不是靜態的，它能夠激起情緒上的流動，氣化觀型的文化是生生不息的生命哲學，創造觀型文化是一種向上噴發的動力。文學意象的美學特徵因節奏而衍義，除了本身的字義效果傳達的情感外，節奏也加強了心中的情緒作用，產生更多樣的聯想。文學的節奏、韻律有外在形式與內在形式，外在的韻律雖然有加強效果，但是不一定是呈現美感的關鍵因素，許多新詩雖然不押韻，但是詩的意象如果能引起他人共鳴，詩的節奏與韻律也能呈現傳達的情感出來。文學中的韻律感在繪畫中也存在，繪畫中畫面的起伏、呼應、秩序都存在韻律的美感。只不過文學的節奏、韻律的形成有閱讀時間上的因素，繪畫則是視覺上的獲取，在凝神觀意下由內心激盪而產生。文學藉由語音助陣，可以說更接近音樂，藉此產生的動態情感能擴展喻義、象徵義的表達，進而豐富聯想產生更多的美感。

文學與繪畫呈現和諧的美感在內容與形式上都運用了動、靜交替，虛、實結合而達到和諧統一的境界，這是一種辯證思考的結果，辯證法有唯心辯證和唯物辯證法，從正、反、合中辯證得到更深一層的意義。後現代更以解構為創新的作法，主張消解一切的結構體，去除二元對立，以語言的特定表義或語言的自我指涉，重新安排對列的方式，讓意象在正、反或多元的意義下透過辯證得到新解。後現代繪畫中許多繪畫的元素被支解或並置在畫裡，其中的意象不得不透過辯證思考而獲取。就文學和繪畫的意象辯證形式而言，二者都運用符號呈現，差別在於文學上使用文字的延異效果很強，文本會演成相互指涉，而繪畫只限在畫面上產生意義。所以在文學上對文字的努力辯思就有機會獲取繁複意象。繪畫在創作前想保有繪畫者意象的表達，又想留有空間讓其他人獲取新意是一件困難的事。就文學與繪畫的意象辯證的內容而言，二者有一些差

異，文學有唯心辯證與唯物辯證的主題構思與材料的選擇，繪畫是藉由
媒材在畫面上安排布局，產生調合後的統一畫面，美感再經由辯證而上
升，這是唯物辯證與唯心辯證相輔相成的結果。

　　意象的研究對語文教學有經驗上的幫助。有關語文的知識經驗、規
範經驗和審美經驗可以透過各種描述／詮釋／評價的方法來進行，這些
描述／詮釋／評價所得的結果，經過選擇可以充作教學上的材料，達到
語文教學的最高效率。說話教學可以與閱讀教學一起並進，說話不止是
培養良好的說話習慣、能說正確的話、能注重語序和語氣等，說話教學
為提升美感，可以透過說故事、戲劇表演等方式來成就較好的效果。閱
讀教學則透過教師對於作品形式與內涵的理解，加上對作品風格的透徹
了解，將此閱讀經驗異己再現，並鼓勵奇特或基進的閱讀方式，滋生創
見。寫作教學以敘事性文體、抒情性文體為分類，以文體演進的類別（前
現代、現代、後現代文體、網路時代）作為指引的方向，以閱讀經驗為
基礎，指導學生審視自己的內心經驗，再以特別的形式與技巧創作。抒
情性文體更重視情感的表達與意象的安置，低層次以矛盾語和反義語為
表現，高層次則以奇情作為高標，鼓勵創新。教學時先以前人作品作為
仿效的對象，後以情感經驗為主，力求形式與經驗一起呈現。

　　總結上述，本研究的理論建構成果，圖示如下：

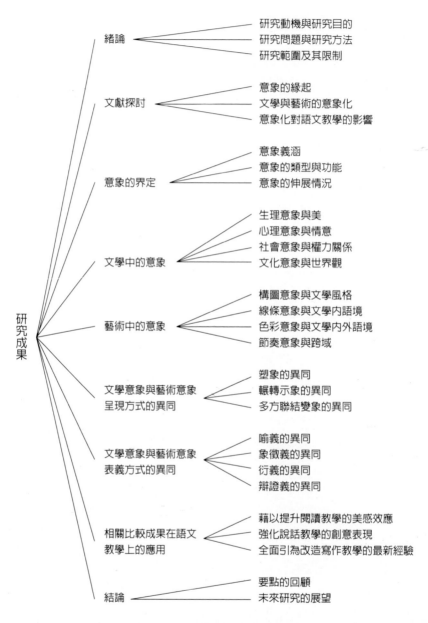

圖 9-1-1　總結成果圖成果圖

第二節　未來研究的展望

　　本研究以文學與藝術為考察的範圍,「意象」作為研究的探討核心,並將所得的經驗作為語文教學的應用,更期許此研究能擴展語文教學的經驗,朝基進創新方向前進。

　　文學的範圍相當廣泛,包含敘事文體和抒情性文體。敘事文體包含神話、傳說、敘事詩(史詩)、傳記、敘事散文、小說、戲劇。而抒情性的文體分為歌謠、抒情詩、抒情散文。抒情性的文體中的抒情詩有較多意象可供探討,本研究選取詩歌為例,雖然具有代表性,但是在論說時無法包括一切,會有取證不足的缺憾,好比敘事文體中小說在情節的鋪陳中就會選取某些具體物作為意象傳達情感。例如張愛玲小說中月亮就是經常出現的意象,月亮的變化作為人間情愛的意象傳達,這是心理意象可以繼續探討的地方。同樣電影和戲劇不只靠劇本文字的敘述來傳達意象,也透過人物的穿著、場景的擺設、動作、對白的語氣、劇場的配樂傳達意象,這些也可以成為日後增添意象研究的例證。此缺失仍待個人持續努力發掘和同好一起來增補。

　　繪畫在藝術上雖然是重要的一部分,表現又多樣化,本研究採取繪畫作為例證雖然有代表性,但是在其他的藝術表現如雕塑也有意象的美,而且觀看雕塑的方式又與繪畫有一些差異,以後的研究也應取為例證,從立體觀看的角度作詮釋,補充繪畫平面表現的不足處。文學與藝術的意象跨域節奏、韻律,音樂傳達意象的美感也是另一藝術的表現,應該也可以獨立作為探討意象的一項類別,並和文學中的歌謠一起作分析探求,以求研究更為完整。

　　本研究在研究方法上採用現象主義的方法,雖然相對都有作品具體的形象可以提供作探討,但是這些大部分是個人經驗的所得,或是研究的意圖所驅使。美學的方法、心理學、社會學、文化學的運用也都是以主體意識和客觀現象去辯證融合完成解釋,所以仍逃離不了研究者的意

圖，所以仍須自己再反省，以後設檢驗的態度來檢證，才能維持更有效的論述。

　　最後研究所得的經驗轉作教學的經驗，期望能提升教學的品質。良好的教學需靠充實的教材及教師的引導，所以充實的教材需靠平日閱讀、寫作後的經驗整理而產生，如果能將不同美感經驗的作品蒐集整理，則有助於教學的實施。再者將教學資料提供給有興趣的教學者，也可以獲得大家不同的經驗回饋，而使得教學經驗更加充實，此方面也有待自己更加努力。至於教學後的成果是否因此而得到最佳效果，仍須透過其他人的檢驗才可以確定。而檢驗教學成果的檢測方向可作為未來研究的另一個面向。此方向可採質性研究進行，其方向為在研究中蒐集資料，把教學或學生學習的資料豐富的描述，研究的問題可以在資料蒐集中發展而成，了解行為必須由研究者的內在觀點出發，外在因素僅居次要地位。因此，可以藉由參與觀察、深度訪談、書面文件蒐集資料予以建構。其質性研究的模式約略是經驗→介入設計→發現／資料蒐集→解釋／分析→形成理論→回到經驗。質性研究看起來不夠嚴謹，有內在信度和外在信度的問題，所以要透過三角交叉檢查法、參與者的查核，豐富的描述，留下稽核的紀錄和實施反省來確保可信。（高敬文，1999：85-92）本研究文學意象與藝術意象在語文教學上的應用檢證，可以朝此方向努力：（一）建立學生教學前測驗資料，教學後建立學生教學後測驗資料，將二者作為比較，檢證教學的成效。（二）深度訪談教師、協同參與觀察者、學生後將三者資料做出比對後詮釋說明。（三）將觀察紀錄（教師、陪同參與觀察者、學生）做交叉比對，發現學生的反應是否如預期改變。（邱耀平，2009）

　　意象呈現在作品上，但意象留在創作者的意識層，研究意象自然無法直接研究意識層，因為那難以確定為何。作品的形式和內容都有意象的影子，研究文學與藝術只得從作品上的內容上去了解，此內容意義在物理環境中、心理環境中、社會環境中，乃至文化環境中都有不同蘊含，藉由不同的觀察、辨析，彼此對諍以發現可能，文學或藝術所帶來的抒情美感才能盡出。意象透視的經驗轉為教學使用後是否使得學生更進一層改善學習的效果，可靠的方式是紀錄學生的學習，協同其他人員作教

學上的觀察，整理觀察的資料，透過質性研究三角交叉檢測資料，對學習進步與否做出詮釋，在未來可以依意象分類方式選用教材教學，作出紀錄，再作出完整的解釋，以發展更佳的教學經驗。（邱耀平，2009）最後期待自我成長，補足研究缺漏的地方，也期待有豐厚經驗者提出建言，讓這方面的研究更佳完善。

參考文獻

David Sanmiguel Cuevas Antonio Munoz Tenllada 著，王荔譯（2002），《構圖》，臺北：三民。

George Lakoff and Mark Johnson 著，周世箴譯注（2006），《我們賴以生存的譬喻》，臺北：聯經。

Herbert Read 著，梁錦鋆譯（2006），《藝術的意義》，臺北：遠流。

Jose M・Parramon 著，王荔譯（1998），《色彩》，臺北：三民。

Louis Dupré 著，傅佩榮譯（1996），《人的宗教向度》，臺北：幼獅。

Richard E.Mayer 著，林清山譯（1990），《教育心理學——認知取向》，臺北：遠流。

Susanne K. Lenger 著，滕守堯、朱疆源譯（1983），《藝術問題》，北京：中國社會科學出版社。譯者

Václav Havel 著，貝嶺等譯（2002），《反符碼——哈維爾圖像詩集》，臺北：唐山。

丁旭輝（2000），《臺灣現代詩圖像技巧研究》，高雄：春暉。

中國大百科（2012a），〈文化〉，網址：http://210.240.175.90/xency/Content.asp?ID=57662，點閱日期：2012.3.19。

中國大百科（2012b），〈世界觀〉，網址：http://210.240.175.90/xency/Content.asp?ID=57448，點閱日期：2012.3.19。

中國大百科（2012c），〈構圖〉，網址：http://210.240.175.90/xency/Content.asp?ID=76747，點閱日期：2012.4.4。

中華民國課程與教學學會主編（1999），《九年一貫課程之展望》，臺北：揚智。

尹凡（1998），〈聽雨〉，《普門》，220，90。

互動百科（2012），〈戲劇文學〉，網址：http://www.hudong.com/wiki/%E6%88%8F%E5%89%A7%E6%96%87%E5%AD%A6，點閱日期：2012.8.16。

仇小屏（2006），《篇章意象論以古典詩詞為考察範圍》，臺北：萬卷樓。

方平等譯（2000），《新莎士比亞全集第十二卷・詩歌》，臺北：貓頭鷹。

王世傳主編（1987），《美學辭典》，臺北：木鐸。

王冬玲等（2009），〈淺譯中西繪畫的節奏之美〉，《美語時代》，2009（1b），49-50。

王永（2007），〈節奏與詩——兼論節奏的起源〉,《貴州大學學報》，25（3），
　　89-91。

王長俊主編（2000），《詩歌意象學》，合肥：文藝。

王建華（2000），《語用學與語文教學》，杭州，浙江大學。

王萬清（1997），《國語科教學理論與實際》，臺北：師大書苑。

王萬象（2009），《中西詩學的對話——北美華裔學者中國古典詩研究》，臺
　　北：里仁。

王鼎鈞（2003），《文學種籽》，臺北：爾雅。

王夢鷗（1976），《文學概論》，臺北：藝文。

王懷義（2010），〈紅樓夢意象構成研究論略〉，網址：http://www.aesthetics.
　　com.cn/s41c789.aspx，點閱日期：2010.5.1。

王鏞（2005），〈禪思與詩境——禪宗思想對中國詩畫的滲透〉，《2005 兩岸
　　當代藝術學術研討會論文集》，17-18，臺北：國立臺灣藝術大學。

史作檉（2008），《水墨十講哲學觀畫》，臺北：典藏。

白春燕（1997），〈新婚三月〉，《臺灣新文藝》，8，49。

白萩（1969），《天空的象徵》，臺北：田園。

白靈（2000），《世紀詩選》，臺北：爾雅。

白靈（2006a），《一首詩的誕生》，臺北：九歌。

白靈（2006b），《一首詩的誘惑》，臺北：九歌。

左海倫（2003），《詩論》，臺北：商務。

向明（1959），《雨中書》，臺北：藍星詩社。

向明（2003），〈論詩中意象〉，《臺灣詩學學刊二號·詩與意象專輯》，臺北：
　　臺灣詩學季刊雜誌社。

朱光潛（1987），《談文學》，臺北：遠流。

朱光潛（1990），《詩論》，臺北：國文天地。

朱光潛（2003），《詩論》，臺北：德華。

朵思（1990），《窗的感覺》，臺北：作者自印。

百度百科（2010a），〈意象派〉，

百度百科（2010b），〈視覺意象構成〉，網址：http://baike.baidu.com/view/2141361.
　　html990419，點閱日期：2010.4.25。

百度百科（2010c），〈美學〉，http://bk.baidu.com/view/18968.htm，點閱日期：
　　2010.4.25。

百度百科（2010d），〈望廬山瀑布〉，http://bk.baidu.com/view/18968.htm，點
　　閱日期 2010.4.25。

百度百科（2012a），〈賦比興〉，網址：http://baike.baidu.com/view/22505.htm，
　　點閱日期：2012.5.30。
百度百科（2012b），〈戲劇文學〉，網址：http://baike.baidu.com/view/1798476.
　　htm，點閱日期：2012.8.16。
何三本（1995），《幼兒故事學》，臺北：五南。
何三本（1999），《說話教學研究》，臺北：五南。
余光中（1974），《白玉苦瓜》，臺北：大地。
余光中（1986），《紫荊賦》，臺北：洪範。
余我（1993），《文學與寫作技巧》，臺北：國家。
吳大品（Tai P.Ng）著，徐昌明譯（2009），《中西文化互補與前瞻──從思
　　維、哲學、歷史比較出發》，香港：中華。
吳昊（2011），〈文本語境與複義〉，《大連理工大學學報》，32（3），127-131。
吳晟（2012.8.6），〈雨季〉，《中國時報》人間副刊，臺北。
吳啟禎（2008），《王維詩的意象》，臺北：文津。
吳戰壘（1993），《中國詩學》，臺北：五南。
吳曉（1994），《詩歌與人生意象符號與情感空間》，臺北：書林。
宋民主編（2008），《藝術欣賞教程》，北京：高等教育。
李元洛（2007），《詩美學》，臺北：東大。
李順興（1999），〈網路文學形式與「讀寫者」的出現〉，《文訊月刊》，162，
　　40-42。
李翠瑛（2006），《細讀新詩的掌紋》，臺北：萬卷樓。
杜潘芳格（1986），《淮山完海》，臺北：笠詩刊。
沈清松（1986），《解除世界的魔咒──科技對文化的衝擊與展望》，臺北：
　　時報。
周慶華（1996），《臺灣當代文學理論》，臺北：揚智。
周慶華（1998），《蕪情》，臺北：詩之華。
周慶華（1999a），《思維與寫作》，臺北：五南。
周慶華（1999b），《語言文化學》，臺北：生智
周慶華（2001a），《作文指導》，臺北：五南。
周慶華（2001b），《七行詩》，臺北：文史哲。
周慶華（2004a），《文學理論》，臺北：五南。
周慶華（2004b），《語文研究法》，臺北：洪葉。
周慶華（2004c），《創造性寫作教學》，臺北：萬卷樓。
周慶華（2005），《身體權力學》，臺北：弘智。

周慶華（2006），《語用符號學》，臺北：唐山。

周慶華（2007a），《語文教學方法》，臺北：里仁。

周慶華（2007b），《紅樓搖夢》，臺北：里仁。

周慶華（2009），《文學詮釋學》，臺北：里仁。

周慶華等（2009）《新詩寫作》，臺北：秀威。

周慶華（2011），《文學概論》，臺北：揚智。

孟樊（1995），《當代臺灣新詩理論》，臺北：揚智。

林于弘（2003），〈八、九〇年代臺灣女性主義詩的寫作特色文學新鑰〉，《文學新鑰》，31-32、33、37、39。

林瑞明（1993），《臺灣文學與時代精神──賴和研究論集》，臺北：允晨。

林靜怡（2011），《中西格律詩與自由詩的審美文化因緣比較》，臺北：秀威。

邱耀平（2009），〈文學與藝術中意象的比較及其在語文教學上的應用〉，周慶華主編，《語文與語文教育的展望》，227-229，臺北：秀威。

姚一葦（1978），《美的範疇論》，臺北：開明。

姚一葦（1979），《欣賞與批評》，臺北：遠景。

姚一葦（1985），《藝術的奧秘》，臺北：開明。

洛夫（1999），《雪落無聲》，臺北：爾雅。

胡雪岡（2002），《意象範疇的流變》，南昌：百花洲文藝。

馬悅然等主編（2001），《二十世紀臺灣詩選》，臺北：麥田。

夏之放（1993），《文學意象論》，汕頭：汕頭大學。

殷海光（1979），《中華文化的展望》，臺北：活泉。

孫旗（1987），《藝術概論》，臺北：黎明。

孫藝泉（2004），《童詩意象研究》，國立臺東大學兒童文學研究所碩士論文，未出版，臺東。

孫耀煜（1996），《中國古代文學原理》，南京：江蘇教育。

秦菊英（2006），〈表現主義現代派繪畫〉，《東南大學學報哲學社會科學版》，8（3），63。

袁金塔（1987），《中西繪畫構圖之比較》，臺北：藝風堂。

高敬文（1999），《質化研究方法論》，臺北：師大書苑。

席慕容（1983），《無怨的青春》，臺北：大地。

畢寶魁等（2003），《唐詩三百首譯注評》，臺北：華立。

張岳倫（2008），〈試論中國古典詩歌的形式美〉，《湖南工業大學學報》，13（1），37。

張春榮（2002），《修辭新思維》，臺北：萬卷樓。

張漢良（1997），《現代詩論衡》，臺北：幼獅。

張曉華（1999），《創作性戲劇原理與實作》，臺北：財團法人成章文教基金會。

張錯（2005），《西洋文學術語手冊》，臺北：書林。

教育部（2003），《國民中小學九年一貫課程綱要：語文學習領域》，臺北：教育部。

曹雪芹原著、馮其庸等校注（2003），《紅樓夢校注》，臺北：里仁。

郭育新等（1991），《文藝學導論》，臺北：中國文化大學。

郭道暉（2006），〈權力的特性及其要義〉，《山東科技大學學報》，8（2），64-69。

陳秋瑾（1995），《現代西洋繪畫的空間表現》，臺北：藝風堂。

陳國傑等（2010），〈論中國寫意繪畫與西方表現主義繪畫之異同〉，《南華大學美學與視覺藝術學報》，2，94。

陳義芝（2006），《臺灣現代詩學流變──聲納》，臺北：九歌。

陳滿銘（2006），《意象學廣論》，臺北：萬卷樓。

陳銘（2003），《中國古典詩詞美學三昧》，臺北：未來書城。

陳黎（1995），《島嶼邊緣》，臺北：皇冠。

陳黎（1999），《貓對鏡》，臺北：九歌。

陳懷恩（2008），《圖像學》，臺北：如果。

曾永義（1986），《中國古典戲曲論集》，臺北：聯經。

曾進豐（2008），《商禽集》，臺南：國立臺灣文學館。

黃永武（1984），《詩與美》，臺北：洪範。

黃永武（2008），《中國詩學：設計篇》，臺北：巨流。

黃越華（2004），〈中國古典美學的現代性轉換──從節奏論看宗白華美學思想〉，《北京教育學院學報》，18（3），38-39、40。

黃慶萱（2002），《修辭學》，臺北：三民。

楊牧（1995），《楊牧詩集Ⅱ：1974-1985》，臺北：洪範。

葉朗主編（1993），《現代美學體系》，臺北：書林。

葉嘉瑩（1970），《迦陵談詩》，臺北：三民。

葉維廉（1999），〈中國古典詩中的一點傳釋活動〉，簡政珍主編，《文學理論》，201-202、206-207、217，臺北：正中。

管管（2000），《管管・世紀詩選》，臺北：爾雅。

維基百科（2011a），〈社會〉，網址：http://zh.wikipedia.org/wiki/社會，點閱日期：2011.11.23。

維基百科（2011b），〈性別（文化）〉，網址：http://zh.wikipedia.org/wiki/性別，點閱日期：2012.11.11。

維基百科（2011c），〈社會階級〉，網址：http://zh.wikipedia.org/wiki/社會階級，點閱日期：2011.4.8。

維基百科（2012a），〈族群〉，網址：http://zh.wikipedia.org/wiki/族群，點閱日期：2012.11.25。

維基百科（2012b），〈拾穗〉，網址：http://zh.wikipedia.org/wiki/拾穗，點閱日期：101.4.25。

維基百科（2012c），〈六書〉，網址：http://zh.wikipedia.org/wiki/六書，點閱日期：101.5.30。

維基百科（2012d），〈辯證法〉，網址：http://zh.wikipedia.org/wiki/辯證法，點閱日期：2012.7.30。

維基百科（2012e），〈唯物辯證法〉，網址：http://zh.wikipedia.org/wiki/唯物辯證法，點閱日期：2012.7.30。

維基百科（2012f），〈超現實主義〉，網址：http://zh.wikipedia.org/wiki/超現實主義，點閱日期：2012.7.30。

維基百科（2012g），〈讀者劇場〉，網址：http://zh.wikipedia.org/wiki/讀者劇場，點閱日期：2012.8.16。

維基百科（2012h），〈寫作〉，網址：http://zh.wikipedia.org/wiki/寫作，點閱日期：2012.8.16。

趙敏修改寫（1992），《格林童話全集 1》，臺北：聯廣。

趙滋蕃（1988），《文學原理》，臺北：東大。

趙雅博（1975），《中西文化的出路》，臺北：商務。

劉克襄（2001），《最美麗的時候》，臺北：大田。

劉其偉（2006），《現代繪畫基本理論》，臺北：雄獅。

劉雨（1995），《寫作心理學》，高雄：復文。

歐麗娟（1997），《杜詩意象論》，臺北：里仁。

蕭蕭（2004），《臺灣新詩美學》，臺北：爾雅。

蕭蕭（2007），《現代新詩美學》，臺北：爾雅。

蕭蕭（2012），《後現代新詩美學》，臺北：爾雅。

賴和（2000），《賴和全集》，臺北：前衛。

戴華山（1984），《語意學》，臺北：華欣。

韓兆琦（2012），〈白居易〈琵琶行〉〉，網址：http://big5.cri.cn/gate/big5/gb.cri.cn/3601/2004/05/21/109@166831.htm，點閱日期：2012.7.30。

簡政珍（2000），《詩心與詩學》，臺北：書林。

簡政珍（2004），《臺灣現代詩美學》，臺北：揚智。

簡政珍（2006），〈現實與比喻：臺灣當代詩的意象空間〉，《臺灣詩學學刊》，
　　8，12、13。

顏艾琳（1997），《骨皮肉》，臺北：時報。

羅青（1989），《什麼是後現代主義》，臺北：五四書店。

羅青（2002），《吃西瓜的方法》，臺北：麥田。

羅秋昭（2006），《國小語文科教材教法》，臺北：五南。

羅智成（2004），《夢中情人長詩》，臺北：印刻。

鐘焜茂（2006），〈淺談語境的分類〉，《龍岩學院學報》，24（1），126-127。

語言文學類　PG0920　東大學術 42

從文學與藝術中看語文學習

作　　者 / 邱耀平
責任編輯 / 蔡曉雯
圖文排版 / 楊家齊
封面設計 / 陳佩蓉

發 行 人 / 宋政坤
法律顧問 / 毛國樑　律師
出版發行 / 秀威資訊科技股份有限公司
　　　　　114 台北市內湖區瑞光路 76 巷 65 號 1 樓
　　　　　電話：+886-2-2796-3638　傳真：+886-2-2796-1377
　　　　　http://www.showwe.com.tw
　　　　　劃撥帳號 / 19563868　戶名：秀威資訊科技股份有限公司
　　　　　讀者服務信箱：service@showwe.com.tw
展售門市 / 國家書店（松江門市）
　　　　　104 台北市中山區松江路 209 號 1 樓
　　　　　電話：+886-2-2518-0207　傳真：+886-2-2518-0778
網路訂購 / 秀威網路書店：http://www.bodbooks.com.tw
　　　　　國家網路書店：http://www.govbooks.com.tw

2013 年 5 月 BOD 一版
定價：260 元

國家圖書館出版品預行編目

從文學與藝術中看語文學習 / 邱耀平著. -- 一版.
-- 臺北市：秀威資訊科技, 2013.05
面 ；　公分. -- (東大學術 ; 42)
BOD 版
ISBN 978-986-326-096-7(平裝)

1. 語文教學　2. 文學與藝術

800.3　　　　　　　　　　　　102004765

讀 者 回 函 卡

感謝您購買本書,為提升服務品質,請填妥以下資料,將讀者回函卡直接寄回或傳真本公司,收到您的寶貴意見後,我們會收藏記錄及檢討,謝謝!
如您需要了解本公司最新出版書目、購書優惠或企劃活動,歡迎您上網查詢或下載相關資料:http:// www.showwe.com.tw

您購買的書名:_____

出生日期:_____年_____月_____日

學歷:□高中 (含) 以下　　□大專　　□研究所 (含) 以上

職業:□製造業　□金融業　□資訊業　□軍警　□傳播業　□自由業
　　　□服務業　□公務員　□教職　　□學生　□家管　　□其它_____

購書地點:□網路書店　□實體書店　□書展　□郵購　□贈閱　□其他

您從何得知本書的消息?

　□網路書店　□實體書店　□網路搜尋　□電子報　□書訊　□雜誌
　□傳播媒體　□親友推薦　□網站推薦　□部落格　□其他_____

您對本書的評價:(請填代號　1.非常滿意　2.滿意　3.尚可　4.再改進)

　封面設計____　版面編排____　內容____　文／譯筆____　價格____

讀完書後您覺得:

　□很有收穫　□有收穫　□收穫不多　□沒收穫

對我們的建議:_____

_____

_____

_____

11466
台北市內湖區瑞光路 76 巷 65 號 1 樓

秀威資訊科技股份有限公司　　　　收

BOD 數位出版事業部

....

（請沿線對折寄回，謝謝！）

姓　　名：_____　年齡：_____　性別：□女　□男

郵遞區號：□□□□□

地　　址：_____

聯絡電話：(日) _____ (夜) _____

E-mail：_____